D. Léonard. Carel

LE D

rapetasser = ra...
vinaigrette = jet... ...les
   chaises à pneu.

villages
   Buloyer
   Voisins
   Champs
   Longueville
   Meudon
   Vaugirard
   St Etienne du Mont (Montagne Ste Geneviève)
   St Lambert
   Gif
   Chevreuse

DU MÊME AUTEUR

ROMANS

La Ventriloque, Des femmes, 1978.
La Danse océane, Souffles, 1988 ; Actes Sud Babel, 1996.
Martha ou le mensonge du mouvement, Manya, 1992 ; Actes Sud Babel, 1996.
Belle mère, Actes Sud, 1994, prix Goncourt des lycéens ; Actes Sud Babel, 1997 ; J'ai lu, 1997.
La Nuit la neige, Actes Sud, 1996 ; Actes Sud Babel, 1998 ; J'ai lu, 1998.
Le Sas de l'absence, Actes Sud, 1997, prix de l'Ecrit intime 1998, précédé de *La Ventriloque*, Actes Sud Babel, 2000 ; J'ai lu, 2000.
Platon était malade, Actes Sud, 1999 ; Actes Sud Babel, 2002.
Septuor, en commun avec Daniel Zimmermann, Le cherche midi éditeur, 2000 ; Pocket, 2002.
Le Jardin forteresse, Actes Sud, 2003, prix de la ville de Valognes ; Actes Sud Babel, 2004.
Chers disparus, Actes Sud, 2004, grand prix de la Société des gens de lettres ; Actes Sud Babel, 2006.
Le Désert de la grâce, Actes Sud, 2007, prix Paroles d'encre, Grand Prix littéraire de Saint-Emilion, Pomerol, Fronsac, 2008.

NOUVELLES

Les Enfants des autres, Actes Sud, 1985 ; Actes Sud Babel, 2005.
Un si joli petit livre, Actes Sud, 1989, prix Fondation Thyde-Monnier de la SGDL ; Actes Sud Babel, 1999.
Vous êtes toute seule ?, Actes Sud, 1991, prix de la Nouvelle du Rotary Club ; Actes Sud Babel, 1994 ; Librio, 1997.
La Chatière, Actes Sud, 1993 ; Actes Sud Babel, 2007.
Au lecteur précoce, Actes Sud, 2001 ; Actes Sud Babel, 2003 ; J'ai lu, 2006.
Sous les mets les mots, Nil (collection "Exquis d'écrivains"), 2007.

POÉSIE

Celles qui savaient, Actes Sud, 2000.
Instants incertitudes, Le cherche midi éditeur, 2003.
Transhumance des tombes, Circa 1924, 2008.

MÉMOIRES

Les Ecritures mêlées, en commun avec Daniel Zimmermann, Julliard, 1995.

CORRESPONDANCE
Duel, en commun avec Daniel Zimmermann, Le cherche midi éditeur, 2004.

ROMANS POUR LA JEUNESSE
Les Otages de Gutenberg, en commun avec Chantal Pelletier et Daniel Zimmermann, Hachette Jeunesse, 2000.
Atomes crochus, en commun avec Chantal Pelletier et Daniel Zimmermann, Hachette Jeunesse, 2000.
Championne à Olympie, en commun avec Daniel Zimmermann, Gallimard, Folio Jeunesse, 2004.

© ACTES SUD, 2007
ISBN 978-2-7427-8402-8

CLAUDE PUJADE-RENAUD

LE DÉSERT
DE LA GRÂCE

roman

BABEL

à Daniel Zimmermann

De ce séjour si beau
Tu ne vois à présent que le triste tombeau.

JEAN RACINE

CHIENS

Le médecin parlait lentement, comme s'il avait peur de parvenir au terme de son récit – la fin, songeait Françoise de Joncoux, d'une histoire qui avait commencé un siècle auparavant, et même un peu plus –, lentement, prudemment, se frayant pas à pas un chemin vers la désolation qu'elle pressentait. La cheminée ronronnait dans le logement de la montagne Sainte-Geneviève que Mlle de Joncoux partageait avec sa mère. Janvier 1712, le froid figeait Paris. La veille, racontait Claude Dodart, il chassait dans la vallée de Chevreuse, en compagnie d'un ami. Sans l'avoir prémédité, laissant aller les chevaux, ils s'étaient retrouvés sur le plateau derrière les Granges, ce bâtiment occupé autrefois par les Petites Ecoles et par ces Messieurs les Solitaires. Déserté par eux depuis longtemps. Les chiens n'avaient rien levé dans cette vaste étendue de labours guillochés par le givre. Ni lapin ni perdreau, ciel morne, et corbeaux.

D'un commun accord, le médecin et son ami avaient préféré descendre dans le vallon. Une pente très abrupte, il leur fallait s'incliner vers l'arrière tandis que leurs bêtes s'appuyaient lourdement sur le mors. Les chiens, museau au sol, toujours en vain. Claude Dodart s'était soudain remémoré un fragment d'un poème écrit par le jeune Racine célébrant la nature autour de Port-Royal des Champs.

Aux yeux de ce Racine de seize ou dix-sept ans, les cerfs apparaissaient tels des "arbres vivants". Eh bien non, pas le moindre arbre vivant dans les parages ! Ni l'ombre d'un lièvre. Les deux hommes progressaient à travers chênes et châtaigniers. Parfois la mélancolie tendre d'un bouleau, lueur laiteuse dans la densité de la grisaille. Cette blancheur avait rappelé au médecin les robes des moniales. Autrefois, avait-il expliqué à son compagnon, il lui était arrivé d'accompagner son père, Denis Dodart, qui se rendait à l'infirmerie du couvent afin de soigner certaines des religieuses alitées. Pour ce père comme pour lui, la matité crémeuse de ces robes était apaisante. Sans doute parce qu'ils l'associaient au silence imprégnant ce monastère.

Toujours bredouilles, les deux cavaliers avaient poursuivi leur descente. A la faveur d'une trouée, ils avaient deviné la courbe de la vallée s'incurvant vers le sud – douceur de cette courbe en dépit de l'âpreté hivernale – et Claude Dodart s'était demandé pourquoi, dans ce lieu tellement étroit, on respirait si bien, si largement. Un désert à la fois clos et ouvert au creux duquel, un siècle auparavant, une femme, une fille de dix-huit ans plus exactement, avait rétabli la clôture de la règle cistercienne : Angélique Arnauld, la grande réformatrice de Port-Royal. Claude Dodart songeait à cette mère Angélique. Aux autres Arnauld, ces femmes d'envergure qui lui avaient succédé dans cette fonction d'abbesse. A la ruine de leur œuvre. Tenant serré leurs montures, les deux hommes avaient atteint le fond de la combe. Là, dans les cuvettes marécageuses engendrées par les lentes sinuosités du Rhodon, au milieu des saules et des roseaux, ils espéraient dénicher au moins quelques poules d'eau. L'air était plus doux, plus humide que sur le plateau. Claude Dodart s'était abandonné à une impression de tiédeur cotonneuse, presque une torpeur. Dont il avait émergé, brusquement, en sentant sa bête frémir sous lui. A leur tour, les chiens s'excitaient. Il crut que, enfin, ils avaient flairé une piste. Inexplicablement, les chevaux devenaient de plus en plus nerveux, dansaient sur place, naseaux au vent. L'un d'eux émit un hennissement tremblé, l'autre lui fit écho. Les cavaliers essayaient de les calmer tout en les poussant droit devant lorsqu'ils avaient aperçu le toit pointu du colombier, coiffé d'une effilochure de brume. "Le colombier de l'abbaye abandonnée", avait précisé Claude Dodart à l'intention de son ami qui arrivait de Provence et ne connaissait pas la région. A travers le gris ouaté leur parvenaient des bruits bizarres : ahans ? coups de pioche ? Les chiens avaient filé à toute allure, harponnés par des effluves qui échappaient aux humains.

Un peu plus loin, ils s'étaient arrêtés devant un mur à demi effondré. Les chiens avaient disparu. S'étaient-ils glissés par cette brèche où les chevaux ne pouvaient passer ? Les cavaliers mettaient pied à terre lorsqu'un des chiens était revenu, queue frétillante, une proie dans la gueule. Un instant de stupeur, et le médecin avait soudain compris. Il la lui avait arrachée. Un fémur humain. Féminin, plus exactement, avait-il diagnostiqué après l'avoir examiné tandis que la bête sautait et jappait, réclamant son bien. L'autre chien avait déboulé à son tour, laissant tomber au sol un os plus large, une omoplate d'où pendouillaient des filaments de ce qui ressemblait à du cuir à demi desséché. Grondant sourdement, la bête avait commencé à tirailler avec ses crocs sur ces restes de chair et Claude Dodart lui avait flanqué un vigoureux coup de pied tandis que l'ami réprimait un haut-le-cœur.

Le médecin s'était à nouveau penché sur le fémur et, commentait-il pour Françoise de Joncoux, pâle, figée, c'était une tête de fémur fort usée, cette pauvre vieille sœur devait avoir eu bien du mal à marcher – vous savez, les os détiennent une mémoire, plus solide, plus fidèle que celle des hommes –, certainement il lui fallait une ou même deux cannes pour se rendre à l'église. Il revenait sur ce point avec insistance comme si, se disait son interlocutrice, en bon médecin qu'il était, il avait encore détenu la possibilité de soulager cette malheureuse. Mais Françoise de Joncoux croyait comprendre : Claude Dodart éprouvait le besoin de marquer une pause et de reprendre souffle avant de poursuivre son récit.

A pied, ils avaient longé l'enceinte puis pénétré par la porte de Longueville. Ils avaient attaché soigneusement chevaux et chiens à des anneaux scellés dans le mur. S'étaient immobilisés un peu plus loin, effarés. En contrebas, une vingtaine d'ouvriers extrayaient des cadavres, ou ce qui en restait, du cimetière jouxtant l'église. Le cimetière extérieur à la clôture, celui où avaient été enterrés ces Messieurs les Solitaires et d'autres personnes, prêtres ou laïcs, proches de Port-Royal. L'odeur, ce relent douceâtre que les bêtes avaient perçu bien avant eux, hors les murs, l'odeur les avait saisis, écœurante.

Contournant les fosses ouvertes, détournant leurs regards, ils étaient passés devant l'église, encore intacte. Tout autour, un champ de ruines. A l'emplacement de ce qui avait été un cloître – quelques colonnes résistaient encore –, une deuxième équipe travaillait. Non plus un cloître mais un charnier. Des dalles à demi soulevées. D'autres dressées contre le mur de l'église. Des tombes éventrées, béantes. Les hommes creusaient en jurant ou en ricanant, extirpaient. Lambeaux putréfiés ou racornis. Dents, vertèbres, grains de chapelet – et dire que durant des années on avait accusé les religieuses de Port-Royal d'ignorer l'usage du chapelet ! Fragments de robes, de voiles. Crânes et scapulaires. Crucifix, pourris ou en bon état. Squelettes quasi intacts, cendres. Et tout médecin qu'il fût, Claude Dodart n'aurait su déterminer si ces débris, cette poussière appartenaient au bois des crucifix, rongés, effrités, aux serges lentement élimées ou aux ossements puisque, précisément, on ne pouvait plus rien repérer, origine ou appartenance, c'était la grande confusion. Parfois, au cœur de ce magma, il devinait un lambeau gluant, ou une petite mare d'une boue visqueuse, brunâtre, qui le fascinaient et lui répugnaient tout en même temps. Auparavant, dans les proies triomphalement rapportées par les chiens, il avait pu identifier tel ou tel os, mais les viscères… Oui, la grande confusion, le brouillage des traces, insistait-il, cependant que sa voix s'enrouait, se cassait.

Minuscule dans son fauteuil, Françoise de Joncoux se redressa, lentement :

— Vous vous souvenez peut-être de cette phrase de Blaise Pascal, je cite de mémoire, en simplifiant : Le dernier acte est sanglant, on jette de la terre, et c'en est fini à jamais… Eh bien non, il semble que ce ne soit pas fini ! Voilà qu'une meute acharnée soulève cette terre, exhume ce qui n'a plus de nom tout en faisant disparaître les noms.

Mélancolique, le médecin opina, retrouva un filet de voix. Une troupe importante d'hommes armés surveillait ce beau travail. Claude Dodart avait compris que les simples soldats étaient contraints par leurs lieutenants de mettre la main à la pâte. L'expression n'était pas très heureuse, il en prit conscience trop tard, Françoise de Joncoux avait déjà tressailli, et réagi vivement :

— Des hommes en armes ! Qu'est-ce qu'ils craignent, ces chiens ? Une révolte des défunts ?

Claude Dodart se permit de rappeler que, en octobre 1709, lorsque les dernières moniales avaient été expulsées des Champs, quantité de paysans venus des alentours s'étaient rassemblés sur les collines surplombant le monastère, comme s'ils voulaient défendre ces religieuses qui les avaient secourus durant tant d'années. Probablement avait-on voulu prévenir tout risque de troubles…

— Ah oui, ce sinistre 29 octobre ! Deux cents cavaliers pour enlever vingt-deux vieilles femmes quasi impotentes ! D'ailleurs, par la suite, je n'ai pas caché mon indignation à M. le lieutenant général d'Argenson, que je connais bien. Il m'a répondu qu'il avait jugé nécessaire de prendre ses précautions.

Claude Dodart préféra enchaîner. La plupart des ouvriers étaient à demi ivres – mais après tout, on pouvait les comprendre. Pour accomplir pareille tâche durant plusieurs semaines, dans le froid, leurs vêtements imprégnés par ces relents de charogne, il leur fallait le viatique du vin. Ou recourir à des plaisanteries salaces. L'une d'elles, qu'il avait saisie au vol, concernait la quantité de vierges enfouies dans ce cloître, enfin violées après tant d'années d'attente… D'autres hommes de main chargeaient les ossements, l'innommable boue et les multiples débris dans des brouettes, puis les entassaient sur deux charrettes qui attendaient un peu plus loin.

On les déverse dans la fosse commune du cimetière de Saint-Lambert, leur avait expliqué un prêtre, livide et décharné. A croire qu'on venait de l'extirper, Lazare ahuri, d'un des caveaux. Il était chargé de veiller à ce que ces violations de sépultures, cette scandaleuse exhumation – sans doute plus de trois mille corps en englobant les deux cimetières, estimait-il, accablé, ployant sous ce poids – s'effectuassent dans la décence... Il venait de Paris, curé à Saint-Nicolas-du-Chardonnet, c'était Mgr l'archevêque, le cardinal de Noailles, qui lui avait imposé cette corvée. En expiation de quel monstrueux péché ? s'était demandé Claude Dodart. Le pire, ou le plus cocasse, ajouta-t-il un peu gêné sans oser regarder Mlle de Joncoux, mais il fallait bien glisser une once de drôlerie au sein de cette horreur nauséabonde, le comique de l'affaire, c'est que ce prêtre, ce cadavre ambulant, s'appelait Le Doux... Lorsqu'une des charrettes fut pleine à ras bord, elle s'ébranla lourdement en direction de Saint-Lambert, après avoir été bénie d'un geste las par le doux hébété, le Lazare tonsuré transi de froid. C'était tout ce que ce malheureux pouvait faire, avait ensuite commenté le compagnon du médecin.

Encore plus pâle qu'à son ordinaire, Françoise de Joncoux se leva pour raviver le feu. Elle songeait à toutes les femmes et filles Arnauld qui avaient passé l'essentiel de leur vie dans ces bâtiments, puis avaient été inhumées dans ce cloître. Trois générations d'Arnauld en un siècle. Les deux Catherine, la mère et la fille : Catherine Arnauld et Catherine Le Maistre. La mère Angélique, la célèbre réformatrice. Sa sœur, la mère Agnès. Leur nièce, Angélique de Saint-Jean Arnauld d'Andilly. Et Marie, Anne, Marie-Charlotte... A présent interdites de séjour en ce lieu, transférées ailleurs comme si les expulsions de leur vivant n'avaient pas suffi ! Françoise pensait à tant d'autres moniales dont elle connaissait également les noms. Elle ne les avait jamais rencontrées mais elles lui étaient devenues familières par les lettres ou les mémoires qu'elle avait recopiés : Marie des Anges du Feu, Geneviève de l'Incarnation, Catherine de Sainte-Suzanne Champaigne, la fille du peintre, Jacqueline de Sainte-Euphémie, la jeune sœur de Blaise Pascal, et toutes celles arrachées ces jours derniers, sauvagement, à ce lieu qu'elles avaient élu, chéri, entretenu. Expédiées en vrac à la fosse commune où nulle trace écrite ne subsisterait d'elles.

Mme de Joncoux entra fort à propos, souriante, tenant un grand pot fumant :

— Je vous apporte une boisson chaude. Par ce temps... Je l'ai confectionnée avec cet excellent chocolat que nos amis nous envoient d'Amsterdam. On n'en trouve pas de semblable en France.

— Comment se portent-ils ?

— Médiocrement. L'exil, on s'en aperçoit à la longue, finit par engendrer des maux de l'âme et du corps quasi constants. En outre, nous le devinons au ton de certaines lettres, l'isolement et le confinement provoquent parfois quelques tensions dans leur petit groupe.

— Si vous avez besoin pour eux de remèdes...

— Oui, oui, suggéra Françoise de Joncoux, de l'opium. J'en glisserai cinq ou six grains, discrètement, dans chacun de mes envois. De quoi soulager leurs douleurs et les aider à s'endormir... Le sommeil est malaisé lorsqu'on est banni, sans nul espoir de revenir prochainement. Et ce doit être encore pire pour nos amis embastillés.

Ils burent en silence. Délicieux, effectivement, ce chocolat, onctueux. L'exil des vivants – ces jansénistes poursuivis en France, réfugiés à Bruxelles ou à Amsterdam –, l'exil des morts, ruminait le médecin. Au fond, il était préférable que son père, disparu cinq ans auparavant, n'ait pas assisté à cette débâcle ultime, lui qui avait soigné avec dévouement des personnes amies du couvent ainsi que plusieurs moniales de Port-Royal. Dont l'abbesse Angélique de Saint-Jean Arnauld d'Andilly, emportée par une fluxion de poitrine foudroyante : Denis Dodart l'avait assistée dans ses derniers instants.

— Il y a quelque trente ans, mon père s'était rendu à Bruxelles, auprès du grand Arnauld. Il avait essayé de traiter son asthme. Des années plus tard, il me parlait encore de la force intérieure et de la sérénité de cet homme.

— La prière, l'étude et son travail d'écriture l'ont beaucoup soutenu. Vous saviez que, dans les derniers temps de sa vie, depuis Bruxelles, il avait correspondu avec M. Racine ?

— Ah oui ? Je l'ignorais.

Mme de Joncoux ajouta en se levant :

— Nos amis habitent à présent le quartier juif d'Amsterdam. Ils s'y sentent assez bien, persécutés de fraîche date parmi des habitués de la persécution.

Elle se retira après avoir à nouveau versé du chocolat dans leurs tasses. Françoise de Joncoux murmura :

— Tout en me refusant à l'admettre, je me doutais qu'on en arriverait là. Le mois dernier, j'ai assisté à l'inhumation de M. Racine, au cimetière de Saint-Etienne-du-Mont. J'ai vainement essayé de consoler sa fille Marie-Catherine. Outrée de douleur, secouée de sanglots, un état à faire peur ! Sans doute une exhumation et un transfert sont-ils encore plus éprouvants pour les proches qu'un enterrement… Marie-Catherine était accompagnée de son mari, M. de Moramber, et des deux fils Racine. On les avait avertis : plus aucun cadavre ne devait subsister à Port-Royal des Champs, les familles qui le souhaitaient étaient autorisées par

Mgr l'archevêque de Paris à transporter leurs morts ailleurs, sinon ce serait la fosse commune… Leur père, du moins ce qui en reste douze ans après le décès, est donc à présent non loin d'ici, en l'église de ma paroisse.

— Ainsi Jean Racine retrouve Blaise Pascal à Saint-Etienne-du-Mont après l'avoir croisé aux Granges de Port-Royal il y a, euh…

— Cinquante-cinq ou cinquante-six ans, si je ne me trompe.

Le médecin laissa fuser un sifflotement admiratif :

— Décidément, vous êtes la chronique vivante de ce Port-Royal exterminé !

— Vous savez, à force de classer et de recopier…

Sur le secrétaire en ronce de noyer, des manuscrits entassés. Claude Dodart savait qu'elle les avait récupérés après l'expulsion des dernières religieuses, en octobre 1709. L'année du grand gel, songea-t-il, fut aussi l'année de la dispersion définitive au monastère des Champs, comme si une étrange fatalité avait fait coïncider calamités climatiques, disette, défaites, famine et anéantissement d'une communauté. Françoise de Joncoux consacrait une partie de ses nuits à ce labeur : multiplier les copies afin d'éviter tout risque de perte, en répartir chez des connaissances sûres pour parer à l'éventualité d'une perquisition et d'une saisie, les expédier aux Pays-Bas où ils seraient relus, préparés, annotés par les jansénistes exilés puis, une fois imprimés, seraient clandestinement diffusés en France. Une femme inlassable et discrète, tricoteuse de mémoire, discrète au point que, dans le réseau janséniste – à ce terme elle préférait l'expression "les amis de la vérité" –, on la désignait sous le pseudonyme de "l'Invisible". Qui lui convient trop bien, se dit le médecin, tellement elle est fine et pâle – une pâleur inquiétante – mais elle refusera que je me préoccupe de sa santé, elle ne se soucie que de secourir les autres. Et comment une femme aussi menue parvient-elle à déployer pareille énergie ?

Tout en regardant les flammes, elle murmura :

— Contre tout bon sens, j'avais espéré. Oui, j'avais voulu croire que les moniales pourraient un jour revenir dans ce vallon qu'elles aimaient tant. Mais si on expulse les morts, les vivants n'auront jamais droit au retour.

Claude Dodart la sentit au bord des larmes, elle si minuscule et si forte, la chargée d'affaires des exilés, l'érudite historienne du mouvement janséniste, la traductrice et copiste, l'avocate des religieuses des Champs depuis des années. Combien de fois était-elle intervenue en leur faveur auprès du cardinal de Noailles, l'archevêque de Paris, combien de fois avait-elle consulté des juristes afin de les conseiller au mieux ! Sans parler des aides financières... Il garda le silence, elle se ressaisit :

— Je me souviens d'une phrase qu'on m'a rapportée. Elle aurait été prononcée par le confesseur du roi : Il faudra détruire Port-Royal des Champs de fond en comble, puis y passer la charrue en sorte que seuls subsistent des labours. Tout effacer... Voilà qui sera bientôt accompli.

— Ce père Le Tellier, grommela Claude Dodart, un homme terrifiant... Heureusement, tous les jésuites ne sont pas aussi fanatiques que lui.

— Je voudrais en être persuadée... Les jansénistes sont persécutés comme le furent les huguenots. On a même eu l'impudence de les traiter de calvinistes rebouillis ! Alors que, à Port-Royal, on a toujours pratiqué les sacrements et célébré avec ferveur le mystère eucharistique. Jusque dans l'habillement des moniales : leur scapulaire blanc et sa croix écarlate symbolisent le pain et le vin de la sainte communion.

— J'avoue que je l'ignorais.

— Allons, monsieur Dodart, votre père vous l'avait certainement expliqué. Comme si les moniales, soustraites à l'ordre de nature, consacrées à Dieu, devenaient des hosties vivantes...

Il se tut, ne goûtant guère ce langage à la fois charnel et figuré. D'une voix frêle mais crissante de rage rentrée, Françoise de Joncoux affirma :

— En tout cas, nos ennemis peuvent bien s'acharner à massacrer les défunts, les écrits survivront. Et en attendant la résurrection des morts, nous veillerons à celle des textes.

MARIE-CATHERINE RACINE

décembre 1711

Je presse un mouchoir sur mes yeux, M. de Moramber presse gentiment sa main sur mon avant-bras, buée de nos souffles sur les vitres, buée de mémoire. Ce trajet des Champs à Paris, je l'ai déjà accompli il y a treize ans – oui, en ce début d'avril 1698, lorsque mon père est venu m'arracher à Port-Royal et m'a ramenée à la maison, rue des Marais, j'avais dix-huit ans –, ce même parcours aujourd'hui, à nouveau en compagnie de mon père, un père à jamais silencieux, plus un époux à mes côtés, l'époux désiré sinon par moi du moins par ce père bringuebalant, là, devant, à l'intérieur de ce cercueil transporté par le carrosse de tête, un beau convoi funèbre, deux autres carrosses derrière nous chargés d'un butin similaire, cahots, douleurs dans les reins, la nuque, et cette lente progression à travers le plateau désolé, ses labours mornes et ses corbeaux, Buloyer est derrière nous, nous approchons de Voisins, il y a treize ans c'est mon père qui, voyant les larmes glisser sur mes joues, avait sorti son mouchoir et les avait essuyées, délicatement : Vous ne sauriez demeurer plus longtemps à Port-Royal des Champs, Marie-Catherine, je vous le redis, doucement, fermement, ce monastère est condamné à une lente extinction puisque le roi maintient l'interdiction d'y recevoir des novices, il n'est pas concevable que, à votre âge, vous vous enterriez dans ce désert en compagnie de quelques vieilles religieuses pour la plupart infirmes ou malades, je continuais de pleurer, j'avais vécu durant cinq mois aux Champs, des mois si heureux que mes migraines s'étaient estompées, mon père épongeait mes larmes, nous avancions lentement, les chevaux étaient vieux, il fallait les laisser reposer toutes les deux ou trois lieues – mon père avait l'intention d'en changer, un grand seigneur s'était engagé à lui vendre les siens, papa est mort avant et ma mère a aussitôt liquidé carrosse, chevaux et cocher, qui coûtaient très cher se plaignait-elle mais à l'époque étaient indispensables à mon père pour se rendre à Versailles, et sans Versailles, sans le roi et la cour, comment aurions-nous pu vivre ? Aujourd'hui, treize ans après, que reste-t-il dans le cercueil, là, juste devant nous, des os qui s'entrechoquent et déjà s'effritent ? Lorsque, en ce mois d'avril aigrelet, nous avons amorcé la descente sur Versailles, Versailles où à présent Louis le quatorzième s'ennuie et meurt lentement dit-on, meurt de s'ennuyer avec Mme de Maintenon (lorsque j'étais enfant, je souffrais des fréquentes absences paternelles et je questionnais ma mère : "Où il est, papa ?" "A Versailles, dans le bel appartement que le roi lui a accordé", ou bien "A Marly", ou encore "Au siège de Namur", j'avais peur, si peur, à Namur certainement pleuvaient des boulets), et donc, dans cette côte au-dessus de Versailles, là où on devine le miroitement du grand canal (à Port-Royal également nous avions un canal, tout petit, à l'emplacement des anciens marais puisque Port-Royal et Versailles ont ce seul point commun d'avoir été construits sur des terres asséchées, notre canal servait non pour des fêtes mais pour arroser le potager, Versailles et ses fastes, Port-Royal l'austère), dans la descente de cette côte mon père continuait à me parler affectueusement, répétant que je ne saurais rester en un lieu où la seule vocation ne pouvait plus être que de mourir (si j'avais été moins bouleversée, j'aurais pu répliquer : Précisément on se retire à Port-Royal pour mourir à soi, mourir au monde), par contre, insistait-il, à la maison, si joyeuse si vivante, ma mère, mes petites sœurs et mon plus jeune frère m'attendaient avec impatience, ils m'entoureraient de leur affection, non je n'avais aucune envie d'être plongée au beau milieu de cette tripotée d'enfants, quatre filles après moi, Nanette et Babet, Fanchon et Madelon, charmante guirlande ! Plus le petit dernier de six ans, Louis dit Lionval (il est là, dans ce carrosse, avec mon aîné Jean-Baptiste, tous deux figés, mutiques), non aucune envie, j'imaginais aisément le bruit, l'agitation alors que je venais de passer cinq mois dans le calme lumineux du cloître, entourée de gentilles grands-mères, moi qui n'en avais eu aucune, oui lumineux et pourtant c'était l'hiver, pourquoi ce lieu me paraît-il imprégné de clarté (ou ne le serait-il que dans mon souvenir ?), même si, en décembre, le soleil disparaissait dès quatre heures de l'après-dînée derrière la colline, une fois ma grand-tante Agnès de Sainte-Thècle Racine m'avait glissé : La lumière de la grâce, Marie-Catherine, elle est fragile, fugace, ne l'oubliez jamais, je l'ai perdue et ma grand-tante l'abbesse est morte deux ans après mon départ. Nous entrons dans Versailles, sinistre, ces cahots me donnent mal au dos, mal au cœur, mais pourquoi ce carrosse est-il si mal suspendu, pourquoi ai-je bêtement oublié mes sels ? Peut-être Françoise de Joncoux aura-t-elle pris les siens, elle m'a assuré qu'elle serait présente à l'arrivée du convoi à Saint-Etienne-du-Mont. M. de Moramber me tapote le dessus de la main, de plus en plus distraitement, M. de Moramber mon époux puisque mon père très aimé, avant de disparaître, a voulu que je me nomme Mme de Moramber et non plus Marie-Catherine Racine, ce prénom et ce nom dont je chérissais les sonorités chantantes – les chéris toujours en secret –, je ne sais quel nom j'aurais élu si j'avais pu entrer en religion, deux de mes sœurs sont à présent moniales dans d'autres couvents, moi je voulais m'enraciner à Port-Royal, on m'a mariée, selon la tradition puisque j'étais la fille aînée. Puisque Port-Royal agonisait. Certes, après mon retour forcé rue des Marais, père et mère ont respecté mon désir de solitude puis m'ont laissée consulter plusieurs directeurs de conscience, à quoi bon, depuis cet arrachement je me sentais dépouillée de l'essentiel, M. de Moramber sort son mouchoir, non non je ne veux pas qu'il sèche mes larmes, j'écarte sa main d'un geste sec, il n'insiste pas, est-ce que je sanglote de savoir les restes paternels méchamment secoués, là, devant nous, ou de repenser à ma vocation contrariée, ou plutôt d'avoir vu Port-Royal en ruine, ce fut un tel choc – remontée violente de la migraine –, presque plus rien du cloître, j'aimais tant prier en marchant sous ces arcades paisibles, la boulangerie, la lingerie et l'infirmerie totalement détruites, pareil pour le réfectoire et les dortoirs – il y a treize ans je dormais dans la Chambre des Grandes, par la fenêtre j'apercevais la vigne sur la pente sud –, seuls les murs d'enceinte, l'église, la grange et le colombier sont restés à peu près intacts, plus rien de vivant sinon quelques pigeons voletant autour de ce toit pointu, des tombes violentées, des arbres assassinés, les jardins en friche gangrenés par les ronces, j'aimais tant ramasser les choux et les panais puis les apporter aux cuisines pour la soupe, et pourtant comme ils étaient rudes les réveils en pleine nuit afin de chanter matines, surtout en décembre et janvier, encore de longues heures obscures avant la naissance du jour, mais j'aimais ces processions de femmes sortant de leurs cellules, glissant dans les couloirs bougeoir à la main, petites flammes ténues, ombres vacillant sur les murs, cette vie silencieuse tandis que le monde dormait, et moi aussi quelque peu vacillante, encore embuée de sommeil et me roidissant, elles me souriaient, ces femmes, affectueusement (à leurs yeux je représentais un espoir, la reprise du noviciat, peut-être ?), à l'époque elles n'étaient plus guère qu'une trentaine, nous descendions jusqu'à l'église, humide et glaciale, mais les voix, bien que souvent chevrotantes, me réchauffaient, m'enveloppaient tel un châle maternel, je me souviens d'une vieille sœur, soixante-dix ans presque, la dernière des Arnauld m'avait-on rapporté, et j'avais peu à peu compris : la famille Arnauld, depuis le début du siècle, avait grandement contribué à restaurer et entretenir le monastère des Champs qu'il avait fallu plusieurs fois assainir à cause de ces marais générant les fièvres, on comptait parmi eux la mère Angélique – elle avait votre âge, m'expliqua ma grand-tante, dix-huit ans, lorsqu'elle eut le courage de rétablir la clôture selon la règle de saint Benoît – et sa sœur cadette la mère Agnès qui avait rédigé les *Constitutions*, ces règlements régissant avec un soin minutieux la vie quotidienne et spirituelle du couvent, d'autres religieuses encore avaient porté ce nom d'Arnauld, je les ai oubliées, ou confondues, mais celle-là, la dernière, la survivante, une nièce de la célèbre mère Angélique, je la revois, si discrète, parfois elle m'accompagnait au potager, appuyée sur sa canne, elle boitait et une légère moustache ombrait sa lèvre supérieure – en fait elle n'était pas la seule en ce couvent à porter moustache, depuis si longtemps le sang de ces femmes n'avait plus coulé, je m'imaginais vaguement que, lorsqu'on prononçait ses vœux, le flux menstruel s'interrompait, définitivement, et les migraines avec... Ainsi, maintenant, Port-Royal mérite pleinement cette appellation de désert, un terme que ma grand-tante Racine m'avait expliqué : Aux premiers temps du christianisme, des hommes avaient choisi de se retirer dans des lieux sauvages pour honorer Dieu, de même le vallon des Champs, enfoui dans les bois, avait attiré ces Messieurs les Solitaires qui, sans nécessairement devenir prêtres ou moines, quittaient le siècle, priaient, enseignaient ou jardinaient aux Granges, un peu à la manière des chrétiens primitifs dans leur thébaïde, d'ailleurs, dans le même temps où on déterrait mon père, on exhumait deux autres corps, beaucoup plus anciens si je puis dire (en poussière ? non, pas si rapidement tout de même), les corps de deux Solitaires. Antoine Le Maistre, m'a expliqué Jean-Baptiste, avait appris à notre père les langues anciennes, les principes de la religion, et surtout l'avait beaucoup aimé, protégé, guidé. Quant au deuxième, son frère cadet Isaac Le Maistre de Sacy, il avait été, paraît-il, un remarquable directeur de conscience et traducteur de la Bible – des Arnauld eux aussi, mais par leur mère, a précisé mon époux. Ce fut donc un train de plusieurs carrosses qui s'ébranla des Champs, sortant par la porte de Longueville, gravissant péniblement la côte aux lacets si raides, transportant les restes d'un homme de cour et académicien, plus ceux de deux Solitaires ayant autrefois choisi le désert, ce même convoi s'engage à présent sur la route des Gardes en direction de Paris, j'essaye de me représenter mon père enfant, élève, je n'y parviens pas, avait-il aimé cet Antoine Le Maistre, pourquoi est-ce aux pieds du médecin Jean Hamon et non auprès de cet Antoine Le Maistre que mon père avait désiré être inhumé en 1699 ? Non, je n'échapperai pas à la crise migraineuse, vagues de souvenirs, confuses, tressautantes, cahots atroces (cette route mérite bien son nom de pavé des Gardes), ma grand-tante Racine avait essayé de me préparer à la séparation : Votre père, Marie-Catherine, s'est efforcé d'intervenir en notre faveur, cependant le roi est trop prévenu contre notre maison – mais, ma tante (soudain, je ne sais plus si je lui disais "ma tante" ou "ma mère" puisqu'elle était la mère abbesse), mais, ici, nous ne faisons que prier, chanter aux offices, secourir les pauvres gens des alentours ou les soigner à l'infirmerie, que pourrait-on nous reprocher ? –, elle a esquissé un geste accablé, il serait trop long de vous expliquer (depuis plus de cinquante ans ma grand-tante vivait à Port-Royal des Champs), trop compliqué, en tout cas votre père, m'a-t-on rapporté, ne peut se compromettre plus avant en notre faveur, je n'y comprenais rien, il n'allait tout de même pas perdre son bel appartement à Versailles parce que je voulais prononcer mes vœux à Port-Royal ? En fait, ce doute prend véritablement forme à présent, nous approchons de Meudon et me revient une allusion de ma grand-tante à une rupture, bien avant ma naissance, entre mon père et leur communauté, cependant elle n'en dirait pas plus puisque, depuis, mon père avait tenté de se racheter, j'avais perçu qu'il convenait de ne pas insister sur ce point – ou préférais-je à l'époque ne rien savoir ? Non, je ne voulais pas savoir, et notamment de quoi il lui fallait se racheter. Mais aujourd'hui, jour de grande exhumation, jour des hoquets et cahots de mémoire, elle remonte, cette allusion, et qui me donnera la réponse, et que faisait donc mon père avant d'épouser ma mère ? De la poésie, je crois, mais à la maison on n'en parlait jamais – pourquoi ne raconte-t-on pas aux enfants ce qui s'est passé avant leur venue au monde ? Les secousses sur ces pavés deviennent de plus en plus atroces, un marteau cogne sur ma nuque, obstiné, ces doutes, ces questionnements devaient mijoter en moi depuis une douzaine d'années, après la mort d'un père on continue à vivre, en apparence, on enfante, on gère son ménage, on va à la messe et on communie, on croit avoir oublié, annulé. La migraine s'intensifie, M. de Moramber semble avoir renoncé à me consoler, il regarde obstinément la route, je préfère qu'il en soit ainsi, l'obscurité s'épaissit, les chevaux ont ralenti, je me rappelle que, après mon retour rue des Marais, je suis restée longtemps solitaire dans ma chambre comme si je voulais prolonger, perpétuer au cœur de Paris le tranquille désert des Champs, ensuite, tout de même, je me suis décidée à aider ma mère, à m'occuper des plus petits, mes maux de tête n'ont pas tardé à revenir, le vacarme que faisait Lionval en jouant avec son tambour m'était intolérable, je n'avais qu'un désir, m'allonger dans l'obscurité, et ma mère me répétait : Vos douleurs disparaîtront, Marie-Catherine, lorsque de fille vous deviendrez femme et mère. Stupide prédiction maternelle ! J'ai deux enfants et des migraines à répétition, coups de couteau dans le crâne, tempes bourdonnantes, je serre les dents, j'ai peur de vomir, tant de ruines, de cadavres, de cendres, l'étrange odeur stagnant sur le cimetière des Champs imprègne encore ma peau, mes narines, mes vêtements, elle s'infiltre en dedans, quelle stupidité d'avoir oublié mon flacon de sels ! La nuit tombe lorsque nous traversons le village de Vaugirard, coup de fouet d'un souvenir, c'est à la sortie de ce village, lors de mon retour en avril 1698, que mon père m'a dit – j'entends cette voix enrouée de tendresse et de tristesse : Vous n'ignorez pas, Marie-Catherine, que j'éprouve à votre égard une affection toute particulière bien qu'un père doive s'interdire pareil aveu, soyez persuadée que si votre vocation persistait je ne m'y opposerais pas, je me suis blottie dans ses bras, éperdue, une étreinte à l'insu de ma mère mais non point de Dieu (le souvenir de ce péché m'est doux mais, après tout, se laisser embrasser, câliner n'était pas pécher, d'ailleurs je n'ai pas estimé nécessaire de m'en confesser, juste un secret entre nous deux). M. de Moramber se souvient soudain de mon existence, il effleure mon poignet d'une main prudente, je ne réagis pas, la torture reprend, tout se brouille, hors de Port-Royal les jours passaient, confus et vides, nulle grâce ne m'habitait, je n'étais plus très au clair sur cette vocation puis, dès le mois d'avril, en cette même année 1698, mon père avait ressenti des élancements au côté droit, ma mère s'était inquiétée, tout s'était précipité comme en dehors de moi, en octobre j'étais fiancée – mes parents avaient préparé et conclu l'affaire rondement –, en novembre mon père s'était arraché à son lit pour la prise de voile de Nanette chez les ursulines, il pleurait moi aussi, j'avais alors donné mon bréviaire à ma sœur – sans doute en signe de mon renoncement –, mais quand, comment aurais-je pu trouver le loisir d'éprouver où résidait mon véritable désir ? Au début de janvier de l'année 1699 j'épousais M. de Moramber, je sais je sais, on marie la fille aînée et les autres, au couvent. Trois mois plus tard mon père était mort, comme il a fait vite, comme il s'est hâté de tout régler pour moi ! Une excellente famille les Moramber, de piété janséniste insistait-il, et je n'ai compris que plus tard, moi si peu rompue aux usages du monde : certes les Racine étaient nettement moins fortunés que les Moramber mais j'apportais dans le contrat de mariage ce nom de Racine, un homme en faveur à Versailles, historiographe du roi, membre de l'Académie, détenant un excellent réseau de relations, à quoi bon puisqu'il a disparu un an après m'avoir enlevée de Port-Royal ? Une fois mariée, je n'habitais plus cette maison au 24, rue des Marais que mes parents louaient à Mme de Joncoux et à sa fille Françoise, mais je passais très souvent au chevet de mon père, croisant son médecin, Denis Dodart, qui, de plus en plus sombre, s'efforçait vainement de drainer cet horrible abcès au foie. Je rencontrais également la comtesse de Gramont, elle avait beaucoup d'amitié pour mon père – j'y pense seulement maintenant, j'aurais dû l'interroger sur les raisons de cette haine, de ces persécutions à l'encontre du monastère, et surtout sur les craintes et les tentatives de mon père –, une femme de beaucoup d'esprit, très appréciée du roi disait-il, mais elle m'impressionnait fort cette grande dame élégante, moi la jeune mariée empruntée, mal attifée, elle avait tellement d'allure cette Elizabeth de Gramont ! Et puis, je crois, j'avais réprimé en moi cette question, j'étais trop envahie par la menace de mort (au point de me refuser à mon mari, tout de même je dois le reconnaître, il fut patient, mon confesseur m'a affirmé que ce refus était un péché), une interrogation revenant à présent, cahotant à l'intérieur de moi tout au long de ce trajet, trop tard puisque la comtesse de Gramont a disparu à son tour, et Denis Dodart également (c'est son fils Claude qui est à présent notre médecin), voilà que nous sommes entrés dans Paris sans que j'y prenne garde, mes deux frères toujours muets, mon mari a posé sa main sur mon genou, je me fige, le convoi aborde la côte en direction de Saint-Etienne-du-Mont, torture de la migraine, Jean Racine va être inhumé pour la deuxième fois, en même temps que ses anciens maîtres qui, précisément, se nomment Le Maistre. Mon père extirpé du ventre maternel un jour de décembre, déraciné de la terre maternelle des Champs un jour de décembre, soixante-treize ans plus tard, mon père qui, dans la mort, avait voulu occuper à Port-Royal cette place à laquelle, jeune et bien vivante, je n'avais pas eu droit.

Silencieuse, Françoise de Joncoux avait renoncé à ranimer le feu comme s'il lui convenait d'être envahie par le froid régnant sur les exhumés, là-bas, dans les deux cimetières des Champs – des cimetières qui ne méritaient même plus ce nom. Recroquevillée dans son fauteuil, elle écoutait le médecin dont la voix s'éraillait de plus en plus. Avait-il attrapé un rhume lors de cette équipée ? Le spectacle l'avait-il saisi à la gorge ? L'onctuosité du chocolat hollandais semblait avoir perdu de son effet apaisant cependant que Claude Dodart poursuivait son récit, lent cheminement à travers la morosité hivernale et la mort. Son compagnon et lui avaient enfourché leurs montures, tenant les chiens en laisse fermement. Ils avaient pris le trot en direction de Saint-Lambert et doublé une des charrettes qui bringuebalait tant et plus. Le cocher, trop aviné, se contentait de cogner sur ses bêtes. Mal arrimé, le chargement débordait, des ossements et divers détritus dégringolaient. Surgis des fermes les plus proches, des chiens se précipitaient et s'emparaient avidement de ces reliefs. Les deux hommes avaient renoncé à intervenir, se contentant de contenir leurs propres chiens rendus hargneux par ce maraudage, ainsi que leurs chevaux, de plus en plus fébriles à force d'avoir plein les naseaux de cette odeur. Qu'ils avaient retrouvée, plus dense encore, poisseuse, aux abords de la fosse commune. Trop petite, bien sûr. La charrette était arrivée, quelque peu allégée. Les hommes avaient déversé, tassé. Une autre équipe creusait à la hâte, afin d'élargir la fosse. Ils ne savaient plus où les mettre, ces tombereaux de morts qui leur arrivaient par fournées régulières, ils ne devaient pas être fâchés d'en perdre en cours de route, après tout voilà qui fumerait leurs champs alentour.

L'ami éprouvait le besoin d'un remontant. Lui aussi. Ils étaient entrés dans le village, s'étaient attablés à l'intérieur de l'unique cabaret, appréciant la vaste cheminée et la cruche de vin chaud posée sur leur table. Par contraste, Claude Dodart avait perçu la fraîcheur de la surface – tiens, du marbre dans ce trou perdu, le tenancier peut s'offrir d'aussi belles tables ? Son ami l'avait alors questionné : En quoi des cadavres décomposés, ou déjà retournés à la terre, pouvaient-ils déranger le roi et ses ministres, somptueusement installés non loin de là, dans le vaste parc de Versailles qui présentait un tel contraste d'espace et de perspective avec ce couvent caché, terré dans les bois ? Médecin du dauphin, Claude Dodart connaissait la cour. Ses réponses, cependant, étaient embarrassées. La crainte que ce site ne devienne lieu de pèlerinage ? Aussi convenait-il de tout raser, de ne laisser aucune dalle portant les noms de ces disparus encore réputés, les Arnauld, les Le Maistre, laïcs ou religieux, hommes et femmes (en même temps, machinalement, ses doigts experts en palpation parcouraient de minces rainures creusées dans la table à l'intérieur desquelles s'était répandue une légère coulée de vin), le nom également de Jacqueline Pascal, sœur de l'auteur de ces *Lettres provinciales* qui avaient autrefois provoqué tant de remous, et bien sûr le célèbre Jean Racine. Peut-être d'ailleurs, à la mort de ce dernier, Louis le quatorzième n'avait-il guère goûté que son historiographe préféré élise Port-Royal pour l'éternité (camouflet posthume à la royale face) et n'était-il pas fâché, douze ans après, de l'en extirper et de le bouter ailleurs ? La vieille histoire du temporel contre le spirituel, de la cité des hommes contre la cité divine, selon les termes de saint Augustin, ce docteur de la grâce tant prisé par les port-royalistes. Le compagnon vidait sa chope, la remplissait, commandait une autre cruche tout en se déclarant perplexe – oui, bon, mais de là à tout détruire, corps et biens… Sans doute, reprenait Claude Dodart, ce monastère et son entourage étaient-ils devenus le symbole d'une résistance sourde à ce roi de droit divin, à ce pouvoir si fortement centralisé, cet œil-soleil censé tout voir, tout éclairer et contrôler, eh bien ces rayons-là n'avaient pas réussi à pénétrer au cœur de cette combe ombreuse, ces "saintes demeures du silence" pour reprendre les termes de M. Racine. D'ailleurs la vingtaine de moniales âgées, impotentes pour la plupart, certaines grabataires, expulsées en 1709 et dispersées dans différents couvents éloignés, cette poignée de vieilles femmes fragiles mais tenaces avait refusé jusqu'au bout de signer le formulaire sur ces questions de la grâce, imposé conjointement par le roi et le pape. Elles avaient ainsi signifié que leur conscience demeurait une forteresse inexpugnable, et elles en avaient payé le prix. Séparées les unes des autres, dispersées, déclarées hérétiques, privées des sacrements, ce qui était particulièrement atroce après quarante ou cinquante années consacrées à Dieu au fond de ce vallon… Le médecin avait avalé goulûment de ce vin râpeux avant d'ajouter à l'adresse de son ami : Au bout du compte, la papauté et la royauté, si longtemps opposées, avaient fini par se réconcilier sur le dos de Port-Royal. Tant et si bien que, afin de pouvoir en finir avec cette abbaye, ce roi autrefois fièrement gallican avait sollicité l'appui du pape – c'est ce qui s'appelle baisser culotte !

Un silence, et Claude Dodart prit soudain conscience qu'il venait d'employer une expression quelque peu gaillarde devant une vierge de quarante-quatre ans (la veille, au cabaret, les termes avaient glissé, bien sûr, aussi aisément que la boisson). Françoise de Joncoux n'en avait cure, elle était en train de penser : A propos d'exil, ne pas oublier d'envoyer une camisole de ratine et surtout un peu d'argent à la sœur converse Agnès Forget, si démunie, totalement isolée à la Visitation de Rouen depuis cette éprouvante, ultime expulsion d'octobre 1709.

Pour revenir à M. Racine (ce dernier point, précisa Claude Dodart à Françoise de Joncoux, il n'en avait pas parlé à son compagnon de chasse, une bien étrange chasse dont ils étaient revenus fourbus, gibecières vides), deux jours avant de mourir, Jean Racine, donc, avait confié un manuscrit à son médecin Denis Dodart, connu pour ses affinités jansénistes. Ce médecin qui, en avril 1699, s'était résigné, impuissant, à céder la place au prêtre. Mais à présent, lui, son fils, ignorait ce que ce texte était devenu, il ne l'avait pas retrouvé dans les papiers de son père après la disparition de ce dernier. Il savait seulement que cet écrit était une histoire abrégée de l'abbaye de Port-Royal – à cet endroit, Mlle de Joncoux, la copiste, l'archiviste fidèle et minutieuse, dressa l'oreille. En tout cas, avant même le décès de son patient, Denis Dodart était au courant : Jean Racine, par un codicille à son testament, avait demandé à être inhumé dans le cimetière extérieur de Port-Royal des Champs.

COMTESSE DE GRAMONT

avril 1699

Racine vient de mourir. J'en suis vivement affectée. A Versailles comme à Marly, j'appréciais sa compagnie. Sous l'aisance et le raffinement du langage affleurait le maintien, apprêté parfois, du bourgeois gentilhomme. Un roturier, sans fortune à l'origine, et qui avait brillamment réussi. A quel prix ? m'est-il arrivé de me demander. Dans les dernières semaines de sa maladie, je l'ai souvent visité en sa maison rue des Marais et j'ai admiré sa ferme humilité face à l'approche de la fin. En ma présence, du moins. Les leçons anciennes de Port-Royal, longtemps reniées, auraient-elles fini par fructifier ?

Il était dans sa soixantième année. Par testament, il a sollicité la grâce d'être enterré à Port-Royal des Champs. Aux pieds de Jean Hamon, ce médecin qui visitait les malades aux alentours, juché sur son âne tout en tricotant (à Port-Royal il était séant de toujours s'occuper les mains). Stupeur à Versailles. Louis le quatorzième est assez digne et maître de lui pour ne rien laisser paraître mais quel affront posthume... Son poète de naguère, comblé de faveurs et de gratifications, son historiographe grassement rétribué, inhumé dans ce lieu haï ! Aux yeux du roi, Port-Royal est un repaire d'hérétiques, un foyer séditieux, voire républicain – de quelles cabales parviennent à naître certaines légendes ? Cependant, je dois le reconnaître, le roi se comporte à la perfection. Nous venons de l'apprendre : la veuve touchera une pension, le fils aîné, Jean-Baptiste, héritera du titre de gentilhomme ordinaire attribué autrefois au père.

Quant à la tête de la Maintenon ! Elle est convaincue que l'éducation donnée à Saint-Cyr est de bien meilleure tenue qu'à Port-Royal (autrefois, du moins, puisque pensionnaires et postulantes en ont été retirées depuis longtemps). Elle se trompe. Entre mes dix ans et mes vingt ans, je fus pensionnaire aux Champs, je sais de quoi je parle. Cette alliance de douceur et d'exigence, cette confiance accordée aux capacités de chaque fillette. Parfois c'était M. Antoine Arnauld lui-même qui nous faisait le catéchisme. On peut bien m'en conter sur Saint-Cyr, jamais les élèves de cette maison n'ont eu un aussi grand esprit, un théologien célèbre en France et à l'étranger, pour leur expliquer le péché originel, la rédemption et la grâce.

A l'époque où je séjournais à Port-Royal, mes parents, exilés d'Angleterre, étaient ruinés, ma sœur et moi fûmes habillées avec les robes et les mantes laissées par les postulantes qui prenaient l'habit de novice. A aucun moment on ne nous fit sentir que nous étions recueillies et entretenues par charité. Régnait l'égalité de traitement pour toutes, quels que fussent l'origine et le patrimoine.

Vieille et riche, à présent, mariée au comte de Gramont. Le roi aime plaisanter en ma compagnie, j'ai mon franc-parler, salé parfois, qui le distrait fort. De quoi irriter celle que j'appelle Mme de Maintenon-Maintenant. Pour ça oui, elle maintient ! Dans l'ennui et la piété rigides. Elle a senti que le roi goûtait auprès de moi la vivacité piquante qu'elle ne détient pas. A propos de piquant, et de cette sépulture en terre port-royaliste élue par M. Racine, un familier de Versailles a laissé échapper un bon mot (puisque, dans cette cour faisandée, nous jouons à avoir de l'esprit, même au sujet de la mort) : Voilà bien quelque chose que M. Racine n'eût point fait de son vivant... Certes ! Trop bon courtisan, trop attaché à ses rentes et bénéfices – je le comprends.

Ce soir, rongée de tristesse, je me demande si sa dernière pièce – elle ne pouvait ni être publiée ni être mise en scène – ne se serait pas jouée, en silence, sur ce théâtre secret que nous portons chacun au fond de nous et dont nous nous refusons à lever le rideau même, et surtout, à nos propres yeux. Cette tragédie ultime, muette, aurait consisté à demeurer un parfait homme de cour tout en retournant, intérieurement, vers le Port-Royal de son enfance et de son adolescence. Vers ses seules racines ?

Déjà, il y a cinq ans, n'avait guère été appréciée sa présence à Port-Royal des Champs lors de la cérémonie funèbre en l'honneur du grand Arnauld, le fameux théologien contraint de s'exiler dans les Flandres. Le corps était resté à Bruxelles, le cœur avait été expédié aux Champs. Il faut dire que, à Port-Royal, on aimait le dépeçage des cadavres afin de composer des reliquaires avec l'index d'un Solitaire, la dent d'un confesseur ou un morceau de drap trempé dans le sang d'une abbesse. Ces touchantes pratiques n'étaient pas ce que je préférais mais, en France, elles ont cours fréquemment. Pas dans mon Ecosse natale, heureusement.

Un jour où je croisais M. Racine devant son appartement à Versailles – privilège très envié même s'il ne s'agissait que de deux petites pièces –, je lui avais glissé *sotto voce* : Vous avez eu un certain courage de vous rendre à cet office pour Antoine Arnauld, et plus encore de rédiger son épitaphe. Pour seule réponse, une brève lueur dans ses yeux un peu éteints, ces yeux dont je ne saurais dire s'ils étaient gris ou bruns. Cet abcès au foie, ou ce cancer, avait-il déjà amorcé son travail de sape, insidieux ? Se pourrait-il qu'on entre dans la maladie à cause d'une tragédie qu'on ne saurait écrire cependant qu'on se plie à la comédie courtisane ?

Ce Racine exemplaire – il ne remit jamais les pieds dans un théâtre après son mariage –, époux fidèle et père attentionné, pieux et rangé, roturier de médiocre extraction anobli par le roi, rétribué pour relater les hauts faits et mérites dudit souverain, élu à trente-deux ans à l'Académie par le bon plaisir du prince, ayant ses entrées à toute heure chez le souverain (lorsque ce dernier était malade et souffrait d'insomnie, Racine lui lisait Plutarque la nuit – ah, j'eusse aimé en pareille occurrence cette belle voix flexueuse à mon chevet), eh bien voilà que ce même homme, d'outre-tombe, décochait une jolie nasarde à son bienfaiteur ! Et à la Maintenon. Et au royal confesseur, un jésuite bien entendu, embastillé dans sa haine des jansénistes. En fait, ce terme de janséniste me paraît de plus en plus inapproprié. A mon sens, on professe à Port-Royal la pensée de saint Augustin et non point celle de Jansénius. Mais lorsqu'on veut monter une cabale et perdre des chrétiens respectables, on décrète que les augustiniens sont hérétiques car disciples de Jansénius. Ce qui, en apparence, permet de ne pas attaquer de front saint Augustin, l'intouchable père de l'Eglise, tout en sapant sournoisement sa doctrine sous le couvert de Jansénius – jésuitique habileté.

J'ai toujours goûté les tragédies de M. Racine mais il n'aimait guère que je lui en parle. Considérait-il son œuvre théâtrale comme un accident de parcours, quasiment ? Ou une étape qu'il préférait avoir oubliée. Telles ces femmes devenues d'exemplaires dévotes après avoir réussi par la galanterie (mais non, mais non, je ne désigne personne…). Une fois, cependant, j'ai tenté de pousser plus avant : estimait-il, comme certains l'auraient suggéré, que Phèdre était une créature déchue – nous le sommes tous – à laquelle la grâce aurait manqué ? Non, il n'avait nullement songé à la grâce en écrivant *Phèdre* (plutôt, j'imagine, au cul de la Champmeslé, son admirable interprète – avoir été élevée à Port-Royal ne m'a pas rendue sottement bégueule ni ne m'a interdit de prendre plaisir, autrefois, à quelques aventures galantes). D'ailleurs, poursuivit-il, cette litanie de querelles et finasseries théologiques, éprouvantes, épuisantes, durant plusieurs décennies, ces arguties et cette casuistique autour de la grâce – efficace, actuelle, irrésistible, suffisante, triomphante, nécessaire, infaillible, congrue, certaine, invincible, et que sais-je encore –, afin de déterminer si cet évêque d'Ypres, ce Cornelius Jansen dit Jansénius (dont on se serait bien passé) avait ou non distordu la doctrine de saint Augustin, ces bulles pontificales, ces mandements d'évêques, ces conflits au sein du clergé, du plus humble curé au plus savant théologien, ces formulaires condamnant les thèses de Jansénius que devaient signer tous les ecclésiastiques français, et même les régents de collège et les maîtres d'école, oui, tout ce fatras de controverses durant plus d'un demi-siècle lui paraissait pesamment indigeste, et si jamais lui, Jean Racine, se décidait un jour à rédiger une histoire de Port-Royal – tiens, tiens –, il serait certes obligé, afin d'éclairer le propos, d'expliquer cette prétendue hérésie, fabriquée de toutes pièces par les ennemis du monastère, une hérésie imaginaire, selon lui, devenue instrument politique entre les mains des jésuites. Ce dont je convins volontiers. Mais, reprit-il, il ne descendrait pas dans tous ces détails fastidieux. A ses yeux, l'essentiel serait de démontrer que, en l'affaire, Louis XIV avait été mal informé, trompé, notamment par ses confesseurs et ses conseillers. Je fus émue par ce soin jaloux de dédouaner le roi qui, à ses yeux, devait demeurer sacré et je voulus l'interroger plus avant au sujet de cet écrit – l'aurait-il déjà entrepris ? Il se ferma sitôt et me pria instamment de n'en point parler. Bien entendu…

Dans le réseau janséniste – appelé par certains "le parti", une sorte de clan diffus à mon sens, une toile d'araignée assez lâche tissée d'amitiés, de liens familiaux et d'entraides plus ou moins secrètes –, on dénommait Mme de Maintenon "la Dame". Rien à voir avec l'amour courtois… M. Racine l'avait cependant courtisée, elle lui avait commandé des pièces d'inspiration biblique pour sa maison d'éducation et il avait fait répéter les grandes gourdes de Saint-Cyr afin d'atténuer leurs atroces accents provinciaux (quand je pense à la voix de la Champmeslé, cette merveille, j'entends encore ses inflexions frémissantes dans le rôle de Phèdre…). Bref, dans "le parti", on espérait que, par l'intermédiaire de "la Dame", M. Racine solliciterait le retour du grand Arnauld, le théologien en exil, voire la mansuétude royale à l'égard de l'abbaye des Champs. "Le parti", je le crains, comprenait mal les luttes de chapelle au sein de la cour, la complexité mouvante des intrigues, et ce feutré qui n'empêchait nullement la violence de certaines cabales. Lucide là-dessus, M. Racine. Partagé, en tout cas fort circonspect, et ne détenant qu'une étroite marge de manœuvre. Il y a un an, il fut même contraint de se disculper auprès de sa protectrice : non, non, il n'était nullement janséniste, s'il lui arrivait de se rendre aux Champs c'était uniquement en raison de ses liens familiaux avec l'abbesse, sa tante paternelle qui avait pris soin de lui lorsqu'il était un enfant orphelin, puis l'avait ramené dans le giron de Dieu – attendrissant discours… En tout cas, j'ai deviné son anxiété lors de cet épisode et je me suis même demandé s'il n'aurait pas retiré sa fille Marie-Catherine de ce couvent par courtisane prudence. Ou le lui aurait-on fait entendre ? Il connaissait assez les codes subtils de la cour pour interpréter pertinemment le message le plus ténu. Mais qui ça, *on* ? La Dame de Maintenant ?

Je peux comprendre les hésitations, les avancées mesurées et les retraits précautionneux de M. Racine. Un nouvel archevêque, le cardinal de Noailles, avait été nommé à Paris, avec l'appui, d'ailleurs, de la Maintenon-Maintenant. Il passait pour être moins hostile aux jansénistes que son prédécesseur. De plus, en cette année 1697, les jésuites avaient légèrement perdu du terrain. M. Racine a sans doute repris confiance, il avait même réussi à obtenir de Noailles le supérieur que souhaitaient les moniales des Champs, fort chatouilleuses sur ce point. Oui, à l'automne 1697, lorsqu'il a laissé son aînée postuler à Port-Royal (l'a laissée ou l'a incitée ?), il pouvait assez raisonnablement nourrir l'espoir que le roi finirait par autoriser la reprise du noviciat. Puis le vent a tourné, M. Racine a flairé le danger pour lui-même, et l'impasse pour sa fille, il l'a précipitamment retirée des Champs cinq mois plus tard. Non, je ne voudrais point l'accuser de duplicité – comment savoir ? –, je le plaindrais plutôt d'avoir dû affronter ce déchirement. Et je plains encore plus cette pauvre Marie-Catherine, piégée à son insu dans ces tergiversations et revirements.

Je connais trop cette encombrante contradiction : demeurer bien en cour tout en s'efforçant de vivre une piété sincère et tout intérieure. Ces Messieurs les Solitaires l'avaient compris qui avaient choisi le retrait au désert. Racine est mort, et j'imagine ce que fut son anxiété. Comment espérer être élu par la grâce divine lorsqu'on craint autant une disgrâce royale ? De quoi se ronger les foies ?

Cet homme féroce et fragile – orphelin très jeune, de père et de mère m'avait-il confié –, cet homme aura été à deux reprises accusé d'empoisonnement. Symbolique et réel. Lorsqu'il était jeune, par ses anciens maîtres de Port-Royal affirmant qu'un auteur de théâtre est un empoisonneur des âmes. Et, beaucoup plus tard, par la fameuse, l'affreuse Voisin, experte en drogues meurtrières. Elle soutint que le sieur Racine avait empoisonné sa maîtresse, la belle comédienne Marquise Du Parc. Une affirmation absurde, la Voisin était capable de mouiller n'importe qui afin d'éviter le feu du bûcher.

Mais pourquoi ses maîtres les Solitaires – avec leurs élèves ils habitaient les Granges, au-dessus de nos têtes, et nous, les pensionnaires adolescentes, savions qu'il s'agissait de grands traducteurs, de la Bible, de saint Augustin et d'autres docteurs de l'Eglise –, oui, pourquoi ces savants Messieurs, Arnauld d'Andilly, Antoine Le Maistre, Antoine Arnauld, Pierre Nicole, Isaac Le Maistre de Sacy et d'autres, ces hommes qui aimaient tant former les jeunes esprits (auteurs à cet effet d'ouvrages de logique et de grammaire réputés ainsi que de méthodes nouvelles pour l'apprentissage des langues, anciennes et vivantes), pourquoi, s'ils dénonçaient les effets corrupteurs du théâtre, avaient-ils plongé celui qu'on appelait autrefois le petit Racine dans Eschyle, Sophocle, et Euripide, et Virgile et Sénèque, lui enseignant, outre le latin, cette langue grecque que ses maîtres et lui chérissaient tant (les jésuites, eux, préféraient la rhétorique cicéronienne), oui pourquoi l'avoir immergé dans Homère, dans les grands tragiques athéniens, au cœur de cet univers où triomphent tant de forces aveugles, de violence et de passion, ainsi que cette implacable marée de la répétition au sein des lignées familiales ? J'aurais presque envie de dire : Cet univers où la prédestination se nomme fatalité.

A présent, le petit Racine est enterré aux pieds de Jean Hamon le médecin. Et je m'interroge. Sans Port-Royal, pas de *Thébaïde* ni d'*Andromaque* ? Pas d'*Iphigénie en Aulide* ni de *Phèdre* ? Non sans frémir, je viens de relire ce passage de *La Thébaïde* où les jumeaux, les frères ennemis, déclarent avoir conçu cette haine réciproque dans le ventre de leur mère. M. Racine a ajouté ces vers dans son ultime édition, celle de 1697 : *Avant notre naissance...* C'est joué. Déjà là. Nulle issue.

Lui et moi, nous fûmes souvent de ce qu'on appelait les Marly, ces séjours où n'étaient conviés que des privilégiés, à peine une cinquantaine, sommés de divertir le roi loin de la pompe et des rituels versaillais. Ce château de Marly où, entre intimes s'observant âprement, rivalisant et se haïssant, on était censé s'amuser. Ce qui ne seyait guère à la Maintenon qui maintenait ses rigides apprêts et son air de martyre ne se plaignant ni ne se mêlant (disait-elle) jamais de rien... Mais non, je ne la hais point, elle me ferait plutôt pitié ! Quel métier que le sien, toujours aux aguets, en alarme, s'efforçant parfois de contrebalancer l'emprise des jésuites sur le roi (ce qui ne la rend pas pour autant favorable aux jansénistes), contrainte d'amortir en privé les humeurs noires et les vapeurs de son époux : comme on sait, l'exercice prolongé du pouvoir absolu engendre la mélancolie.

Parfois, Racine et moi nous promenions dans le parc de Marly, à l'écart du ballet courtisan. Il nous arrivait d'évoquer la beauté des hautes futaies autour de Port-Royal, les chemins sinueux, l'étang et ses reflets mouvants. Ou bien la lumière du couchant sur les Granges tandis que le vallon en contrebas, là où nichait le monastère, condensait déjà les ombres. J'expliquais à M. Racine ce que je ressentais alors. Fillette naïve, depuis une fenêtre de notre dortoir (on disait la Chambre des Grandes), je levais le nez vers ce bâtiment austère tout en haut de la pente, moins austère d'être léché, caressé par le soleil déclinant, je songeais que là-haut, semblait-il, ils connaissaient la grâce et je me demandais quand elle consentirait à descendre jusqu'à moi. Et, disais-je à mon compagnon de promenade, j'avais eu un temps pour maîtresse des pensionnaires la sœur de M. Pascal, en religion Jacqueline de Sainte-Euphémie, elle nous avait expliqué que Dieu n'élisait pas tous les êtres humains, nous ne pouvions jamais être assurés d'être comblés par sa grâce, sans laquelle rien n'est possible, cependant il fallait continûment prier, s'efforcer à la charité et à la pénitence, même si le mérite ne garantissait nullement cette mystérieuse faveur. Discours tenu à des fillettes avec grande clarté et fermeté, douceur cependant – la clarté, la vivacité et la fermeté du langage, on en avait à revendre dans la famille Pascal… A cet endroit, M. Racine avait souri (légèrement contraint peut-être, je sais je sais, les écrivains sont chatouilleux, la gloire de l'un ombrage celle de l'autre) : Bien sûr, il avait vivement goûté l'enjouement rageur, efficace, des *Lettres provinciales*. A l'époque – en ce début de l'année 1656, il avait seize ans –, il avait pris connaissance de ces premières lettres qu'un de ses parents, Nicolas Vitart, passé comme lui par les Petites Ecoles, portait clandestinement à Pierre Le Petit, imprimeur à Paris rue Saint-Jacques.

DENISE LE PETIT

mars 1656

Un commis de chez Savreux, affolé, essoufflé, est venu nous prévenir : on venait de perquisitionner dans leur imprimerie, son maître et sa femme étaient arrêtés, les scellés apposés. Je m'en souviens comme d'hier, c'était le mercredi 2 février, jour de la Chandeleur, sur le coup de midi. Savreux détenait des exemplaires de la première *Lettre écrite à un provincial par un de ses amis*. Nous étions en train de préparer l'impression de la deuxième. On fait quoi ? ai-je demandé à mon mari. On continue... Presque aussitôt un commissaire et ses acolytes ont déboulé dans la boutique. Avant qu'ils n'aient pu me repérer, je me suis précipitée à l'entresol, où sont installées nos presses. A la hâte, j'ai rassemblé les formes de la *Seconde lettre*, les ai entassées dans mes jupons que j'ai retroussés puis liés sous ma robe, mais aide-moi donc, imbécile, ai-je murmuré furieusement à notre petit grouillot, attache-moi ça solidement sur le côté et derrière, je n'y arrive pas tellement ils sont lourds ces rectangles de plomb, et si on t'interroge, tu n'as rien vu, tu ne sais rien, compris ? Le pauvre gamin était tout gêné, empêtré, jamais il n'avait aperçu les cuisses de sa maîtresse, la femme du patron (de surcroît fille de Camusat, le libraire de l'Académie française, l'aristocratie des libraires-imprimeurs). J'avais peur que mes jupons ne craquent sous le poids, heureusement ils sont en bonne toile de Hollande.

Arborant l'air las, placide et triomphant des femmes grosses, j'ai traversé lentement la boutique. Un beau carnage, meubles renversés, livres éparpillés, tiroirs vomissant leur contenu, papiers répandus sur le sol – eh bien, messieurs, voilà du joli travail, j'espère que vous aurez la bonté de tout remettre en ordre –, interdit, le commissaire a ôté son chapeau et m'a saluée, poliment, j'ai entrevu la mine ahurie de Pierre, je n'ai pas osé lui adresser un clin d'œil complice, peut-être ne retrouverais-je pas mon époux à mon retour, peut-être lui aussi serait-il arrêté, comme Savreux, emprisonné, mais de mon père, le grand libraire Camusat, je tenais ce principe : toujours sauver les textes, avant tout ! Je suis sortie avec une lenteur digne, l'angoisse et les formes pesaient sur mon estomac, j'ai remonté un bout de la rue Saint-Jacques et j'ai réussi à porter mon fardeau de mots chez un confrère – on aviserait plus tard pour les arrangements financiers. La deuxième *Lettre* a pu être imprimée – des plaquettes in-quarto, en tout petits caractères – et distribuée très rapidement. Le succès grandissait à toute allure, on se les arrachait et se les repassait sous le manteau, on les lisait à haute voix dans les salons, on admirait le ton, on riait, au total nous avons gagné beaucoup d'argent. C'est un inconnu qui nous apportait la copie, en secret. Par la suite nous sûmes qu'il s'appelait Nicolas Vitart. Il était l'intendant du duc de Luynes, ce grand seigneur ancien Frondeur qui avait fait construire un château tout près de Port-Royal des Champs afin de se retirer du monde avec sa femme et vivre dans l'étude et la piété. Mais ce n'était ni le duc, ni ce Nicolas Vitart qui rédigeait ces fameuses lettres, je ne sais toujours pas qui. D'autres doivent suivre, nous a-t-on prévenus.

J'ai fini par le lire, ce texte que j'avais soustrait à la saisie. Je n'ai pas tout compris, c'était parfois un peu ardu avec tous ces pères de l'Eglise, mais l'auteur se moquait joliment de ces controverses alambiquées autour de la grâce ainsi que de ces messieurs les jésuites. En tout cas, j'ai aimé être grosse de cette *Lettre*, née de père inconnu…

COMTESSE DE GRAMONT

avril 1699

Et dans ce parc de Marly, certes plus apprêté que les bois autour de Port-Royal, Jean Racine et moi poursuivions promenade et conversation. Revenant sur le goût du langage dans la famille Pascal, mon compagnon avait ajouté : D'ailleurs Euphémie, le nom en religion élu par Jacqueline Pascal, signifie en grec "qui parle bien". Et cette Euphémie fut une martyre préférant être dévorée par les lions plutôt que de renier sa foi. Je me souviens d'avoir glissé en souriant que, à la passion du langage, on ajoutait parfois à Port-Royal celle de la persécution (d'aucuns estimaient que Jacqueline Pascal serait morte, en octobre 1661, de s'être résignée, contre sa conscience, à signer ce fameux formulaire).

En recoupant les dates, nous nous aperçûmes que, à l'époque où je couchais dans la Chambre des Grandes, Jean Racine dormait non loin, aux Petites Ecoles des Granges, avec deux ou trois autres garçons, dans la même pièce que cet Antoine Le Maistre qui lui tint lieu de père. Tôt levé, il priait puis révisait ses conjugaisons grecques. En contrebas, au monastère, Jacqueline de Sainte-Euphémie Pascal apprenait à lire aux petites de cinq ou six ans suivant la méthode proposée par son frère Blaise. C'est elle qui avait rédigé le règlement pour les jeunes pensionnaires et je disais à

M. Racine combien les activités étaient sagement ordonnées tout au long de la journée. Aux Petites Ecoles également, reprenait-il, jeux et jardinage alternaient avec l'étude, les plus grands s'occupaient des plus jeunes, les aidaient à s'habiller et à apprendre leurs leçons. Pareil pour nous les filles, et j'ajoutais que, au début, passablement perdue (j'arrivais d'Angleterre, ma famille avait dû s'enfuir), je m'étais blottie dans le cocon du cloître, impressionnée par le silence, peu à peu apaisée par la régularité sereine des horaires, par le bruissement feutré des longues robes crémeuses. Mon meilleur souvenir, lui disais-je, c'était la prière du soir, en été. Par grande chaleur, elle avait lieu dans le jardin. Je nous revois à genoux dans l'herbe, odeurs de thym et de sauge, murmures du Rhodon, des feuillages, et toutes ces petites filles psalmodiant dans l'ombre qui emplissait lentement le vallon. Sur la basse continue de nos litanies un oiseau, parfois, dessinait sa mélodie. Puis venaient la remontée jusqu'aux dortoirs et le coucher, en silence.

J'avais aimé ces moments-là.

Oui, il était étrange, après avoir été tous deux élevés par charité à Port-Royal, de nous retrouver quarante ans plus tard à Versailles ou à Marly, en apparence comblés et fortunés. Marqués durant notre enfance par cette empreinte qu'il nous était difficile d'expliciter à d'autres. Et qu'importait si l'un comme l'autre nous nous étions accordé quelques galanteries – M. Racine plus que moi, je suppose –, l'empreinte nous avait modelés en profondeur.

Lors de son dernier séjour à Marly, il me confia son regret d'avoir répondu par un texte virulent à la diatribe de ses anciens maîtres contre le théâtre. Ah non, il n'était pas fier de ce libelle, il aurait souhaité qu'il n'eût jamais été imprimé ! Car il avait méchamment ridiculisé la mère Angélique Arnauld, disparue à cette date, ainsi que ces Messieurs les Solitaires et le style de leurs traités. Avait suivi une rupture dont sa tante, Agnès de Sainte-Thècle Racine, avait beaucoup souffert. Elle lui avait interdit de la venir visiter aux Champs tant qu'il fréquenterait le théâtre, ce lieu de perdition. Et lui, l'orphelin éduqué aux Petites Ecoles, s'était rebiffé, fielleusement. Il se peut, ai-je pensé, qu'on en veuille, obscurément, à ceux qui ont exercé sur vous leur charité, ou leur amour attentif… De plus, il avait mal choisi son moment pour publier son pamphlet. En 1666 et 1667, dix ans après les *Lettres provinciales* de M. Pascal, les attaques contre Port-Royal avaient repris de plus belle, Isaac Le Maistre de Sacy et son fidèle secrétaire étaient emprisonnés à la Bastille. Une trentaine d'années plus tard, à Marly en cette année 1698, le soleil descendait sur l'un des bassins, M. Racine (se doutait-il qu'il ne lui restait qu'un an à vivre ?) regardait dans la direction de Paris et m'avouait, l'air empêtré, malheureux : A l'époque, certains de mes anciens maîtres étaient au cachot, là-bas, à la Bastille, et j'avais eu la noirceur, l'impudence de les attaquer… J'ai tenté, vainement je crois, d'atténuer ses remords en lui rappelant qu'il n'était pas aisé de trouver une période où les moniales et les Solitaires n'eussent point été en butte à des calomnies et des tracasseries. D'ailleurs, je le pouvais comprendre. Il avait alors vingt-six ans, il défendait sa liberté d'écrire, sa carrière tout juste montante d'auteur de théâtre, la possibilité, enfin, d'exister, de s'enrichir par sa plume. L'ingrat, le méchant petit Racine… Oui, il lui arrivait d'être vif, venimeux, tout en se pliant aux arrondis et courbettes nécessaires à une jolie carrière de courtisan.

Il est mort depuis un mois. Je viens d'annoncer à M. de Gramont que je ferai retraite à Port-Royal des Champs durant l'octave de la Fête-Dieu, au mois de juin. Stupeur, puis l'explosion : Mais c'est de la folie ! La disgrâce assurée pour vous et pour moi ! Mme de Maintenon est chroniquement atteinte de prurit antijanséniste et vous lui tendez une arme toute fourbie pour vous éliminer aisément de la cour, ce qu'elle souhaite et tente depuis des années… Et quel plaisir pouvez-vous bien escompter en la compagnie de quelques religieuses égrotantes ou à demi sourdes ? Enfin, Elizabeth (il devait être fort perturbé car d'habitude il me dit "comtesse"), si vous ne voulez penser à moi, songez au moins à nos deux filles… Nos filles ont été élevées en ce couvent, elles comprendront. J'éprouve la nécessité de me ressaisir dans le calme et le silence, j'ai cinquante-huit ans, vous ne l'ignorez pas, je vis avec vous dans le monde et j'en accepte les règles mais en ce moment, je souhaite lui tourner le dos un temps – le décès de M. Racine m'aurait-il affectée en profondeur, confrontée à ma propre disparition ?

De ce trouble je n'ai rien confié à mon époux – incroyant endurci, ce qui est une sage façon de se tenir à l'écart de ces querelles religieuses, Louis le quatorzième préférant encore un athée à un janséniste. Le comte est revenu à la charge : Je vous rappelle que, aux yeux du roi, Marly et Port-Royal sont incompatibles, déjà Mme de Maintenon colporte que vous détenez dans votre cabinet des portraits de Jansénius et d'Antoine Arnauld, ces deux théologiens prolifiques. Vous savez fort bien, ai-je rétorqué, qu'il n'en est rien pour Jansénius, d'ailleurs comment pourrais-je avoir le portrait d'un homme qui exécrait les femmes, cette "race" pour reprendre ses termes, et qui a préféré mourir sans soins, plutôt que de supporter d'impures mains féminines, fussent-elles mains de religieuses, sur son corps préservé de la souillure (à mon avis, ce malheureux avait trop lu saint Augustin, cet Augustin qui confesse combien, jusqu'à la trentaine et plus, il les a aimées, désirées, ces mains de femmes, et pas seulement leurs mains) ?

Mi-souriant, mi-exaspéré, le comte a conclu : Se dérober à la cour, ne serait-ce qu'une semaine, suppose d'y renoncer à jamais, vous verrez que vous ne serez point invitée au prochain Marly.

C'est fort probable mais je tiendrai bon. J'ai trop souvenir de ce 24 avril 1661. J'étais encore pensionnaire aux Champs. Dans la nuit j'avais été réveillée par une forte averse, je n'avais pu me rendormir et, dès l'aube, percevant un fracas inaccoutumé en ce lieu de silence, j'avais regardé par la fenêtre de la Chambre des Grandes. Des hommes en armes – une multitude de soldats pour quelques fillettes ! – cernaient le monastère. Leur lieutenant a exigé que les postulantes et toutes les pensionnaires, une vingtaine, lui soient remises afin d'être rendues à leurs familles. L'affolement, les hardes pliées à la hâte, les plus jeunes en pissaient de saisissement ou s'accrochaient, en larmes, aux robes des moniales. Jacqueline Pascal – à cette époque elle était devenue sous-prieure – s'efforçait de calmer le troupeau éploré. Elle avait formé la plupart des adolescentes et devait se douter que, à Port-Royal de Paris, ses propres nièces, Jacqueline et Marguerite Périer, seraient également arrachées, ou l'étaient déjà, et donc contraintes de se réfugier chez leur oncle Blaise Pascal. Calmement, elle nous admonesta : l'essentiel était de conserver au fond de nous la sérénité acquise ici, en nous confiant à Dieu. Non, je n'oublierai pas ce regard de braise, cette intensité brûlante, et pourtant j'ai deviné un affleurement humide au fond de ces yeux si sombres. Elle est morte cinq mois plus tard, le jour anniversaire de ses trente-six ans. Son frère Blaise lui a survécu dix mois.

Repensant aujourd'hui à ce drame, à cette expulsion d'avril 1661, je me dis que c'était pour Louis le quatorzième le début de son règne personnel, peu après la mort de Mazarin. Il affirmait ainsi sa volonté d'exercer lui-même le pouvoir, de réduire ce qu'il estimait être une poche de résistance. Un lieu, du moins, où la piété, fruit d'une conversion, d'une transformation tout intérieures, ne pouvait être régie par le roi, pas plus que par le pape ou les évêques. Ainsi ai-je compris les leçons du théologien Antoine Arnauld et de Jacqueline Pascal devenue la sœur de Sainte-Euphémie – celle qui parle bien.

De ces événements qui m'ont marquée, il me souvient d'en avoir discuté avec M. Racine. Durant ses études, lui-même avait souvent changé de lieu. Tantôt, m'expliqua-t-il, les familles reprenaient les enfants (mais lui n'avait ni père ni mère), tantôt les Solitaires, lorsqu'ils étaient contraints de quitter les Granges, parvenaient à réunir un petit groupe d'élèves en d'autres lieux. A Paris, dans le cul-de-sac Saint-Dominique, ou bien chez le duc de Luynes en son château de Vaumurier, juste à côté des Champs. Oui, le petit Racine avait connu les départs et déménagements forcés, il emportait précieusement les livres et les cahiers où il aimait noter des extraits de ses chers auteurs grecs et latins. Il avait dû affronter la nécessité d'apprivoiser une nouvelle chambre, d'autres camarades, mais les maîtres demeuraient avec eux, attentifs, et le cours des études, des jeux, des prières reprenait, rituel.

Je les revois, mes condisciples de ces années-là. Cécile qui aimait tant désherber le jardin des simples, la grande Nicole qui m'avait réconfortée lorsque mon sang avait coulé pour la première fois, Thérèse aux si longs, si beaux cheveux – je les sacrifierai volontiers lorsque je prononcerai mes vœux, affirmait-elle joyeusement, eh bien il n'y eut ni vœux ni sacrifice –, et Michelle qui riait en rêvant, et Renée, Geneviève, Agathe, et ma cousine Hélène, comme moi d'origine écossaise. Parfois, dans un recoin de la lingerie, nous papotions en cachette dans notre langue natale. J'étais parmi les plus âgées des pensionnaires et n'avais jamais songé à devenir religieuse (nul n'exerça sur moi la moindre pression en ce sens). Tôt ou tard, je le savais, je retournerais dans le siècle, aussi ne fus-je point trop agitée lors de cette brutale incursion militaire. Et pourtant, trente-huit ans plus tard, j'ai toujours en mémoire ces cris et ces sanglots, le massacre des innocentes, les yeux embués embrasés de Jacqueline Pascal, la pluie les pleurs.

De surcroît il a fallu que, dix-huit ans après ma propre expulsion, le même drame fût vécu par mes filles, toutes deux pensionnaires aux Champs. Mon aînée, âgée de douze ans, parut ensuite à la cour et déclara, tout uniment, que, à Port-Royal, on priait chaque matin pour le roi et qu'elle ne comprenait pas pourquoi ce dernier avait déclenché ce beau grabuge – sourires amusés, mais prudents, des courtisans ; pincé de la Maintenon-Maintenant.

Comment pourrais-je oublier ? Parfaitement, j'irai me recueillir à Port-Royal des Champs plutôt que de me divertir à Versailles. Voilà bien quelque chose que je ferai de mon vivant.

Françoise de Joncoux sonna la servante, les braises dans la cheminée clapotaient en mourant. Le médecin eut l'impression que l'ombre et le froid n'avaient pas seulement envahi la pièce mais toute la montagne Sainte-Geneviève et les morts inhumés à Saint-Etienne-du-Mont, Antoine Le Maistre, Isaac Le Maistre de Sacy, et Jean Racine, et Blaise Pascal. Les trois premiers avaient élu la solitude et les futaies de Port-Royal mais n'avaient pas eu le droit d'y dormir en paix. Aimée entra, raviva les flammes, ajouta des bûches. Elle perçut la densité du silence entre sa maîtresse et le visiteur, se tut, alluma deux bougies avant de sortir.

Alors, cet écrit secret de M. Racine sur Port-Royal, cet écrit confié à votre père, qu'est-il devenu ? Mlle de Joncoux revenait là-dessus, avec insistance. Claude Dodart avoua son ignorance. Elle sentit qu'elle n'en tirerait rien, sans doute parce que, effectivement, le médecin en avait perdu la trace. Françoise de Joncoux ne pouvait s'empêcher d'imaginer : M. Racine rédige une lettre à l'intention de Mme de Maintenon, se blanchissant de toute affinité janséniste ; en parallèle, il travaille à cette chronique de Port-Royal. Françoise, l'amoureuse, la préservatrice de manuscrits, se représentait les deux textes – la missive, le traité – côte à côte sur le bureau de M. Racine, rue des Marais. Un lieu qu'elle avait bien connu pour en avoir été autrefois propriétaire avec sa mère – ce cabinet un peu sombre mais si calme donnant sur la cour, la table en noyer et la bibliothèque en sapin, la belle tapisserie de Bergame sur le mur du fond –, et elle se demandait comment cet homme avait vécu pareil clivage. Le second écrit le dédouanait-il du premier ?

Les lueurs mouvantes des bougies et du feu éclairaient à demi le salon et Claude Dodart revint sur cette fin de matinée, la veille, au cabaret de Saint-Lambert, après le passage par la fosse commune à l'entrée du village, cette gueule béante avaleuse de cadavres dans la grisaille glaciale. Il s'était efforcé d'expliquer à son ami, toujours perplexe, les causes de cette destruction et, pis, de ces profanations de sépultures. Le retour en force des jésuites – dont l'actuel confesseur du roi, ce Le Tellier hargneux, teigneux, et si les jésuites sont vêtus de noir, eh bien celui-là, en outre, avait l'âme noire, ténébreuse même ! Le scandale représenté par ces hommes d'esprit et de talent, les Solitaires, qui avaient préféré se retirer du siècle plutôt que de servir le roi – ils semblaient de vivants reproches à l'égard des mœurs courtisanes. Oui, bon, j'entends, avait grognassé son compagnon, cependant, ces fameux Solitaires dont vous me rebattez les oreilles sont dispersés, exilés ou décédés depuis un certain nombre d'années, si j'ai bien compris… Il est vrai, mais leurs écrits persistent, circulent toujours sous le manteau (grâce à vous et à quelques autres, souligna Claude Dodart à l'adresse de Françoise de Joncoux). Revivifiée, la mémoire de Port-Royal ressuscite de vieilles hargnes.

Tandis que le médecin reprenait ses arguments, ses doigts de praticien exploraient machinalement les rainures dans le marbre, doigts d'aveugle s'efforçant de déchiffrer il ne savait quel message secret, un reste de vin stagnait dans l'une de ces minces fissures et humectait son index. L'ami continuait à le tarabuster, enfin, vous qui êtes le médecin du dauphin, vous devriez être bien informé ! Et lui de répondre qu'on pouvait détenir une charge officielle à Versailles sans être dans le secret des intrigues et des décisions, d'ailleurs il préférait s'en tenir soigneusement à l'écart. Il s'était accordé une bonne rasade avant d'exhumer un autre argument (il était étrange de devoir chercher des justifications à l'injustifiable) : Louis le quatorzième n'avait pas supporté les prétentions de ces religieuses à élire leur abbesse, eh oui, un privilège exceptionnel, arraché à Louis le treizième par la mère Angélique. Louis XIV aurait voulu la nommer lui-même, cette abbesse, or même la poignée de survivantes présentes aux Champs jusqu'en octobre 1709 n'avaient jamais cédé là-dessus et d'ailleurs, par le passé, certaines moniales avaient proclamé haut et clair qu'elles avaient choisi ce couvent notamment pour cette possibilité d'élire leur abbesse, tous les trois ans, suivant un règlement établi depuis un demi-siècle, très bien conçu, un vote secret de façon à éviter toute pression extérieure. Oui, des femmes de tête auxquelles intimidations, persécutions, lettres de cachet, enlèvements des pensionnaires, des postulantes, des novices, descentes de police et privation des sacrements avaient appris à faire sitôt constater par huissier, à protester par lettres et actes officiels, à interjeter appel auprès de l'archevêque de Paris, ou du primat des Gaules, ou du pape. Une fois même, excommuniées par l'archevêque de Paris, elles avaient réussi à faire casser cette décision. Fort habiles et tenaces en l'occurrence : elles n'étaient pas pour rien souvent issues de la robe, filles de notaires, de magistrats ou d'avocats au parlement – et le roi se méfiait de ce contre-pouvoir représenté par le parlement –, venues de familles où on cultivait le langage et les humanités tout en consolidant habilement son patrimoine, d'ailleurs, même si elles vivaient dans la frugalité, ces filles savaient gérer avec une intelligente efficacité le temporel de l'abbaye, les fermages, les pensions et les prêts, les ventes et les donations. D'une certaine façon, avait conclu le médecin, on leur reprochait de n'avoir rien à leur reprocher, sinon leur rigueur et leur pureté – exaspérantes, ces saintes !

Là-dessus, l'ami avait continué à boire en silence. Cette dernière réponse l'aurait-elle satisfait ? Se serait-il forgé l'image de femmes coriaces et procédurières, rancies dans leurs prérogatives – le droit de vote, et quoi encore ! –, outrepassant les attributs de leur sexe et de leur condition ? Peut-être même pensait-il que Louis le quatorzième n'avait pas eu tort de les faire expulser et disperser... Non bien sûr, ce n'était pas cette représentation que Denis Dodart, médecin de certaines d'entre elles, avait transmise à son fils Claude. Ce dernier, bien que n'appartenant pas au "parti", s'estimait déficient, coupable presque, avoua-t-il à Françoise de Joncoux. Elle le savait bien, il ne le lui avait jamais caché, il n'approuvait pas toujours les positions de ses amis qui, parfois, auraient mieux fait de rester plus discrets, ou d'être moins intransigeants, mais il trouvait légitime et charitable qu'elle ait consacré tant d'énergie à aider les religieuses des Champs, y compris financièrement, consultant des avocats, intervenant auprès du cardinal de Noailles afin d'empêcher l'expulsion des dernières moniales. Et comme pour en finir, pour assener le coup de grâce – plus encore à lui-même qu'à son compagnon à demi ivre –, Claude Dodart lui avait relaté la catastrophe survenue en mai 1703. Neuf années déjà ! Pasquier Quesnel, l'ami et le secrétaire du grand Arnauld à Bruxelles (c'est lui qui, après le décès, s'était chargé de faire transporter le cœur à Port-Royal par des connaissances sûres), Pasquier Quesnel, donc, avait été arrêté par l'archevêque de Malines.

— Sans doute dénoncé par des jésuites qui le traquaient depuis longtemps, tint à rappeler Françoise de Joncoux.

— Arrêté, emprisonné. Il réussit à s'enfuir, rejoignit Amsterdam…

— Et, continua-t-elle sur un ton allègre, ainsi qu'il convient de narrer des malheurs qui vous touchent de près, les écrits d'Antoine Arnauld et de Pasquier Quesnel, plus toute leur correspondance avec "les amis de la vérité" restés en France, furent saisis dans ce logement bruxellois. Saisis et transmis par la suite à Louis le quatorzième.

— D'où cette série de perquisitions et d'arrestations à Paris, en province…

— Mais moi, avec mon surnom, "l'Invisible", je suis passée à travers les mailles du filet. Il faut dire que je suis si petite !

Elle laissa fuser un rire léger. Comme elle peut paraître jeune, songea le médecin, cette vierge pâle, avec son air de gamine têtue défiant gaiement les risques comme les autorités. Et cette fossette attendrissante au beau milieu du menton, accentuant l'air enfantin. Grave, soudain :

— Le drame, ce sont nos amis embastillés. Je pense surtout à Germain Vuillart qui s'est tellement employé à préserver puis à faire publier les textes et les lettres du grand Arnauld.

— Vous l'avez beaucoup secondé…

— Oui, mais je ne suis pas à la Bastille. Lui, si, et je crains que sa santé ne se détériore sensiblement dans ces atroces conditions. Bientôt dix années qu'il est incarcéré…

— Dix années ! Et quel âge a-t-il, à présent ?

— Soixante-treize ans. Il était né la même année que M. Racine, un de ses grands amis comme vous savez sans doute.

FRANÇOISE DE MAINTENON

mai 1704

Une vraie basse-cour, ce parti janséniste ! Ils se sont affublés de pseudonymes aussi variés que ridicules : "Petit Coq" ou "Canard Brûlé"… En tout cas, pour eux, ça sent le roussi ! Le nommé Germain Vuillart, arrêté au mois de mars, est à la Bastille, au secret. On l'a interrogé plusieurs fois, rien n'en sort. Ce Vuillart a échangé plus de six cents lettres avec Pasquier Quesnel. Lequel a réussi à s'enfuir de sa prison – déguisé en femme, que voilà un bien mauvais roman ! Il s'est réfugié à Amsterdam, il y a de quoi enrager.

Et la comtesse de Gramont qui continue à affirmer, arborant son air serein et supérieur : Un complot janséniste ? Encore une invention, de même qu'on nous a fabriqué, il y a quelque cinquante ans, une hérésie imaginaire. Celle-là, avec son allure souveraine et ses mots d'esprit… Et dire qu'elle a réussi à rentrer en grâce à la suite de sa retentissante incartade (le roi a employé le terme de disparade), cette escapade d'une semaine à Port-Royal des Champs peu après la mort de M. Racine. L'insolente ! Lorsqu'elle est revenue à la cour, à peine repentante, le roi lui a manifesté sa mauvaise humeur, elle a été privée de Marly par deux fois – deux petites tapes qu'on infligerait à une enfant espiègle, bon ça va pour cette fois mais ne recommencez pas, hein ! Bref, elle a réussi à l'empaumer, savamment. Par la suite, il lui a même fait cadeau d'une jolie maison en bordure du parc de Versailles où elle reçoit, royale, sa cour de fidèles. Elle aura réussi à faire mentir l'adage : Port-Royal et Marly sont incompatibles. J'en ai conçu un érysipèle qui m'a torturée plus de deux semaines.

Cependant le roi m'honore de sa confiance puisqu'il a mis à ma disposition cette quantité de papiers raflés dans la maison de Quesnel. Je consacre nombre de mes soirées à les dépouiller, parfois je lui en lis des passages, c'est d'un ennui ! Boîtes à lettres secrètes, écritures chiffrées, noms d'emprunt, messages codés, transferts de fonds avec le calcul du change... Ces gens-là ne cessent d'ergoter et de se conforter dans leur bonne opinion d'eux-mêmes. Avec suffisance (le clan Arnauld, m'a-t-on rapporté, était un repaire d'orgueilleux et les filles Arnauld entrées en religion se piquaient d'une humilité à la hauteur de cette fierté), ils se définissent comme "les amis de la vérité". D'ailleurs "l'abbé Vérité" est un des nombreux pseudonymes qui circulent dans ce fatras de missives. Ainsi que "la Place", "le Brûleur", "l'Invisible". Peut-être plus pour longtemps, ce dernier, si ce Germain Vuillart se décide à parler. Autre dénomination qui m'intrigue, elle apparaît souvent dans les lettres de Germain Vuillart, "l'ami de la rue des Maçons". De qui pourrait-il s'agir ? Quant à ce terme, "la Dame", j'ai sitôt compris... Ne nous plaignons pas, avec ces gens-là j'aurais pu écoper du pire ! La mère de Philippe d'Orléans m'appelle bien "la vieille ordure" ou "la vieille guenipe"...

"L'ami de la rue des Maçons" ? Une brusque illumination... Mais oui bien sûr, lui, Racine ! Avant d'habiter rue des Marais, il logeait dans cette rue des Maçons, à côté de la Sorbonne, je m'en souviens soudain. Proche voisin, donc, de ce Germain

Vuillart. Selon les lettres de ce dernier, "l'ami de la rue des Maçons" correspondait avec Antoine Arnauld exilé à Bruxelles. Racine *en* était... Et moi qui l'ai protégé ! J'aurais pu être compromise, mon cœur bat la chamade, une sueur froide, il faut que je m'allonge.

On a bassiné mon lit, on m'a donné un peu de café, "la vieille guenipe" se ressaisit. Port-Royal des Champs ne perd rien pour attendre ! Cette fois, je pense, le roi est résolu à en finir tôt ou tard avec cette abbaye, ce nid de corneilles croassantes, récalcitrantes. Le cardinal de Noailles que j'ai fait nommer archevêque de Paris – en partie pour contrebalancer l'influence des jésuites – va devoir se charger de la sale besogne. Quant à Racine le cauteleux, il a eu raison de disparaître avant la saisie de toutes ces liasses. Je songe à cette lettre qu'il m'a adressée un an avant sa mort. Moi, janséniste ? Nenni ! Si je me rends parfois aux Champs, c'est pour visiter ma bonne tante, devoir familial, rien de plus. L'hypocrite ! Et comme par hasard la bonne tante, deux fois de suite, a été élue abbesse. Renouvelée, comme elles disent. Bien évidemment parce qu'elle avait dans sa manche un homme détenant une jolie position à la cour. On joue les pures, les farouches, ignorantes du siècle au fond de ce vallon sauvage, mais on l'utilise, hein, le monde...

Oui, il a bien fait de mourir il y a cinq ans, "mon" poète d'*Esther* et d'*Athalie*. Poète, est-ce à dire faussaire, agent double ? Homme d'esprit jusqu'au bout, il s'en est allé à temps. Un cadavre ne s'envoie pas à la Bastille.

Toujours attablés dans la taverne de Saint-Lambert, Claude Dodart et son compagnon étaient restés longuement silencieux, hébétés presque. L'ami semblait en avoir son compte de cette chronique chaotique et de ces histoires de bonnes sœurs. Il s'était contenté de bougonner – eh bien, s'il existait un parti clandestin, n'était-il pas licite de le démanteler ? Ce à quoi le médecin avait rétorqué : Lorsqu'on est traqué, persécuté, on est bien obligé de se cacher, d'organiser des réseaux afin de s'entraider et d'échanger à distance, mais ce prétendu parti était un fantôme, euh… un phantasme, je ne sais de quel terme user ! En tout cas, ce n'était pas une organisation séditieuse. Nullement convaincu, l'ami s'était replié dans le mutisme, cuvant son vin.

    Claude Dodart avait senti remonter en lui, à travers les vapeurs de l'alcool, la vision de ces cadavres entassés. Oui, avoua-t-il à Françoise de Joncoux, il avait alors lourdement sombré dans la mélancolie de l'impuissance. Contempler tant de corps décomposés ou réduits en poussière n'était pas salutaire pour un médecin, même s'il ne pouvait ignorer qu'ainsi finit la comédie et Françoise, qui savait son Pascal, entendit en écho : "Les médecins ne te guériront pas ; car tu mourras à la fin", vérité si simple, songea-t-elle, énoncée par un grand malade chroniquement ravagé par la souffrance et disparu à moins de quarante ans... Accoudé à cette table froide et lisse, Claude Dodart n'avait pu s'empêcher de ruminer. Avec dévouement, son père avait palpé, purgé, saigné, soulagé parfois quelques-uns de ces corps, et voilà l'aboutissement. Certes il était censé le savoir mais, dans la sombre lucidité d'une semi-ébriété, il avait découvert que ses patients lui servaient le plus souvent à oublier sa propre mort. Sous cette lumière morose, devant les charniers des Champs, puis derrière la charrette cahotante tout à la fois comique et tragique, et enfin face à la fosse commune grouillante, débordante, il ne lui avait plus été possible d'échapper à la crudité de l'évidence. Pourtant, des cadavres, il en avait disséqué à la Faculté, et dans sa pratique il avait souvent fait des constats de décès... Mais, non, il n'arrivait pas à dire – si, si, murmura Mlle de Joncoux presque tendrement, si, je crois comprendre –, peut-être avait-il saisi qu'on pouvait tuer les morts plusieurs fois ou que leur disparition, d'une certaine façon, était annulée puisque aucune trace ne subsisterait, oui, là résidait le scandale, dans cet anéantissement de la mort, bref c'était loin d'être clair dans son esprit, il s'enlisait dans le ressassement lorsque, brusquement, ses yeux avaient relayé ses doigts d'aveugle, les rainures rougies par le vin avaient soudain pris sens. Un nom était gravé dans ce marbre, il l'avait lu enfin (comme si, auparavant, son entendement, pressentant le scandale, se refusait à assembler ces signes) : Arnauld. Le prénom et les dates étaient illisibles. Stupéfait, il s'était extirpé de son marasme, de son siège, avait inspecté les tables voisines, repoussant chopes et cruches afin de déchiffrer ce même patronyme (des Arnauld, à Port-Royal, il en était passé tellement !), puis d'autres encore, Le Maistre, Agnès de Sainte-Thècle Racine, et sur une table proche de la cheminée, il avait pu lire en entier : Angélique de Saint-Jean Arnauld d'Andilly, l'agonisante de janvier 1684 assistée par Denis Dodart, cette femme dont le père, Robert Arnauld d'Andilly, affirmait qu'elle surpassait tous les Arnauld par son intelligence, cette religieuse ardente et austère, visage de cire et de suaire, dont Claude Dodart avait vu le portrait, une miniature conservée par Denis Dodart. Ainsi, la clôture observée durant un siècle avait été transgressée, hommes et femmes, Solitaires et moniales étaient à présent mélangés dans ce bouge.

Une voix grondait, aboyait au fond de lui – les chiens quand même, les chiens ! Il avait poursuivi son examen, dérangeant des buveurs, goguenards ou agressifs. Certains, passablement éméchés, l'avaient invectivé et le tenancier avait cru bon d'intervenir : ben oui, quelques familles, dont un descendant des Arnauld, étaient venues reprendre leurs morts mais elles avaient laissé les dalles, trop lourdes, trop encombrantes, il en avait récupéré un certain nombre, son beau-frère l'avait aidé à les transporter avec sa carriole. Et puis, vous savez, le curé de Magny-les-Hameaux s'est servi avant moi, il a utilisé un certain nombre de pierres tombales pour refaire proprement le dallage de son église, ça n'a pas traîné ! Si un prêtre n'a aucun scrupule, je ne vois pas pourquoi je me gênerais, hein ? De toute façon, lui avait-on affirmé, tôt ou tard on ferait sauter à la poudre le peu qui restait aux Champs, l'église, les murs d'enceinte, les communs, et donc autant se servir sans tarder... N'est-ce pas que ça faisait de belles tables, plaisantes à l'œil, faciles à nettoyer en plus, et puis les vivants, lorsqu'ils savent sur quoi ils sont en train de trinquer, ils lèvent le coude encore plus volontiers, un joyeux défi à la camarde, histoire de se sentir bien vivants, oui, grâce à cette abondance de cadavres les affaires marchaient bien.

CLAN

CATHERINE ARNAULD
NÉE MARION

juillet 1640

Tout Port-Royal est né de mon ventre. Ce ventre à présent flétri, flapi. Ce sexe à jamais clos. Dissimulés sous la longue robe de serge. En prononçant mes vœux, je me suis engagée à ne jamais sortir de la clôture, vivante ou morte.

Tout Port-Royal, ou peu s'en faut. Hommes et femmes. Les moniales des Champs et de Paris. Une partie des Solitaires, mais quel que soit notre sexe ne sommes-nous pas tous solitaires en ce désert de la grâce ? Soixante-sept ans bientôt, je m'affaiblis sensiblement, approchant de cette ultime solitude que sera l'agonie. Même si je meurs ici, à Port-Royal de Paris, entourée de mes sœurs dont certaines sont mes filles, mes nièces et mes petites-filles, au cœur de ce monastère que j'ai contribué à créer et à maintenir, lui faisant avec largesse don d'enfants et d'argent, lui consacrant tant d'énergie avec l'aide de mon aînée. Catherine, comme moi experte en affaires et transactions – en bonnes filles d'avocats que nous sommes toutes deux –, Catherine la mal mariée prendra bientôt le voile. De cette malencontreuse union avec Isaac Le Maistre, elle a eu cinq fils. Trois d'entre eux ont constitué le noyau du premier groupe de Solitaires. Mes petits-fils, probablement, n'engendreront pas. Sinon en esprit.

Ah, je devrais écarter à jamais cette orgueilleuse pensée ! Mais elle remonte, affleure, malgré moi : Port-Royal est né de ce ventre si souvent pénétré par le sexe de l'homme. Cette chair rigide qui entrait en moi, répétitivement, dès ma treizième année. Ces chairs molles, glaireuses, qui en étaient expulsées, neuf mois plus tard. Ou trop tôt, informes, sans vie. Et dire que moi-même, venue au monde prématurée de deux mois, j'avais bien failli succomber – à quoi tient l'existence de ce couvent ? Sa renaissance, plus exactement.

Vingt enfants, dix survivants. Une fois, ce furent des jumeaux, fille et garçon, ils ont disparu très vite, je les ai tant pleurés et pourtant je n'avais guère le loisir de me lamenter, entre les fausses couches et les couches, les veilles et les angoisses, les tétées, les poussées de dents, de fièvre, les odeurs de lait, d'excrément, en permanence, les enfants au berceau, au maillot, les enfants en robe, toujours deux ou trois malades, la crainte de la contagion, et ceux pour lesquels il fallait trouver un précepteur, choisir un collège, puis déjà songer à les établir. Et lorsque, en 1616, ma fille Catherine est revenue vivre chez nous avec ses cinq fils âgés de deux à sept ans, que de tracas, de bruit, d'agitation ! Heureusement, notre demeure à l'angle de la rue de la Verrerie et de la rue du Renard était vaste.

J'accouchais. A peine rétablie, je sentais à nouveau mon ventre frémir, gonfler. Cette impression d'être lentement, puissamment dilatée par une vie qui se tissait à la fois en dedans et en dehors de moi. Au fil des années, ces plissures de la peau, de plus en plus marquées après chaque délivrance, mes seins abîmés, avachis. Cependant, mon époux revenait habiter ce ventre toujours fécond. Le jaillissement de la semence, la montée du lait, j'ai si peu vu le sang durant mon existence de femme.

J'ai prononcé mes vœux il y a onze ans et pourtant je ne saurais l'effacer, cette harassante, répétitive vie d'épouse et de mère. Devenue veuve, j'ai pu faire une belle donation à notre abbaye puis m'attribuer en religion une autre dénomination – Catherine de Sainte-Félicité – et fondre enfin mon corps de femme parmi ces corps de vierges. Une étape vers une félicité éternelle à laquelle nous ne sommes jamais assurés d'accéder.

Port-Royal, issu de mon sexe mais aussi de la considérable fortune des Marion et des Arnauld. Ce qui m'a permis, après la mort de mon époux, d'acheter le terrain et les bâtiments à l'angle du faubourg Saint-Jacques et de la rue de la Bourbe. Aidée par Catherine, je les ai aménagés, j'ai financé la construction d'un logement pour mes petits-fils qui souhaitaient se retirer hors du monde. Antérieurement, mon mari et moi avions fait remonter les murs d'enceinte aux Champs et surtout assécher une partie des marais car, après les pluies d'automne, l'eau remontait jusque dans le chœur de l'église. Ah, ces fièvres malignes, je craignais tant pour mes filles ! Angélique et Agnès n'avaient pas dix ans et vivaient dans ce vallon insalubre. Cependant, lorsqu'elles étaient par trop malades, je les reprenais à la maison. C'était avant qu'Angélique n'instaure la clôture (contre son père, contre moi ?). Avant 1609, donc. A l'époque, elles s'appelaient en fait… est-ce l'âge, l'épuisement, la maladie, voilà que j'ai oublié leurs prénoms de naissance… Ah oui, Jacqueline et Jeanne ! Mais au fond, je le chéris, ce défaut de mémoire. Le nom essentiel n'est-il pas celui qu'on se donne en religion, un nom de conversion et de renaissance, tournant ainsi le dos à l'engendrement par le corps ? A présent, je dis "ma mère" à ma fille Angélique, plusieurs fois abbesse – c'est elle qui m'a adoubée lors de ma profession. Je dis également "ma mère" à ma fille Agnès, élue l'an passé abbesse à Port-Royal de Paris. Voilà qui est bien. Et il est bien également que, après avoir tant travaillé pour ce monastère, je n'y détienne ni charge ni responsabilité particulière mais trouve ma félicité à prier dans ma cellule, à chanter aux offices ou, aussi bien, à récurer les poêles aux cuisines et à vider les pots de chambre à l'infirmerie.

De ma fille aînée, tant éprouvée par ce mariage désastreux, je me suis toujours sentie très proche. Angélique la cadette – Jacqueline à l'origine – a prétendu que je ne l'aimais pas, que je l'avais rejetée. Voilà qui est bien lointain, pour elle comme pour moi, cependant, je crois, elle m'en a gardé rancune… Une fois mon époux disparu et Catherine séparée d'Isaac Le Maistre, nous avons, Catherine et moi, constitué un solide couple de chefs de tribu, gérant l'éducation des enfants, les miens, les siens, ainsi que notre patrimoine devenu, pour une bonne part, celui de Port-Royal. Catherine a par la suite fait vœu de chasteté auprès de François de Sales, tout en restant dans le monde. Les deux Catherine Arnauld avaient assez œuvré dans l'ordre de la chair, elles pouvaient tenter de renaître et penser à leur salut.

Bien sûr, Port-Royal n'est pas né seulement des corps et biens de la famille Arnauld. Il lui fallait un père spirituel. Mon aîné, Robert Arnauld d'Andilly, connaissait l'abbé de Saint-Cyran. Il me l'a présenté, j'ai admiré sa rigueur et sa force, elles m'ont accompagnée, soutenue dans mon cheminement. Cet homme, il y a fort longtemps, avait étudié les textes de saint Augustin en compagnie de Jansénius, bien avant que ce dernier ne devienne évêque d'Ypres. Mais son mérite, à mon sens, avait peu à voir avec Jansénius. J'ai fait se rencontrer

M. de Saint-Cyran et ma fille cadette, la mère Angélique. Elle trouva en lui le fécondateur spirituel, le directeur qu'elle cherchait depuis longtemps. Il l'est devenu également pour mes petits-fils Le Maistre, auxquels il a insufflé sa passion, l'éducation des enfants. L'engendrement symbolique se perpétuera, je peux disparaître.

Mes jambes ont enflé. J'ai de plus en plus de difficulté à respirer. Depuis quelques années, j'ai perdu un œil, le deuxième faiblit, le monde s'estompe, et c'est bien ainsi. A présent, il est simple de consentir à la mort : Toutes mes filles sont religieuses à Port-Royal, ou sur le point de l'être puisque Catherine, lorsqu'elle sera veuve (Isaac Le Maistre, paraît-il, est gravement malade) et aura réglé ses affaires temporelles, revêtira la robe de serge blanche et le scapulaire avec sa croix couleur de vin eucharistique. Cinq de mes petites-filles, les filles de Robert, ont également fait profession ici. Quant à Antoine, mon petit dernier, il sera bientôt docteur en théologie. Il revient de loin, celui-là ! Je l'ai engendré à trente-neuf ans, on a craint pour sa vie comme pour la mienne. Enceinte en même temps que moi, ma fille Catherine s'inquiétait tellement à mon sujet qu'elle accoucha prématurément de son troisième, le gentil Simon. Oui, ce fut hasardeux, périlleux de donner naissance à cet ultime rejeton, enfin prénommé Antoine, comme mon époux. D'autres Antoine, avant lui, avaient été voués à la mort. Celui qui décéda en sortant de mon ventre, le jour de mes quinze ans. Quelques années plus tard un autre Antoine, cet enfant si beau si gracieux, disparu à l'âge de trois ans et demi, ce fut un chagrin dévastateur. Pour moi, pour la future mère Angélique : Elle adorait ce petit frère et s'en occupait très bien. Depuis je n'avais osé donner ce prénom à aucun garçon (cependant Catherine l'avait attribué à son premier-né, au grand déplaisir d'Isaac Le Maistre). Enfin, juste avant la quarantaine, mon corps sans cesse labouré, ensemencé, épuisé par dix-neuf grossesses, réussit à concevoir, porter, nourrir cet Antoine dont chacun affirme qu'il sera un savant docteur, notamment sur la question de la grâce. N'est-ce pas un vif bonheur pour une mère qu'on puisse dire de son fils : C'est un grand docteur de la grâce, dans la lignée de saint Augustin ? A présent je peux affronter la mort. Paisiblement.

quelles furent la grâce de son abandon et la violence de sa jouissance. Doublement répudiée car innommée – comme on efface une inscription sur une sépulture. Cette femme – la femme ? –, il la rend responsable pour une part de son propre péché, et nous voilà embarqués dans la déchéance de la nature humaine, nous voilà à jamais corrompus… Je sais, je sais : Antoine Arnauld, le petit frère de mon ex-femme, Antoine, en bon théologien, affirmerait que je déforme et réduis, aveuglé par mes rancœurs. Les textes d'Augustin, me démontrerait-il, citations à l'appui, sont beaucoup plus subtils. Admettons…

Ces Arnauld qui m'ont volé mes fils, qu'ils ne viennent pas me traiter de haut et me donner des leçons de morale ! Le bon roi Henri IV, en récompense de leurs services, leur avait fait cadeau de cette abbaye des Champs. Une abbaye à demi pourrie, enfouie dans les taillis et les marécages. Incluant cependant des terres, des moulins, des fermes, dont une de trois cent soixante-dix arpents, ce qui générait des revenus appréciables. Le clan Arnauld en faisait sa maison de campagne durant les vacances du parlement. Angélique – elle ne s'appelait pas encore ainsi, peu importe – avait alors sept ans. Le père Arnauld a triché sur son âge afin qu'elle puisse, par la suite, être nommée abbesse puis ratifiée par le pape. Et après ce genre de tour, on me vient reprocher mes maîtresses ou quelques malheureuses ribaudes aux fesses hospitalières ! Mon beau-père a grassement payé un faquin chargé de me suivre dans Paris et de lui rapporter où j'allais tirer mon coup. Preuves en main, et fort de ses appuis au parlement, il a obtenu la séparation de biens entre Catherine et moi et, surtout, la garde de mes cinq fils. Lorsque Catherine est retournée vivre chez ses parents, rue de la

Verrerie, l'aîné avait sept ans, le dernier deux ans, leur éducation m'a échappé. Des garçons élevés par un couple de femmes et, j'imagine, dans la stigmatisation de la vie déréglée, comme elles disent, menée par leur père. Catherine en a fait des dévots – par haine de ce plaisir qu'elle n'a pas partagé avec moi ? Son bonheur fut de les transformer en petits Augustins vénérant leur sainte mère, confits dans la prière et l'étude, séjournant en lisière de ce monastère de vierges. Tenus en lisières, tels des enfançons.

Mes fils – si vivants ! –, émasculés. Chez Antoine l'aîné et chez Isaac, le quatrième, je retrouve le gonflement sensuel de mes lèvres, alors que leur mère a la bouche mince, pincée quasiment. Une femme supérieure, je sais je sais, efficace et d'un jugement très sûr. Dommage, je ne l'ai point aimée. Dès que j'aurai disparu, elle prononcera ses vœux. Elle n'attendra plus bien longtemps. Ces femmes, la chair les effarouche. Elles fuient, se retirent du monde – grand bien leur fasse, nous avons déniché d'autres femelles à trousser –, mais par la suite elles attirent auprès d'elles les hommes, leurs frères, fils, neveux, les enferment, non dans la clôture à elles seules réservée, mais dans cet univers de piété rigoureuse, de renoncement au plaisir et à l'engendrement. Impuissant, j'ai assisté à cette captation.

Les Arnauld m'ont également reproché mon passage au protestantisme et mon beau-père a usé de cet argument pour reprendre chez lui sa fille et ses cinq petits-fils. Il y a de quoi rire ! Son propre père, de foi protestante, s'est converti au catholicisme après la Saint-Barthélemy. D'ailleurs ma femme avait encore à La Rochelle deux tantes, huguenotes convaincues et coriaces. Je les trouve plaisants de m'avoir attaqué là-dessus ! Mais puisque je cocufiais leur fille si parfaite, tous les arguments méritaient d'être exploités.

Monique a tant prié pour le salut de son Augustin. De même les deux Catherine, mère et fille. Non bien sûr, la triste évolution de mes fils ne peut être attribuée à ces oraisons féminines… Quand je songe à Antoine, mon aîné (Antoine, comme son grand-père maternel, alors qu'il aurait dû porter mon prénom), un si brillant avocat : Les prédicateurs s'abstenaient de prêcher les jours où M. Le Maistre plaidait au Palais, ils n'auraient eu personne dans leurs églises, tout Paris, belles dames, gens de la cour et bourgeois, laïcs et religieux, s'entassait à l'avance afin de pouvoir ouïr les éloquentes périodes de mon fils. Promis à une belle carrière de conseiller d'Etat et à un mariage avantageux. Il y a trois ans, en décembre 1637, coup de tonnerre, la nouvelle se répand dans Paris. A vingt-neuf ans, Antoine Le Maistre quitte le barreau, et le siècle, un retrait et une conversion dignes du fameux Augustin, lui aussi maître en rhétorique. A l'instar de Monique, ma belle-mère, mon ex-épouse et toutes les saintes femmes de Port-Royal ont dû remercier le Seigneur pour cette faveur insigne. Le monde crut à un dépit amoureux. Non point ! Dieu désigne les siens : la grâce, vous dis-je, la grâce… Une maladie contagieuse dans cette tribu Arnauld. La grâce ou la toute-puissance des femmes ?

Quant à celui qui porte mon prénom, Isaac, il s'est révélé très doué pour la traduction des livres sacrés. Le souci de ces Messieurs les Solitaires est de rendre accessibles à tous, en français, les textes hébreux, grecs, latins. Louable intention, j'en conviens. Quant à Simon, le préféré de sa mère, né quasiment en même temps que son oncle Antoine (ma femme et ma belle-mère se retrouvèrent grosses ensemble, comme quoi mon beau-père, hein, lui aussi…), Simon, qui avait choisi la carrière des armes, fut à son tour happé par sa mère, par l'exemple de son frère aîné et, je suppose, par cet abbé de Saint-Cyran. Voilà mon Simon qui renonce à l'épée comme Antoine avait renoncé à la robe. Il entreprend de faire le jardinier et le paysan aux Champs, se prenant probablement pour un ermite de l'antique Thébaïde. Trop heureux en tout cas de moissonner, scier du bois, ramasser les foins, arroser les salades et planter des choux pour les bien chères sœurs (grand-mère, tantes, cousines). A Port-Royal, les femmes captent les hommes de la famille dans leur orbe.

Lorsqu'il a abandonné le barreau, Antoine m'a écrit : il aurait souhaité que sa conversion me puisse servir d'exemple (ah, ces fils qui sous l'influence des mères voudraient réformer les pères !). Il m'incitait à changer de vie (à mon âge…) et à renoncer à mon hérésie – le protestantisme, s'entend. Sa lettre était affectueuse et j'en fus ému. Nous nous sommes toujours aimés en dépit de cette précoce séparation. J'aurais pu lui répondre que la voie adoptée par lui sous l'égide de ce Saint-Cyran risquait d'être, un beau jour, désignée comme suspecte, voire hérétique. Je ne me trompais guère. Six mois plus tard, Saint-Cyran était expédié au donjon de Vincennes par Richelieu cependant que ces Messieurs les Solitaires et leurs élèves étaient dispersés. Mes fils furent contraints de se cacher, à La Ferté-Milon, dans Paris ou ailleurs. Par prudence, pour ne pas leur faire courir de risque, je ne les vois plus et vais bientôt mourir. Solitaire.

Mes fils – beaux, chaleureux –, castrés par cette lignée de femmes Arnauld, par ces mères excessives. Castrés et, à présent, traqués. Je crains tellement pour leur avenir. Qu'on persécute Port-Royal et ses compagnons de route, peu me chaut. Mais non pas mes enfants ! Les fautes des pères retombent-elles sur leur descendance ? Non bien sûr, je n'incrimine pas le péché de chair, le mien. Je pense à ce plaidoyer prononcé par mon beau-père en 1594 et qui fit grand bruit. Il défendait l'Université contre les jésuites, il gagna, ces derniers furent expulsés. Ils ne lui ont jamais pardonné la vigueur et la hargne de cette fameuse plaidoirie. Les expulsés sont revenus, insinuants, efficaces. Ils tiennent le royal confessionnal. Ils étendent leur emprise sur les collèges – d'où leur agressivité contre la réputation des Petites Ecoles. J'ai quelques raisons personnelles de ne pas aimer Port-Royal et compagnie, mais je hais les jésuites. Non, je ne veux pas que mes fils payent pour le péché originel des Arnauld, la célèbre, virulente harangue de mon beau-père.

Je vais mourir. Usé par la débauche, ne manqueront pas de dire certains. Ce dont je suis encore capable de sourire. Le plus dur est de me dire que ma fortune ne sera sans doute pas transmise à des petits-enfants puisque, je le crains, aucun de mes fils n'engendrera. Pour la plupart, ils ont déjà fait des donations considérables à Port-Royal, ce domaine de leurs tantes et grand-mère, cousines et mère, et n'ont conservé qu'un modeste revenu leur assurant tout juste une vie frugale. Ainsi les femmes font-elles graviter les hommes autour d'elles. La clôture de l'inceste, le séquestre des biens. Ces vierges exemplaires (j'en ai tout de même défloré une) ont leurs Messieurs, à leur porte, à leur botte, et l'argent demeure dans la famille Arnauld – du moins alimente-t-il pour une bonne part la communauté de Port-Royal. Si j'étais capable de plaider aussi vigoureusement que mon fils Antoine autrefois, j'accuserais : captation des esprits, captation des héritages. A Port-Royal, sur une cinquantaine de moniales, une bonne douzaine sont nées Arnauld – proportion non négligeable, elles donnent le ton, il faut voir ! Et sur cette cinquantaine, un certain nombre ont pour pères, frères, oncles, des robins et des parlementaires gallicans. Voilà qui, à mon sens, leur retombera dessus un de ces jours.

La fièvre m'a terrassé. J'ai un peu déliré, je crois. Je rêvais que j'avais épousé non pas Catherine mais sa cadette – celle qui voulait se marier et non point devenir abbesse de ce monastère malsain, perdu dans les bois et les marais. Quant à Catherine, selon son désir premier, elle prenait le voile très jeune, comblée. La cadette avait du tempérament, nous nous sommes aimés, une union heureuse, prolifique, plusieurs petits-enfants déjà. Pas de drame conjugal, ni larmes ni séparation – et pas de Port-Royal ?

Le délire s'estompe avec le reflux de la fièvre et je me sens très faible. Je songe à la répudiée, la femme sans nom d'Augustin. Privée de son unique fils. Je vais mourir. Sans mes fils.

CATHERINE LE MAISTRE
NÉE ARNAULD

octobre 1650

Aujourd'hui, avant les vêpres, Antoine me confie au parloir ses soucis à propos du petit Racine, le neveu d'Agnès de Sainte-Thècle Racine. J'apprécie cette jeune sœur qui a fait profession dans notre communauté il y a deux ans. Sensible et fort intelligent ce garçon, m'explique mon fils, mais souvent ombrageux, parfois teigneux, prenant la mouche pour une dispute mineure avec un condisciple. Antoine s'en inquiète, et nourrit en même temps à son égard une certaine ambition. Ce Jean Racine, tellement à l'aise, tellement heureux dans le maniement des langues, pourrait devenir un excellent avocat, il détient un sens remarquable du phrasé. J'ai estimé devoir mettre mon aîné en garde, il était prématuré d'envisager pour un enfant dans sa onzième année la carrière à laquelle lui, Antoine, avait renoncé afin de se rapprocher de Dieu (et de moi ? ai-je soudain pensé, fugitivement). En tout cas, le petit Racine n'était pas chargé de le remplacer dans le monde. Antoine a paru interdit, touché, puis s'est repris : Vous avez sans doute raison, ma mère, euh, ma sœur... Si je songeais pour lui à cette éventualité, c'est parce qu'il ne souhaitera pas, je pense, entrer en religion. Et il faut bien préparer son avenir, il ne détient ni fortune ni appui notables.

J'ai perçu à quel point Antoine nourrissait à l'égard de ce garçon une affection paternelle.

D'ailleurs le petit Racine l'appelle "mon papa". M. de Saint-Cyran estimait essentiel de se consacrer à l'éducation mais à condition de ne point trop permettre au sentiment de s'infiltrer dans cette tâche. Heureusement, Antoine la partage avec d'autres Solitaires. Aurait-il élu en ce garçon le fils qu'il n'engendrera pas ? Il est vrai, lorsqu'il a dû se réfugier à La Ferté-Milon après la fermeture des Petites Ecoles, Antoine a été accueilli par la famille Vitart, des oncles et des cousins du petit Racine. De là à se sentir en dette à leur égard, du moins proche de cette lignée ?

Il me faudrait cesser de ressasser. Je suis encore trop attachée à mes fils, trop sensible aux problèmes temporels. Ne plus me tourmenter, et dormir. Dans moins de trois heures sonneront matines et toute la communauté se rassemblera dans l'église, afin de prier et chanter. En ce moment, au sommet de la colline, nos Messieurs les Solitaires – une vingtaine à présent – sont en prière jusqu'à deux heures. Lorsqu'ils entendent la cloche de matines résonner dans la nuit, ils s'accordent enfin un peu de repos, sachant que nous leur succédons. Ainsi, aux Champs, de jour et de nuit, jamais ne s'interrompt la célébration du Seigneur. Séparés physiquement, hommes et femmes se relayent, unis par la ferveur continue de l'oraison.

Ce sont mes fils, aidés par d'autres Solitaires, par le fermier des Granges et par un maçon, qui ont restauré les Champs, abandonnés durant plusieurs années pour cause d'insalubrité (une des raisons pour lesquelles ma mère et moi avons fondé et financé Port-Royal de Paris). Ils ont remonté des murs et, à présent, ils projettent d'édifier des bâtiments plus vastes à la ferme des Granges puisque les Petites Ecoles sont à nouveau autorisées. Et ils ont construit ces cent marches qui leur permettent de dévaler la pente abrupte jusqu'à l'église ou jusqu'au parloir. Les cent marches, ce cordon ombilical entre eux et nous. Simon me confiait qu'il remontait plus allégrement cet escalier si raide après nous avoir entendues chanter dans le chœur.

Simon est mort. Il y a deux semaines. Mon troisième fils avait trente-neuf ans. Son frère Isaac, depuis peu ordonné prêtre, l'a assisté jusqu'à la fin. La clôture m'interdisant de quitter le monastère, je n'ai pu accompagner mon fils très aimé lors de ce passage. J'étais là, si proche, je le savais en agonie et ne pouvais le voir, le toucher une dernière fois. Je ne survivrai pas, je crois, à pareille épreuve. Simon, le plus affectueux de mes cinq fils... Lorsque la vie me devint si difficile – la découverte des infidélités conjugales, l'aveu que j'en fis à ma mère dans la honte et la détresse (ah, cette mère qui devinait tout de moi), la fureur de mon père (c'est lui qui l'avait voulu, ce mariage), les colères de mon époux et sa violence parfois, les cris les pleurs les enfants atterrés, puis le retour avec eux rue de la Verrerie, oui, tout au long de cette période durant laquelle je fus si souvent malade de désespoir, enceinte et malade à répétition, j'eus cependant la douceur de ce viatique : le charme extrême du petit Simon, son corps tendre blotti contre le mien, ses câlineries et sa gentillesse souriante. Il avait quatre ans lorsque je suis revenue habiter chez mes parents.

Non, je ne devrais pas me complaire à cette mémoire par trop charnelle ! Ni à la déréliction du deuil. Puisqu'il faut survivre à ce dont on aurait dû périr, en silence. Je vais disparaître sans être parvenue à mourir à moi-même. Le pire qui puisse nous advenir. Sécheresse, terreur et tremblement, j'attends la cloche de matines comme une délivrance. Minuit. Encore deux heures. Peut-être devrais-je demander un entretien à ma sœur, la mère Angélique ? Ou à ma nièce Angélique de Saint-Jean Arnauld d'Andilly, elle m'est proche, j'admire son intelligence, sa connaissance des textes sacrés et sa haute ferveur. Nous avons fait profession le même jour, elle avait vingt ans, moi cinquante-quatre, je l'enviais, elle qui avait vécu à Port-Royal depuis l'âge de six ans, préservée de toute souillure... Ah, je ne sais auprès de qui quérir secours, j'erre dans l'aridité de la solitude nocturne.

A la différence d'Antoine et d'Isaac, Simon ne détenait ni goût ni don pour l'étude des textes, la traduction ou l'enseignement. Il avait trouvé paix et joie dans les travaux agraires et dans ce labeur de copiste qu'il effectuait pour son oncle Antoine. Enfants, mes cinq fils s'adressaient à Antoine en l'appelant "petit oncle" (un oncle plus jeune que certains de ses neveux), ce dont ma mère et moi nous amusions vivement. Eh bien, le "petit oncle", le petit dernier de ma mère, est devenu le grand Arnauld, le premier à avoir rédigé en français, et non plus en latin, un ouvrage de théologie. Simon transcrivait les textes de son "petit oncle", né presque en même temps que lui, avec un soin admirable, une humble fidélité. A mes yeux, Simon fut le plus sage, le plus saint de mes fils. Il me déclarait, placidement heureux : On retourne la terre, on sème, on attend, sans être assuré que la pluie ou le soleil surgiront au bon moment, peut-être la récolte sera-t-elle perdue et il convient de l'admettre, sans amertume. Ainsi de la grâce, n'est-il pas vrai ? On travaille, on prépare le sol en soi, sans savoir si adviendront l'ondée ou la lumière divines, salvatrices. Comme je suis loin de cette paisible simplicité !

Simon est mort, et je ne le sais pas. Pas véritablement. Je ne lui ai point parlé comme parle une mère à son enfant malade, je n'ai pas entendu ses râles, je n'ai pas épongé la sueur d'agonie à la racine de ses cheveux ni la bave à la commissure de ses lèvres. Ses paupières se sont fermées sous d'autres mains que les miennes. Nuit après nuit, je ressasse, j'imagine…

Ma mère, en ses derniers instants, a fait jurer à son petit dernier de toujours défendre ce qu'il estime être la vérité. Le grand Arnauld a promis. Il s'y tiendra, en fils fidèle et en ami de la vérité, quels que soient les périls encourus dans le siècle. Dans les mois qui ont suivi le décès de notre mère, il a été ordonné prêtre puis s'est retiré aux Champs : "Dieu a crié à mon cœur", a-t-il déclaré. Ce cri, une des manifestations de la grâce ? Encore faut-il s'y rendre réceptif. Mon petit frère – vingt-deux ans de différence entre nous deux – a su entendre, et s'ouvrir à cette intrusion. J'arrive au terme de ma vie sans avoir élucidé ce mystère, le lien de la liberté et du mérite humains avec la grâce divine. Quel orgueil, en moi toujours vivace, rechigne à accepter l'obscurité de cette énigme ? Je devrais me satisfaire de ce qu'écrit saint Augustin : L'homme n'a rien qu'il n'ait reçu.

Je crains l'automne et l'approche de l'hiver. Ces jours où le ciel s'appesantit, se rencogne dans l'obscurité du vallon. Un ciel d'étoupe rêche ne laissant rien filtrer. Leçons de ténèbres que je ne sais entendre. Je m'en veux de demeurer vulnérable à cet étiolement de la clarté, alors que le ciel et la lumière véritables sont ailleurs.

La nuit le silence et le désert de la souffrance. Elancements dans la nuque et le crâne, mon voile comprime mon front – nous dormons habillées afin d'être toujours prêtes pour le service de Dieu. Je veille, je prie, mais en réalité je veille mon fils disparu, tel un Christ né de ma chair. Sacrilège pensée ? Il faudra m'en confesser sans tarder.

La mort de Simon draine la douleur, encore vivante, des deuils précédents. Par là, j'éprouve combien je ne suis pas encore suffisamment détachée des liens de la famille et du monde. Ma mère a disparu il y a neuf ans. M. de Saint-Cyran depuis sept ans, quelques mois après sa sortie du donjon de Vincennes : les privations subies durant sa captivité l'avaient considérablement affaibli. Une mère. Un guide spirituel. Un fils. Ni l'attente de la grâce ni la vie en communauté ne comblent d'aussi sensibles pertes. Parfois même, la communauté rend plus aigu le sentiment de solitude. Et de surcroît, comme dit ma mère et sœur Angélique, il nous faut au quotidien nous supporter les unes les autres – ce qui est loin d'être aisé !

Peu après le décès de ma mère, j'ai rédigé une relation de sa vie. Elle est archivée ici, avec d'autres relations similaires. Disparaître, oui, mais non sans laisser trace. A Port-Royal nous enregistrons la plupart des événements : la première communion d'une pensionnaire ou son départ, une entrée au noviciat, une prise d'habit, la visite d'un supérieur, un enterrement dans le cloître. Les lettres reçues ou expédiées sont recopiées, nous conservons les doubles. Après ma profession, on m'a proposé d'être à la fois la sœur archiviste et la sœur cellérière, celle qui s'occupe de l'intendance – les comptes, l'approvisionnement, les fermages et les prêts, les ventes et les donations. J'ai préféré être une simple sœur professe, sans charge particulière. Du temporel, je m'étais bien assez occupée antérieurement. Oui, nous tenons registre de mémoire, nous écrivons, dans les interstices d'un emploi du temps rigoureux. Entre prime et tierce, entre la conférence et none. Le plus souvent en prenant sur nos heures de sommeil, déjà bien courtes. Dans la famille Arnauld comme à Port-Royal, nous aimons les Ecritures, et l'écriture.

La seule tâche dont j'aurais aimé être chargée : celle de la chantre, celle qui, durant les offices, dirige les chœurs et les répons. J'avais dix ans à peine lorsque me bouleversèrent les chants à l'église Saint-Merri, paroisse de la famille Arnauld. La musique m'arrachait à la pesanteur, à ce corps que je devinais promis au pire. Ainsi est né, je crois, mon désir de fusion en Dieu. Confusément, j'imaginais une existence où la chair se résorberait dans la voix. D'ailleurs, ai-je lu dans nos règlements, nos voix, lors du service divin, devraient se séparer de toute origine terrestre, corporelle. Moi qui fus épouse et mère, comment aurais-je pu prétendre à cette fonction de chantre ? Ah, je sens trop que je ne survivrai pas à Simon... Ma vie de femme fut un désastre. Ma vie de moniale aura été trop courte, six ans à peine, inaccomplie. Je ne suis pas assez séparée de moi-même, de mes fils et de notre famille pour mourir apaisée. Car, ainsi que l'a écrit ma mère et sœur Agnès, la religion n'est pas "établie pour bien chanter, mais pour y bien mourir à soi-même". D'ailleurs, si notre chapelle du faubourg Saint-Jacques est de petites dimensions, c'est afin d'éviter qu'un public profane ne s'y presse, moins par piété que pour entendre de la belle musique. Et, dans le même esprit, de toutes les églises parisiennes la nôtre est la plus dépouillée.

Il a été convenu que ma nièce Angélique de Saint-Jean rédigerait la relation me concernant. Elle a vingt-quatre ans et, parmi les Arnauld, c'est elle, à mon sens, qui écrit avec le plus de fermeté et de subtilité. Mieux encore que son père. Lequel a choisi d'alterner vie dans le monde et séjours aux Granges. Dans le verger du haut, il cultive des pêchers et des abricotiers en espalier. Ceux-ci produisent des fruits savoureux que Robert adresse à la régente, une façon élégante et rustique à la fois de continuer à faire sa cour. Ces espaliers, m'a confié Antoine, constituent une magnifique tapisserie de verdure. Simon m'en parlait avec admiration, il aidait son oncle à palisser. Selon Robert, un arbre ne pousse que s'il est aimé. Ah, cesser de penser, n'être plus qu'une plante imprégnée par l'amour divin... Entre deux chapitres de saint Augustin, mon frère aîné rédige également un traité sur les fruitiers, il pense le publier d'ici un an ou deux. Eduquer les enfants, soigner les arbres, traduire, transmettre.

A nouveau me voilà happée par la famille et ses œuvres. Quel orgueil, peut-être, dans nos retraites loin du siècle, et jusque dans notre humilité... Non, je ne parviendrai pas à m'endormir avant la cloche de matines. Retrouver tout à l'heure mes sœurs dans le chœur de l'église me réconfortera-t-il quelque peu ? En attendant, je prie, avec mes fils, avec les autres Solitaires qui veillent, là-haut, dans le silence des Granges.

RUMEURS

— Ah, vous êtes Mme de Moramber, la fille de M. Racine ! Vous savez, ma tragédie préférée, c'est *Phèdre*. Des vers tout ensemble d'une telle grâce et d'une telle force !

Rétractée, Marie-Catherine ne sut que répondre à Madeleine Horthemels, une jeune graveuse que Mme de Joncoux venait de lui présenter. Elle était la fille de M. Racine, l'épouse de M. de Moramber, la mère de deux enfants, et puis ? Mortifiée, elle déballa son paquet, trois jupons de serge et une mante de grisette brune. Les dames de Joncoux avaient réuni chez elles quelques amies de l'abbaye démantelée, afin de préparer des colis de vêtements destinés aux moniales exilées. Ces hardes seraient bienvenues pour les religieuses expulsées, isolées chacune dans un couvent hors du diocèse de Paris et, pour la plupart, sans ressources ni famille.

Arriva Mlle de Théméricourt, que Marie-Catherine connaissait déjà. La quarantaine grassouillette et la vivacité d'une souris aux yeux agiles, dévoreuse de papiers. Marie-Catherine le savait par Françoise de Joncoux, la petite souris en question était copiste, elle s'était même attaquée aux *Pensées* de M. Pascal. Et Françoise de Joncoux avait ajouté : Une copie particulièrement difficile à exécuter ! Mlle de Théméricourt et moi, se souvint

Marie-Catherine, nous avons en commun d'avoir été pensionnaires à Port-Royal des Champs, elle une vingtaine d'années avant moi, puis d'en avoir été ôtées, brutalement.

Elles s'installèrent autour d'une grande table et Marie-Catherine eut soudain l'impression d'être revenue quatorze années en arrière, dans la lingerie de Port-Royal. Avant d'empaqueter, les cinq femmes taillaient dans de la ratine grise, destinée à la fabrication de tabliers, ravaudaient, rafistolaient, recousaient – un bouton manquant, un ourlet défait, une bordure élimée. Bientôt elles se mirent à bavarder allégrement. Eh non, se dit Marie-Catherine, ce n'était plus exactement la lingerie de Port-Royal où, à partir de vieilles hardes, on confectionnait des chemises et des jupes pour les enfants nécessiteux des villages voisins. Non car, aux Champs, on ne parlait pas en tirant l'aiguille, ou le moins possible. La règle du silence imposait de demander par signes les ciseaux ou une bobine de fil. Il importait, lui avait expliqué sa grand-tante Racine, de vaquer à Dieu, intérieurement, tout en s'employant à divers travaux manuels. Marie-Catherine n'avait pas toujours réussi à se conformer à ce précepte mais elle avait chéri le calme ainsi engendré. A présent, s'avoua-t-elle tout en surfilant un ourlet, bien qu'on fût en février 1712, elle n'avait pas encore quitté les Champs, pas véritablement. Le rythme uni des journées, l'odeur tiède des cierges. Blotti au fond d'elle, ce minuscule cloître de paix, préservé, elle ne savait comment, depuis quatorze ans.

La ruche bourdonnait. Françoise de Joncoux laissait fuser son indignation :

— Les autorités ecclésiastiques se glorifient d'avoir obtenu de certaines malheureuses religieuses qu'elles signent enfin ce fameux formulaire, ce texte qu'ils ont ressorti de derrière les fagots ! Vous vous souvenez peut-être de la sœur Anne Boiscervoise ? Quatre-vingt-un ans, brutalement arrachée à ce monastère où elle avait passé cinquante-six années, son carrosse verse en chemin, elle arrive chez les cordelières d'Amiens, gravement malade, la tête toute tourneboulée – on le serait à moins –, en outre elle est sourde, on lui extorque sa signature, elle n'a certainement rien compris à ce qu'on lui demandait, elle meurt le lendemain, sans les sacrements, et ils ont eu l'indécence de crier victoire et d'applaudir à la conversion d'une hérétique, comme ils disent… Vous parlez d'une victoire !

Elle tailla rageusement dans sa pièce de ratine. Mlle de Théméricourt sourit :

— Vous méritez bien votre deuxième pseudonyme, "Petit Coq" ! Sans cesse à vous battre, vous rebiffer, ne jamais céder… Cependant, passez-moi vos ciseaux, j'en ai besoin et vous allez réussir à vous entailler les doigts tellement vous êtes en colère.

— Comme s'il n'y avait pas lieu de l'être ! Les jésuites ont eu l'impudence de publier une liste des moniales exilées qui auraient signé. Une liste des relapses. Erronée, bien entendu ! J'ai fourni des éléments précis à un de nos amis afin qu'il rétablisse la vérité sur ces prétendues rétractations, tenez, les voilà vos ciseaux.

— Et la mère Du Mesnil, toujours chez les ursulines de Blois ? demanda Madeleine Horthemels.

— Oui, des ursulines dirigées par des jésuites. Vous imaginez les pressions qu'elle subit ! Mais j'en suis convaincue : la dernière prieure de Port-Royal ne signera pas. Je lui écris très régulièrement afin de la soutenir.

Engoncée dans sa timidité, Marie-Catherine admirait cette impétuosité, et regrettait quelque peu le silence si dense de Port-Royal – juste le bruissement des prières, des linges, des robes, ces linges aussi doux que les peaux parcheminées... Aimée vint relancer le feu et proposer une collation. La plupart des vêtements étaient rapetassés, la matinée bien avancée, il ne restait plus qu'à répartir et à empaqueter. Les cinq femmes s'accordèrent une pause, café et confitures. Madeleine Horthemels leur montra les tirages des estampes qu'elle avait gravées. Des vues et scènes de Port-Royal, une procession dans le cloître, le dîner au réfectoire, l'administration du viatique à une sœur agonisante, les soins aux malades venus de l'extérieur, une vue d'ensemble des jardins et des bâtiments. Très émue, Marie-Catherine s'exclama :

— C'est si vivant, et fidèle ! Vous avez séjourné aux Champs ?

— Moi non, mais une de mes connaissances, décédée malheureusement il y a deux ans. Madeleine de Boullogne aimait beaucoup ce lieu, elle y faisait fréquemment retraite. C'était un excellent peintre, elle avait été reçue à l'Académie royale de peinture.

— Mais oui, je m'en souviens à présent ! Je l'ai croisée lorsque j'étais postulante, en mars 1698. Une femme d'une cinquantaine d'années. Elle s'asseyait dans le jardin lorsqu'il ne faisait pas trop froid et elle dessinait, longuement. J'admirais sa précision.

— J'ai composé mes gravures à partir de ses dessins et de ses gouaches. Et puis, quelque temps après l'expulsion d'octobre 1709, voilà que le lieutenant général de police d'Argenson débarque sans crier gare dans mon atelier. Il saisit tous mes cuivres et m'admoneste sur un ton cassant, menaçant. Port-Royal serait bientôt rasé, rien ne devait en subsister, ni les pierres ni les images !

— Cette rage de tout vouloir effacer, murmura Mme de Joncoux. Les ruines comme les reproductions… Vous vous souvenez ? Après l'expulsion d'octobre 1709, une chanson circulait dans Paris qui traitait M. d'Argenson de "noir museau". Les gens étaient indignés, même s'ils n'avaient aucune affinité envers Port-Royal.

— Eh bien, reprit Madeleine Horthemels, à ma grande stupéfaction, ce M. d'Argenson m'a rapporté mes cuivres, quelques mois plus tard. Tout en me recommandant de rester discrète là-dessus.

— Comme quoi, constata Mlle de Théméricourt, un peintre et un lieutenant général de police peuvent avoir des repentirs.

Françoise de Joncoux sourit et se mit à chantonner :

— Si le roi savait ça, monsieur le lieutenant. Si le roi savait ça…

Elle acheva sa tasse de café, les regarda, l'air narquois :

— Devinez qui, après cette expulsion, m'a remis les coffres contenant une bonne partie des archives du monastère ?

— Vous n'allez pas nous dire que ce serait M. d'Argenson lui-même ?

— Eh si ! Pas les titres de propriété – Port-Royal de Paris en a hérité – mais une bonne partie des lettres et des multiples textes rédigés par les moniales. Je dois ajouter que lui et moi avons une lointaine relation de parenté, et j'ai bien sûr insisté auprès de lui. Vous pouvez me faire confiance, je me suis ingéniée à lui donner mauvaise conscience ! Il me plairait de penser que, après avoir exécuté les basses œuvres ordonnées par le roi, M. d'Argenson aurait pu éprouver un certain malaise… Et voilà comment depuis deux ans j'ai tellement de copies en chantier ! Bien entendu, vous gardez le silence là-dessus.

Elle rit de plaisir, reprit sa chansonnette :

> *Si le roi savait ça*
> *Monsieur le lieutenant*
> *Si le roi savait ça*
> *Mais vous n'en direz rien*
> *Et nous non plus bien sûr*

Madeleine Horthemels s'amusa à prendre le relais :

> *Et nous conserverons*
> *Manuscrits et gravures*
> *Ainsi Port-Royal survivra*

— Grâce à quelques femmes obscures ! conclut gaiement Mme de Joncoux.

Femme obscure, voilà bien ce que je suis, s'avoua Marie-Catherine, au moins les autres agissent, exécutent des copies ou des estampes, entretiennent une correspondance…

— Ah, pouffa soudain la souris grise, à propos de "noir museau", vous vous souvenez de l'abbé Furet ?

— C'est son nom ? demanda Marie-Catherine.

— Non, c'est nous qui lui avons attribué ce sobriquet. Un imbécile dépêché par ces messieurs les jésuites afin de fouiller les archives restées aux Champs.

— Heureusement, j'avais déjà récupéré l'essentiel des mains de M. d'Argenson.

— Les jésuites espéraient dénicher des documents compromettants. Le Furet en question n'a trouvé que des comptes fastidieux, des listes d'achats pour la cire et la chandelle, pour les ateliers de reliure et de tissage, la cordonnerie, la tisanerie et l'apothicairerie… Il s'est gelé dans les bâtiments déserts, furetant pour rien. Bien fait pour lui !

— Néanmoins, souligna Françoise de Joncoux, ce Furet-là a fait transporter à Port-Royal de Paris des charretées du matériel qui restait dans ces différents ateliers, plus des tableaux et des livres. Pillages et profanations, comme en pays conquis...

Elles s'indignèrent, volière pépiante, puis entonnèrent en chœur, gamines moqueuses :

Il court il court, le Furet...

Jouant à la maîtresse des pensionnaires, Mme de Joncoux frappa dans ses mains :

— Cette fois, la récréation est terminée ! Au travail, femmes obscures et cependant diligentes.

Elles répartirent les lots de vêtements. Madeleine Horthemels proposa de glisser dans les envois destinés aux moniales une de ses gravures – oui, oui, excellente idée, elles en seront tellement heureuses ! Françoise de Joncoux prépara le colis pour les exilés d'Amsterdam :

— Un ouvrage d'histoire demandé par M. Quesnel. Des lettres de la mère Angélique, copiées par Mlle de Théméricourt. Ah, quelle belle écriture, si nette, si lisible... Je vous l'envie ! Vos *d* sont magnifiques !

Tout en s'affairant, ces dames commentèrent la tragédie récemment survenue à Versailles. A six jours d'intervalle, le dauphin, petit-fils de Louis le quatorzième, héritier du trône, et son épouse la dauphine étaient morts, brutalement. L'un et l'autre avaient moins de trente ans.

— Les exhumations à Port-Royal des Champs, cette hécatombe à la cour, murmura Mlle de Théméricourt. Certains voient la main de Dieu dans la seconde : un châtiment pour les premières.

— Ah non, protesta Mme de Joncoux, je vous serais obligée de ne point mêler Dieu à ce drame.

Oppressée, Marie-Catherine porta la main à sa gorge. La veille, elle avait entendu son mari risquer ce rapprochement et en avait ressenti un malaise. Il resurgissait, lui nouant l'estomac.

— D'aucuns, ajouta Mme de Joncoux, préfèrent laisser entendre que Philippe d'Orléans aurait fait empoisonner le dauphin.

— Eh oui, poursuivit sa fille, et comme Philippe d'Orléans pratique des expériences de chimie avec Guillaume Homberg, son médecin, on glisse aisément de chimie à alchimie et de là à la fabrication de drogues mortelles. De plus, Guillaume Homberg étant le beau-frère de Claude Dodart, médecin du dauphin décédé, je vous laisse à penser dans quelle épreuve notre ami Claude Dodart se trouve plongé ! Soupçonné d'avoir été le relais…

— Souhaitons que ces rumeurs folles cessent, la coupa sa mère.

— Il en est souvent ainsi lorsqu'une personne de sang royal disparaît, murmura Marie-Catherine.

— Oui, et cette fois deux en même temps… Passez-moi la ficelle s'il vous plaît, j'ai terminé le paquet pour la mère Du Mesnil.

— M. Dodart est-il janséniste ? demanda Madeleine.

— S'il l'était, vous pensez bien qu'il n'aurait pu devenir premier médecin du dauphin. Du moins, élevé dans cet esprit par son père, reste-t-il secourable aux persécutés, avec discrétion. Mais les sciences l'intéressent beaucoup plus que les questions de théologie. Ah, n'oubliez pas cette douzaine de mouchoirs, ils sont destinés à la sœur Agnès Forget qui se morfond chez les visitandines de Rouen.

Madeleine Horthemels les enfourna dans son colis :

— Je me suis trouvée par hasard sur le passage du carrosse de Philippe d'Orléans, non loin du

Palais-Royal. Il se rendait à Versailles pour la cérémonie de l'eau bénite sur le corps du dauphin. C'était atroce ! Des huées, des poings levés, la foule s'amassait et grondait. J'ai entendu crier : "Assassin, empoisonneur !" Sans parler des allusions, bien plus que des allusions en fait, à ses supposées relations incestueuses avec sa fille...

Brusquement, Marie-Catherine sentit remonter de très loin, de quel antre obscur, quoi au juste ? Son estomac se révulsait, une buée de sueur sur la gorge, une sensation de froid. Mme de Joncoux intervint :

— Vous êtes livide, vous ne vous sentez pas bien ?

— Euh, une nausée, excusez-moi...

Mme de Joncoux l'emmena précipitamment dans la cuisine, Marie-Catherine n'eut que le temps de se pencher au-dessus d'une bassine.

— Ne vous tracassez pas, Aimée nettoiera. Une de vos migraines, je suppose ?

— Non, non, depuis le transfert de mon père à Saint-Etienne-du-Mont, à ma propre surprise je n'en ai plus eu.

— Seriez-vous grosse ?

— Peut-être... En fait, c'est la première fois que je vomis. Mais depuis une dizaine de jours il existe un autre signe, effectivement.

Françoise de Joncoux les rejoignit, renifla la situation :

— Une bonne nouvelle, si je comprends bien ?

— Sans doute. Vous savez, c'est tellement étrange. Depuis la naissance de Louise, six ans déjà, rien... M. de Moramber et moi avions fini par estimer que je ne pouvais plus avoir d'enfants. C'était également l'opinion des médecins. Pourquoi donc maintenant ?

— Bah, affirma gaiement Françoise, il ne faut jamais se poser ce genre de question ! Je réchauffe un peu de café, histoire de vous requinquer.

Marie-Catherine se rinça la bouche, but une demi-tasse mais refusa d'aller s'allonger dans la chambre de Mme de Joncoux :

— Je me sens beaucoup mieux, merci, et je préfère m'occuper en votre compagnie.

Elles retournèrent au salon, Mlle de Théméricourt et Madeleine Horthemels restèrent discrètes. Les colis étaient terminés. Françoise de Joncoux apposait les adresses – ursulines de Blois, bénédictines de Bellefond à Rouen, visitandines de Compiègne, ursulines de Montcenis quatre lieues par-delà Autun –, lorsque Aimée vint la prévenir :

— M. Dodart vient d'arriver mais il ne veut pas entrer car il est très pressé. Il désire seulement vous remettre en mains propres ce que vous lui aviez demandé il y a un mois.

Françoise de Joncoux se rendit dans l'antichambre. Elle revint cinq minutes plus tard, agitant joyeusement une petite boîte :

— De l'opium ! Je vais pouvoir en glisser une douzaine de grains dans la grande enveloppe destinée à Pasquier Quesnel. C'est vraiment généreux de la part de M. Dodart, pris dans la tourmente de ces derniers jours, d'avoir trouvé le temps de m'apporter ce remède. Enfin, ouf, il semblerait que ses affaires s'arrangent ! Son beau-frère Homberg a voulu se présenter à la Bastille afin d'y être interrogé – bien sûr avec l'intention de se disculper. Le roi avait déjà transmis l'ordre qu'on ne l'y reçoive pas. Autrement dit, officiellement l'affaire serait close et Philippe d'Orléans hors de cause.

— Oui mais sali, souligna Mlle de Théméricourt. Des calomnies aussi atroces laissent toujours des traces.

— Bien entendu. A propos, ajouta Mme de Joncoux à l'adresse de sa fille, vous n'oubliez pas de vous rendre cette après-dînée à la conciergerie de la Bastille afin de déposer ce paquet-ci pour notre pauvre Germain Vuillart. Je lui ai mis du papier, de l'encre et des plumes – j'espère qu'on ne les lui confisquera pas –, une couverture en laine et quelques douceurs. Plus une vue de Port-Royal des Champs.

Accablé de fatigue morne, Claude Dodart descendit la rue de la Montagne-Sainte-Geneviève. S'il s'était écouté, il aurait avalé deux des grains d'opium déposés chez Françoise de Joncoux puis serait aussitôt rentré dormir chez lui, vingt-quatre heures d'affilée. Dormir, oublier. Cette mort soudaine. L'atrocité des soupçons pesant sur lui et sur son beau-frère. Non, impossible de céder au sommeil, il se devait de retourner à Versailles, son absence serait interprétée comme une fuite. Rumeurs et cabales, il le savait trop bien, continueraient leur ronde maligne. Même si Philippe d'Orléans semblait à présent blanchi. L'honnête Mareschal, premier chirurgien du roi, avait ouvert le corps du dauphin devant tous les médecins de la cour rassemblés, puis avait affirmé à Louis le quatorzième qu'il n'avait trouvé nulle trace de poison. Et pourtant, avait-il glissé en secret à Claude Dodart, il conservait une ombre de soupçon mais il valait mieux, n'est-ce pas, tranquilliser l'esprit du roi et couper court à ces bruits que Mme de Maintenon et d'autres s'ingéniaient à répandre. Ou du moins à laisser se propager, trop heureuse de compromettre le neveu du roi, ce Philippe d'Orléans qu'elle haïssait.

Claude Dodart en demeurait convaincu, la dauphine et son époux avaient été victimes de la rougeole (un de ses confrères penchait plutôt pour la scarlatine). De Paris, l'épidémie avait gagné tous les alentours et notamment Versailles, on parlait de plus de cinq cents décès. Il arriva chez lui, donna l'ordre d'atteler. Alors qu'il était en train de se changer, sa femme vint lui parler : leur deuxième fils souhaitait l'entretenir sans tarder de son projet d'embrasser la carrière des armes. Non, non, bougonna Claude Dodart, plus tard, à mon retour ! Mme Dodart se retira, silencieuse, en femme de médecin résignée aux contretemps.

Les questions remontaient, lancinaient. Le médecin de la dauphine ne lui avait parlé des taches rougeâtres sur la peau de celle-ci qu'après sa disparition. Si lui, Claude Dodart, l'avait su plus tôt, aurait-il réussi à persuader le dauphin de ne pas se rendre au chevet de cette femme dont il était tellement épris ? Non, songea-t-il en montant dans le carrosse, il n'aurait pu l'empêcher de s'exposer à la contagion. Des passions sincères, on n'en voyait guère à la cour et le dauphin chérissait éperdument son épouse. Mort de chagrin tout autant que de la rougeole ? Claude Dodart s'accorda enfin de se laisser aller, et pleura. Il avait éprouvé de l'affection pour son patient promis au trône, il appréciait de pouvoir discuter avec lui d'histoire et de sciences. Et il avait échoué à le sauver.

Durant la route, il ne put s'empêcher de repenser à l'ouverture du corps. Non, il ne s'attendait pas à devoir contempler des chairs aussi promptement décomposées. C'était le lendemain du décès, le vendredi 19 février. Une telle altération, en moins de vingt-quatre heures ? Le pire était d'en avoir été troublé. De l'être encore – l'insidieux, corrosif poison du doute. Et comme pour le neutraliser, alors que les chevaux attaquaient la côte abrupte au-dessus de Meudon, il évoqua l'ossuaire de

Port-Royal. Un mois auparavant, il chassait dans la vallée de Chevreuse, cette chasse dont, pour tout gibier, il avait rapporté des visions de mort. Bien sûr, il se refusait à les croire prémonitoires mais à présent, comparés aux viscères putréfiés du dauphin, les ossements des Champs et de Saint-Lambert lui parurent euh… propres, raclés, récurés par le temps, mis en ordre déjà par le labeur silencieux de la mémoire. Là-bas, au fond du vallon, l'effaré nommé Le Doux devait continuer à bénir d'un signe de croix ses charrettes surchargées. Le médecin revit ce geste à la fois las et précipité, empreint de désespérance. Ou peut-être les exhumations étaient-elles achevées et déjà remplacées par les détonations de la poudre et l'effondrement des murs ? Il préférait ne pas savoir.

Cet acharnement contre des ruines et des cadavres lui semblait relever d'une sorte de folie. Une réflexion de son père lui revint soudain : le roi, encore enfant, avait été très perturbé par les violents troubles de la Fronde et, par la suite, il avait eu tendance à confondre Frondeurs et port-royalistes. Ce qui, selon Denis Dodart, était très exagéré bien que, avait-il reconnu, des Frondeurs ralliés, autrement dit achetés, et de belles Frondeuses, fort belles et cependant repenties, eussent manifesté certaine sympathie envers le monastère – ah oui, et parmi eux le fameux cardinal de Retz ! Ainsi, songeait à présent Claude Dodart, un des premiers actes d'autorité de ce jeune Louis le quatorzième délivré de Mazarin avait-il été, en 1661, d'ôter les pensionnaires et les postulantes des Champs. Cinquante ans plus tard, la hargne contre ce lieu, contre ce "parti" insaisissable, continuait à opérer ses ravages ! Quelle constance opiniâtre et se pouvait-il qu'un traumatisme de l'enfance se prolongeât de la sorte jusque dans la vieillesse ?

Il n'avait pas de réponse. Le carrosse traversait les bois de Chaville. Il repensa aux larmes de sa sœur lorsque, pensionnaire aux Champs, elle en avait été retirée en 1679, sur ordre du roi. Encore une fournée d'expulsées, après celle de 1661, et en attendant les suivantes… Cette fournée dont avait également fait partie Mlle de Théméricourt. Voilà une petite fille, se dit-il, attendri, qui vers sept ou huit ans avait séjourné à Port-Royal, à peine une année, et qui consacrait sa vie aux manuscrits rescapés de ce monastère bientôt effacé de la carte.

Certes, en ce qui concernait sa sœur, l'événement était ancien et par la suite Angélique Dodart avait épousé Guillaume Homberg, une union heureuse, mais le jeune Claude de quinze ans avait été marqué par le retour à la maison de sa sœur éplorée. Eh bien, songea-t-il, ricanant de lui-même et de son émotion, les lointaines larmes d'Angélique me remontent… Il aurait aimé les laisser s'écouler tout en marchant à travers les futaies de Port-Royal. Ecouter l'étang respirer. Errer dans ce silence végétal, loin de la fétidité de cette basse cour qu'était devenu Versailles, un lieu où les parfums ne parvenaient plus à masquer la putridité d'une fin de règne. Port-Royal anéanti sentait moins la mort que Versailles. Il revoyait le jardin des simples, derrière l'infirmerie. Son père, passionné de botanique, s'en était occupé ainsi que du traitement des plantes à l'apothicairerie et à la tisanerie du couvent.

Par piété filiale, mais pas seulement, Claude Dodart chérissait Port-Royal des Champs et souffrait de son démantèlement. Pourtant lui-même ne se considérait pas comme janséniste. Une notion bien floue, selon lui : leurs adversaires tendaient à dénoncer comme tel un homme qui, en plus du dimanche, se rendait à la messe un jour de semaine ou mettait en pratique une morale exigeante, cependant que les jésuites, plus souples, accordaient aisément l'absolution et accommodaient aimablement les cas de conscience à l'aune des mœurs du siècle. Dans ce conflit, qui ne se terminerait sans doute pas avec la destruction de l'abbaye, chaque camp, estimait-il, avait diabolisé l'autre. Et le "parti" suscitait d'autant plus imaginations et interprétations délirantes qu'il était diffus, malaisé à cerner, à la différence d'un ordre constitué, tels les jésuites ou les dominicains.

Claude Dodart haussa les épaules, ces débats ne l'intéressaient guère. Il préférait les échanges avec Guillaume Homberg, appréciant chez son beau-frère l'alliance de l'honnêteté et du plaisir de vivre, d'une piété solide et d'une intense curiosité scientifique. Tandis que la prétention de certains jansénistes à vouloir revenir aux origines, à la pureté d'un christianisme primitif, lui semblait archaïque. Des hommes de grand mérite mais des hommes du passé ? Pourtant, Claude Dodart le reconnaissait, leur souci d'offrir à un large public des traductions claires, aisées à lire, élégantes en même temps, était tourné vers l'avenir. Mais quelques-uns s'étaient engoncés dans cette raideur qui, parfois, accompagne la grandeur. D'autres s'étaient épuisés entre eux à des finasseries théologiques et des querelles d'une bouffonne pédanterie. Et dire que, autrefois, certains n'avaient guère compris l'intérêt des recherches en mathématiques et en physique de M. Pascal, ce savant au génie tellement étendu et, de surcroît, si habile de ses doigts. Il avait fabriqué lui-même son étonnante machine arithmétique et avait fait installer, à la ferme des Granges, une mécanique astucieuse, une grande roue démultipliant les forces afin de tirer l'eau du puits plus aisément. Claude Dodart admirait ces inventions tournées vers la pratique.

Le carrosse entamait la longue ligne droite conduisant au château et le médecin ruminait sur ces bruits qui circulaient : Dieu aurait voulu la disparition du jeune couple destiné à monter sur le trône en punition des destructions et profanations à Port-Royal. Ce Dieu vengeur aurait sitôt châtié le vieux souverain fatigué à travers sa descendance. En si peu de temps, à si peu de lieues, les tombes éventrées aux Champs, le dauphin et la dauphine éviscérés à Versailles... Le médecin ne pouvait souffrir ces interprétations, Dieu avait mieux à faire, et c'était le ravaler au triste rang de l'homme que de lui attribuer semblables intentions (à ses yeux, on prêtait beaucoup trop d'intentions à Dieu dans le milieu janséniste, il est vrai que saint Augustin ne s'en était pas privé). Rumeurs aussi odieuses que celles propagées sur un prétendu crime perpétré par Philippe d'Orléans, se dit-il en franchissant la grille.

A son arrivée, deux nouvelles l'attendaient. La première était réconfortante. Le roi lui avait attribué une pension, comme à tous les membres de la maison du dauphin disparu – voilà qui était fort bienvenu pour ses finances et, surtout, confirmait la levée des soupçons à son égard. La deuxième, par contre, l'inquiéta. Le tout nouveau dauphin, cet orphelin de père et de mère âgé de cinq ans, était au plus mal, ravagé par une forte fièvre. La rougeole, très probablement. Claude Dodart ordonna que son frère de deux ans, encore au sein, soit au plus vite isolé, hors des appartements royaux. Sinon c'en était fini, peut-être, de cette descendance directe et légitime de Louis le quatorzième. Ce petit dernier, rebaptisé Louis comme son arrière-grand-père, avait-il encore une chance de devenir un jour Louis le quinzième ?

CHARLOT

septembre 1665

C'est tellement plus facile de tirer l'eau du puits depuis que ce M. Pascal a séjourné ici. J'apprécie, hein ! Surtout à la fin de l'été, la mare devient tellement boueuse qu'on ne peut plus y mener boire les bêtes. Cet homme, il a trouvé un système, une très grande roue, euh... je ne saurais pas expliquer, un seau descend vide, l'autre remonte plein, des seaux grands comme des tonneaux, ça me permet d'avoir cent trente-cinq pintes d'un coup, sans effort ! Et moi, l'effort, j'aime pas trop. Le fermier et ces Messieurs les Solitaires me le reprochent assez. Les sœurs sont plus indulgentes : du moment que je ne manque ni la messe ni l'instruction religieuse, elles me bousculent, oui, mais gentiment. Tantôt je suis garçon de ferme aux Granges, tantôt jardinier au potager d'en bas, et puis en bas il y a aussi une petite ferme, quelques vaches, un poulailler, les sœurs converses s'en occupent mais il faut leur donner un coup de main pour changer les litières ou sortir le fumier, on m'appelle là où on a besoin, Charlot par-ci Charlot par-là, toujours monter descendre ces cent marches, c'est épuisant à la longue, ils ne se rendent pas compte ! Surtout ces Messieurs, sans cesse le nez dans leurs livres et leurs écritures. De temps en temps ils jardinent, mais comme des messieurs justement, pour se délasser. Moi, je travaille. En plus, eux, ils boivent du vin et nous, les domestiques, nous n'avons droit qu'à du cidre. Du vin, quand même, ça me donnerait un peu plus de cœur à l'ouvrage. Hier, j'ai dit à M. Hamon que je ne resterais pas toujours à servir ici, que je voulais me marier. Indigné, il était : j'allais me perdre, perdre mon âme ! Mais enfin, ces hommes-là, ils sont faits comment ? De la même chair que moi, je suppose. Et lui, un médecin, il devrait bien savoir que la nature parle ! A moins que, à force de gratter du papier, ça ne les démange plus ailleurs. Moi si. De toute façon, j'ai bien compris qu'ils me considéraient comme un peu simplet. J'ai conservé beaucoup d'enfance, qu'ils disent. Alors je leur en rajoute une louche, d'enfance et de simplet, ça m'amuse.

Le catéchisme pour les domestiques, c'est obligatoire, une fois par semaine. Un prêtre nous explique : le péché originel, la chute et la rédemption, les différentes sortes de grâces, presque autant que les espèces de salades dans notre potager, ça m'ennuie. La messe, par contre, j'aime bien. Même si, depuis deux mois, finis les chants ! Interdits par Mgr l'archevêque de Paris ! Parce que les moniales, on les a séparées. Comme le bon grain et l'ivraie. A Port-Royal de Paris, on a regroupé les gentilles, les soumises, les signeuses comme ils disent. Signer quoi, je n'ai pas bien compris, un papier, un formulaire paraît-il à propos de leur fameuse grâce. Encore une de ces histoires embrouillées dans lesquelles se complaisent les gens d'Eglise, où ils s'entortillent et se noient eux-mêmes. Chez nous, aux Champs, on a parqué les brebis galeuses, les non-signeuses. Les méchantes et récalcitrantes. Qu'ils disent.

Je les aime bien, nos sœurs d'ici. Elles sont privées des sacrements, des cloches et des chants, elles n'ont plus le droit d'écrire, ni à leur famille ni à des amis, ni de les recevoir au parloir. Et si elles décèdent, pas d'inhumation religieuse ! Pourvu qu'aucune ne meure... Afin d'empêcher toute communication avec l'extérieur, on a rehaussé les murs d'enceinte et on nous a mis des gardes tout autour – ce n'est plus un monastère mais une forteresse ! Et les voilà qui font des rondes, jour et nuit. Moi, ça me fait rire, cette quantité d'hommes en armes. De quoi ont-ils donc peur, à Versailles, à l'archevêché ? De simples femmes ? Hier, un garde à cheval m'a menacé. Si jamais on me surprenait à passer du courrier en cachette, je serais pendu haut et court ! Je l'ai regardé en prenant mon air idiot, c'est la chose au monde que je sais faire le mieux. Ah oui, ils me font rire avec leurs rumeurs de complot, et toutes leurs précautions !

Au début, à l'église, j'ai été troublé par l'absence des voix mais à présent, ça me plaît bien. Elles font comme si, nos sœurs, comme si elles chantaient encore les hymnes et laudes et complies, elles psalmodient en dedans, je suppose, sans ouvrir la bouche – exactement la même durée qu'autrefois ! Je les vois exécuter les mêmes gestes tranquilles, se lever, s'incliner, se tourner et se prosterner, s'asseoir et s'agenouiller, dans un rythme parfait, toujours accordées, on dirait un seul corps. Sans doute communiquent-elles par des signes qui m'échappent ? C'est très impressionnant, ce chœur muet, cette danse lente sans le moindre son. Un cantique du silence qui me donne envie de pleurer. Elles sont belles ces femmes dont une grille me sépare, je respire avec elles. Lorsque je contemple la croix écarlate sur leur poitrine, je ne peux m'empêcher d'imaginer – ce doit être un péché mais tant pis –, oui, d'imaginer que, chez certaines, le sang coule entre leurs cuisses, parfois même j'ai peur qu'une tache rougeâtre n'apparaisse sur la longue robe en serge de Mouy si blanche, une idée saugrenue, je sais, jamais je n'oserai l'avouer en confession, mais sur la soixantaine de sœurs qui résident ici, quelques-unes ont leurs lunes, forcément, même en ôtant les plus âgées. A moins que, à la longue, leur sexe inutile ne se soit atrophié, comme une éponge desséchée dont plus rien ne suinte ? Peut-être même qu'elles n'ont plus aucune toison. Sous le voile noir, leurs cheveux sont coupés m'a-t-on dit, mais plus bas, pas leurs poils quand même ? Péchés certainement toutes ces idées, mais je ne peux pas les arrêter, elles tournent dans ma tête, elles tournent comme la roue du puits, ça grince. Ben oui, je pense souvent à ça, à la chair, à ce lieu humide et secret des femmes. Cette plaie béante, saignant comme celles du Christ en croix. Et j'y pense encore plus lorsque je vois cette croix d'un rouge éclatant en travers de leurs seins, c'est plus fort que moi ! Oui, ça me travaille. C'est mon nom qui me vaut ça, je crois. Je m'appelle Queudon. C'est pas de ma faute, c'est mon nom.

Il y en a une qui dépasse les autres d'une tête, elle se tient très droite et son visage cireux se consume d'un feu intérieur. C'est la fille de M. Arnauld d'Andilly, celui qui a créé notre magnifique verger des Granges (à propos, il faut que j'aille voir, discrètement, si les poires mûrissent, la variété cuisse de madame est particulièrement juteuse et fondante). M. Hamon m'a raconté : Cette sœur Angélique de Saint-Jean a été incarcérée dans un couvent à Paris, les annonciades – celles qu'on appelle les filles célestes, elles s'habillent en bleu. Eh bien, rien de céleste dans cet emprisonnement ! Toute seule, Angélique de Saint-Jean, dix mois durant, sans confession ni communion ni rien, et menacée d'excommunication, en attendant qu'elle se décide à signer. Elle a résisté – coriace, la grande pouliche ! – et la voilà revenue ici avec les autres non-signeuses.

Au bout du compte, je ne regrette pas les chants d'autrefois. Ni les cloches d'ailleurs. Au moins je ne suis plus réveillé en pleine nuit par celle de matines. Mais des fois j'oublie l'heure et je me ramasse une algarade par le fermier ou par un de ces Messieurs. Justement, j'entends les vaches qui commencent à s'agiter dans l'étable, elles ont soif, il faut que j'aille tirer mes seaux. Heureusement que ce M. Pascal est passé par ici ! Il est mort depuis quatre ans, m'a dit M. Hamon. A Paris. Dommage, c'était un bricoleur de génie.

THÉÂTRE

MARIE-CATHERINE RACINE

automne 1712

Elle est née il y a un mois. Angélique, comme la célèbre réformatrice de Port-Royal. J'ai mis ma deuxième fille en nourrice à La Ferté-Milon, berceau de la famille Racine. Ce fut une étrange grossesse. J'étais heureuse, pleinement, plus que pour mes deux aînés, et tout en même temps cette terrible exhumation de décembre dernier continuait à travailler en moi. Oui, étranges, ces neuf mois. Vie et mort se rejoignaient, tentaient de se nouer l'une à l'autre et, à ma propre surprise, je m'en accommodais assez bien. En secret, à l'insu de mon mari – mais toute grossesse n'est-elle pas à l'insu ? –, je guettais, palpais, caressais les remous de mon ventre et je murmurais à mon père : Voyez, déjà elle se nomme Angélique.

Une naissance n'efface pas l'ombre portée de la mort. La venue au monde d'Angélique a ravivé mon désir de comprendre de qui j'étais issue. Récemment, j'ai interrogé mon époux au sujet de l'œuvre paternelle : Certes, votre père était un bon poète mais, vous ne l'ignorez pas, j'observe la tradition chère aux Moramber en ne lisant que des ouvrages de piété. J'ai donc pris connaissance des hymnes et des cantiques écrits par M. Racine, mais non point de ses tragédies profanes.

Distraitement, j'ai parcouru ces *Cantiques spirituels*, le seul livre de mon père que mon époux détienne en sa bibliothèque. Distraitement, moi élevée dans la dévotion, moi qui voulus faire profession à Port-Royal ! J'éprouvais le sentiment que je n'exhumerais pas mon père très aimé de ces textes agréablement scandés, une traduction versifiée des hymnes du bréviaire romain, différents pour chaque jour de la semaine, chantés à matines, laudes et vêpres. Du moins m'ont-ils permis de retrouver la mesure du temps aux Champs, j'aimais qu'elle ne laissât nul interstice où auraient pu s'infiltrer le doute ou le désœuvrement. Après matines, au plus obscur de la nuit, on retournait dormir un peu, ou bien on disait son chapelet. A partir de cinq heures et demie, la matinée était rythmée par les offices de prime et tierce, puis par la messe, et ensuite par sexte. Vers onze heures, le dîner était servi au réfectoire, nous mangions en silence tandis qu'une sœur faisait la lecture. A nouveau on se retirait en sa cellule afin de lire et prier, ou faire le ménage – parfois je m'écroulais dans le sommeil. Et l'après-dînée était ponctuée par les alternances du travail manuel avec none et vêpres. J'attendais avec impatience la collation du soir, servie après vêpres. Enfin venaient les complies où nous devions rester debout car cet ultime office, cette dernière heure de notre journée si pleine signifiaient, m'avait-on enseigné, la préparation à la mort. Après quoi je m'effondrais, recrue de fatigue mais apaisée, on se couchait à huit heures. Bien sûr, étant seulement postulante, j'avais droit à des adoucissements mais je m'efforçais de ne point trop en user. Les cellules n'étaient pas chauffées, la viande était réservée aux convalescentes ou aux sœurs trop affaiblies. En janvier et février 1698, l'étang ne donnait plus de poissons, ni les poules d'œufs, ce fut vraiment maigre… Certes, il était préférable de détenir une santé solide si on voulait passer sa vie à Port-Royal ! Heureusement, les chants à l'église tout au long de la journée me réchauffaient, me nourrissaient, j'avais si peur qu'un rhume ne m'empêchât d'y participer.

Ce soir, après souper, et nos deux aînés couchés, M. de Moramber reprend : Votre père avait également composé des épitaphes. Pour une vieille demoiselle très vertueuse, d'ailleurs elle s'appelait Mlle de Vertus et logeait à Port-Royal mais en dehors de la clôture, sans avoir prononcé de vœux. Et surtout cette épitaphe, qui fit quelque bruit, en l'honneur d'Antoine Arnauld, le petit dernier de la prolifique tribu Arnauld, le fameux théologien exclu de la Sorbonne et décédé en exil à quatre-vingt-deux ans, après avoir vu la plupart de ses écrits sur la communion et sur la grâce condamnés… Oui, oui, je vois de qui vous parlez, aux Champs, en 1697 et 1698, j'ai croisé une de ses nièces, la dernière moniale de la famille Arnauld.

M. de Moramber s'est endormi après m'avoir aimée (puisque cela s'appelle aimer). Je rêvasse, me souviens. Cette vieille sœur m'entretenait tandis que je récoltais la menthe et l'anis dans le jardin des simples. Appuyée sur sa canne, branlante mais ferme dans ses propos, elle évoquait sa tante, la mère Angélique, et ce fameux jour où cette dernière, après avoir rétabli la clôture, avait interdit à son père, M. Arnauld l'avocat, d'entrer dans le monastère. Une histoire qui se transmettait à chaque génération, aux grandes pensionnaires, aux postulantes. L'acte fondateur, cette fameuse journée du 25 septembre 1609, j'imaginais une lumière tendre et dorée sur la vallée. Durant les mois précédents, cette jeune Angélique mélancolique avait répété aux religieuses plus âgées qui s'inquiétaient de sa tristesse : "Je voudrais que nous nous réformassions." De cette mélancolie elle avait extirpé l'énergie nécessaire pour mener à bien la réforme selon la règle cistercienne.

Cette langueur inquiète qui vous ronge vers seize ou dix-sept ans, je l'avais moi-même éprouvée, et n'avais pas su en tirer parti. Cent trois ans plus tard, il me plaît de voir dans ce moment crucial l'acte de naissance d'une fille. Contre son père. Contre sa famille. Vous m'avez faite nonne alors que j'étais une enfant, sans me demander mon avis, eh bien aujourd'hui, à dix-huit ans, je m'institue, moi, religieuse. Contre vous. Je vous ferme la porte au nez, non, père, non, vous ne pénétrerez pas ! Je connaissais son portrait par M. Philippe de Champaigne, ce regard sombre, déterminé, le double menton, la moustache – et pourtant une sourde lumière émane de cette gravité. Bien sûr, à dix-huit ans, ni moustache ni double menton, mais je ne parvenais pas à me la représenter autrement. Tremblante, résolue cependant, elle refuse d'ouvrir, parle à son père à travers la grille du guichet, s'efforce de justifier sa décision. Il tempête, elle pleure mais tient bon. Oui, elle tient bon face à un des plus célèbres orateurs de l'époque ! Tout en liant mon bouquet de menthe, en en respirant le parfum, j'écoutais cette histoire tant ressassée – enjolivée ? – de la bouche édentée de la vieille nièce courbée sur sa canne, et pourquoi moi, au même âge, n'avais-je pas su m'opposer à mon père ? Non je ne sortirai pas d'ici, non, père, non, vous ne m'enlèverez pas ! Je pleure en silence, la mère Angélique sanglote mais ne cède pas, elle résiste tant et si bien qu'elle s'évanouit. Son père crie, appelle à l'aide, faisant retentir cette voix puissante habituée aux prétoires. Il secoue la grille de plus en plus violemment. Dans la pièce voisine, quelques sœurs serrées en petit troupeau apeuré, moutonnier, croient que M. Arnauld veut tout casser et forcer les barreaux. Jusqu'à ce que, enfin, l'une d'elles comprenne et accoure... Mais peut-être est-ce moi qui prolonge et transforme l'histoire à ma façon ? L'histoire inaugurale déjà passée par tant de bouches, tant de plumes. Pourtant je ne crois pas avoir inventé la suite, c'est bien la dernière des Arnauld qui me l'a contée par un matin d'automne dans le jardin des simples. Père et fille, l'avocat et l'abbesse, bouleversés, se sont ensuite expliqués, réconciliés, et comme la soirée était très avancée, et la mère Angélique très affaiblie par cette pâmoison, on a dressé un lit pour chacun, de part et d'autre de la grille du parloir. J'imaginais avec ravissement une nuit semblable en compagnie de mon père, devisant, chacun sur sa couche, si proches, tendrement apaisés après l'orage.

Nous n'avons pas parlé. Du moins n'ai-je pas su défendre ma cause. Je me suis inclinée, mollement. Molle et désespérée. Si pourtant, j'ai eu un sursaut, un désir bien à moi ! Puisqu'il fallait renoncer à Port-Royal, j'ai demandé à mon père de me laisser postuler à l'abbaye de Gif, proche des Champs par la distance et par l'esprit. Je l'ai imploré. Par lettres. Lors de ses visites. C'était la meilleure solution. Pourquoi, après avoir hésité, a-t-il finalement refusé ? Ah, j'aurais dû avoir le courage de me battre en sorte d'être admise à Gif ! D'aucuns, j'imagine, estimeraient que ma vocation n'était sans doute pas assez solide. La mère Angélique, m'a-t-on rapporté, était soucieuse d'éprouver au mieux la vocation de chaque postulante. Qu'aurait-elle pensé de la mienne ? A quels signes repérait-elle le passage de la grâce, l'élection ?

Je suis délivrée de l'enfant que j'ai porté. Mais non de mon père. Ainsi un mort trop aimé deviendrait tel un fœtus, blotti à l'intérieur de vous ? Paisiblement endormi, croit-on. Soudain il se réveille, s'agite, vous décoche de violents coups de pied, vous blesse. Ce fœtus-là, peut-on jamais l'expulser ?

Angélique est belle, gracieuse déjà. J'ai offert deux jupons à sa nourrice. Elle en était très contente, comme elle l'est de la petite. Ma fille dort et tète avec une placide régularité. J'espère que cette enfant, conçue au lendemain d'une exhumation, sera plus paisible que sa mère. Ses yeux sont d'un gris-brun indéfinissable. Ils me rappellent ceux de mon père. Je sais, je sais, les yeux d'un nourrisson sont destinés à changer…
En revenant de La Ferté-Milon, j'ai ruminé sur ma stupidité. Longtemps j'ai cru qu'il n'était point d'autre alternative pour une fille que le couvent ou le mariage. L'assemblée chez ces dames de Joncoux, en ce jour de février où j'ai compris que j'étais grosse, m'a ouvert les yeux. Une fille peut être peintre ou graveuse. Ou, comme Mlle de Théméricourt, vivre d'une petite rente et louer un logement dans les dehors d'un monastère – c'était le cas également de cette Mlle de Vertus dont me parlait mon mari. Françoise de Joncoux habite avec sa mère (ainsi en est-il de ma sœur Fanchon, grand bien lui fasse, je préfère encore être mariée !). Récemment, je fus chez Mme de Joncoux. Françoise était sortie afin d'assister des malades à l'Hôtel-Dieu. Sur cinq filles, Mme de Joncoux en a perdu quatre. Elle s'inquiète de l'activité inlassable de Françoise, pourvu qu'elle ne s'épuise pas ou ne s'expose pas à la contagion auprès d'agonisants ! Mme de Joncoux m'a expliqué. Non seulement sa fille accomplissait ce labeur considérable de copiste mais, en plus, elle écrivait elle-même, collaborait à des publications collectives sur l'histoire du mouvement janséniste, et traduisait du latin.

J'en fus très surprise, comment l'avait-elle appris ? Des rudiments avec son père, autrefois (il est mort jeune), puis, seule, elle s'était perfectionnée grâce aux méthodes éditées par ces Messieurs de Port-Royal, remarquables paraît-il. Pourquoi donc mon père, excellent latiniste et helléniste selon mon frère Jean-Baptiste, ne m'a-t-il rien enseigné ? Eh oui, il était si souvent à la cour, il a abandonné mon éducation aux mains de ma mère. Et ma mère, en dehors du ménage, des comptes et de la couture… Aurais-je voulu la fuir en postulant à Port-Royal ? Et pourquoi ai-je attendu d'avoir passé la trentaine pour commencer à m'interroger sur mon histoire ? Ma mère me rétorquerait probablement que je suis une fille bien ingrate : Votre père s'est employé à vous constituer une dot décente qui vous a permis une union très honorable, il vous a avantagée par rapport à vos quatre sœurs, vous n'allez pas vous plaindre maintenant !

Hier, j'ai laissé Claude et Louise à leur gouvernante et j'ai rendu visite à ma mère. Fort surprise de ma demande. Je veux lire les tragédies de mon père. En voilà une bizarre idée, mais pourquoi donc ? Je veux savoir qui était mon père.

Effarée : Parce que, pensez-vous, votre père serait dans ses écrits ? Vous qui, lorsqu'il a disparu, étiez assez grande pour apprécier sa tendresse, ses attentions envers son épouse et le soin extrême qu'il prenait de sa famille… Je l'ai coupée. Mon père d'avant. Un silence. Ma mère arborait un air aigre, buté : Avant moi, voulez-vous dire ? Fanchon me regardait comme si j'étais un monstre. Je me suis impatientée, mais enfin qu'y aurait-il donc de si horrible dans les pièces de M. Racine que moi, sa fille, je ne dusse pas en prendre connaissance ? Mais rien, Marie-Catherine, rien, je ne saurais vous dire, je ne les ai jamais lues.

A mon tour d'être effarée. Un homme consacre une bonne vingtaine d'années à écrire des vers. Puis il prend femme et celle-ci ignore la part d'avant. Tous deux conçoivent, élèvent cinq filles et deux garçons, consolident leur fortune, veillent à l'établissement de leur progéniture – c'est pour cela qu'on se marie, je sais ! M. de Moramber continuera sans doute à me faire des enfants et je cherche mon père…

Lèvres pincées, ma mère a désigné un coffre dans l'antichambre – vous y trouverez la dernière édition de son théâtre, il l'avait révisée deux ans avant de disparaître. Je l'ai emportée. Deux volumes. Durant le trajet en carrosse, je palpais le cuir épais et doux, d'une belle couleur ambrée, je n'osais pas encore feuilleter – non, pas tout de suite ! –, je respirais l'odeur, nourricière. J'ai vérifié la date de publication. 1697. Soudain, les livres me sont apparus tels de minuscules cercueils, j'ai revu celui de 1699 et de 1711, afflux de larmes, peut-être convenait-il de ne pas les ouvrir, ces cercueils de cuir et de papier ? Si plaisants cependant, à l'œil, à la main, à l'odorat. Je les ai longuement caressés.

1697. L'année de mes dix-sept ans, l'année où je séjourne à Port-Royal. A cette époque, m'avait expliqué ma grand-tante Agnès de Sainte-Thècle Racine, mon père s'entremettait en faveur de l'abbaye des Champs auprès de l'archevêque de Paris. En même temps, il se préoccupait de relire, corriger peut-être, ses tragédies. Deux tâches à mener à bien avant de… Sentait-il déjà la fin approcher, savait-il que ce serait l'ultime édition ?

M. de Moramber est parti chasser, il ne reviendra que ce soir. J'en profite pour entreprendre la lecture de la première pièce, *La Thébaïde*. Naïve, j'ai cru que ce titre désignait un désert semblable à ceux des ermites. Ou peut-être même à celui de Port-Royal des Champs, bois, taillis, silence et solitude. Nullement ! Dans la ville de Thèbes, une atroce histoire de famille, ils s'aiment et se détruisent. Un beau carnage entre les fils d'Œdipe, les deux frères ennemis ! J'en demeure confondue et me répète ce vers qui m'a saisie : *Tout ce qu'ont de plus noir et la haine et l'amour.* Je vérifie la date. Mon père avait moins de vingt-cinq ans lorsqu'il a rédigé cet alexandrin, qu'en connaissait-il donc, à cet âge, de l'amour et de la haine ? Et moi, à trente-deux ans, je m'aperçois que j'en ignore l'essentiel. Certes, je chéris mon fils et mes deux filles, j'éprouve de l'estime, je dirais même de l'affection, envers M. de Moramber, mais je sens trop combien mon père évoque de tout autres passions, une violence, un délire presque.

J'étais tellement bouleversée que j'ai emmené Claude et Louise se promener au jardin des Tuileries. Ils étaient ravis, ont joué à la balle dans les allées. Marcher, voir du monde et savourer la lumière automnale m'ont apaisée. Revenue à la maison, j'ai lu la préface de *La Thébaïde*. Mon père reconnaît, comme s'il lui fallait prévenir une possible critique, que cette pièce ne comporte pas d'histoire d'amour mais, explique-t-il, il ne saurait y en avoir lorsque l'inceste occupe toute la place. Comment savait-il cette vérité-là, ce jeune homme si précocement orphelin ? Serait-ce aux Petites Ecoles qu'il l'aurait apprise ? Cette vérité que je reçois en pleine figure, évidence féroce et lumineuse...

Voici mon époux de retour, il s'étonne de mon air absent. Egaré presque, prétend-il. Egaré ? Je ne l'ai pourtant pas trompé ! Il insiste. Mais non, rien rien, tout va bien, je vous assure, ne vous inquiétez pas, je m'occupe sitôt de faire plumer ces perdreaux par la fille de cuisine. Je m'affaire, donne des ordres, organise le souper, cajole Louise qui se plaint d'un mal de tête, j'espère qu'elle n'aura pas hérité de mes migraines. En moi tournoient ces douze syllabes, *Tout ce qu'ont de plus noir et la haine et l'amour*, horreur sombre, lancinante, vol de corbeaux, obsédant.

2 décembre 1712, premier anniversaire de cet épouvantable trajet depuis les Champs jusqu'à Saint-Etienne-du-Mont. Ce voyage funèbre durant lequel je fus torturée par des élancements dans le crâne tandis que je cahotais derrière les restes paternels. Il y a peu, j'ai achevé la lecture des onze tragédies écrites par mon père. Bien que bibliques, *Esther* et *Athalie* ne m'ont guère intéressée. Mais les précédentes... Un univers aussi brûlant qu'aride, déserté par la grâce. On suffoque. Nul salut à l'horizon. Toujours le désastre : folie, meurtre, suicide, séparation, rivalité fraternelle, exil et solitude. L'amour interdit, impossible. Dieu absent – ou bien des dieux qui se jouent des humains, ce qui revient au même. Ou peu s'en faut... Mon père commence sa carrière avec l'inceste, finit pareillement en la personne de Phèdre. J'en reste étourdie, asphyxiée.

De *Phèdre*, j'ai essayé de parler avec Jean-Baptiste. Mon aîné m'a expliqué. La première représentation eut lieu le 1er janvier 1677, une cabale tenta de faire tomber la pièce, à vrai dire ce ne fut ni un échec ni un succès. Cinq mois plus tard, notre père épousait notre mère, il avait trente-sept ans. Et qui donc tenait le rôle de Phèdre ? Une actrice très réputée à l'époque, la Champmeslé. Antérieurement, elle avait interprété d'autres personnages créés par mon père, Hermione, Bérénice.

Mon frère a prévenu l'interrogation qui affleurait : Non, non, je ne pense pas qu'elle eût été sa maîtresse, il la faisait souvent répéter parce que, la pauvre, elle avait beau détenir une très jolie voix, elle était stupide et ne savait pas dire les vers. Voilà qui m'a paru étrange pour une comédienne célèbre… Après son mariage, a ajouté Jean-Baptiste, père n'a jamais remis les pieds dans un théâtre, même lorsqu'on reprenait une de ses tragédies. Et il n'acceptait pas d'en recevoir de l'argent, il ne touchait que les revenus générés par les ventes des libraires. C'est à cette époque, je suppose, qu'il s'est réconcilié avec Port-Royal.

— Mais pourquoi avait-il rompu ?

— Notre grand-tante Racine lui ferma sa porte durant cette période où il fréquentait les gens du spectacle. A Port-Royal, comme dans toute l'Eglise, on condamnait ce lieu de perdition. Par la suite, les relations reprirent. Ainsi le fameux Antoine Arnauld, le théologien, lui exprima courtoisement son opinion à propos de *Phèdre*, *Esther* et *Athalie*.

— Je n'y comprends plus rien ! Vous venez de me dire que Port-Royal rejetait le théâtre.

— La représentation, mais non les textes. L'écrit ne détient pas le même insidieux pouvoir de séduction que ce qui est donné à voir.

Eh bien moi, le texte m'a séduite ! ai-je failli rétorquer. Jean-Baptiste a exhumé une lettre que notre père lui avait adressée au mois de mai 1698. La Champmeslé, lui mande-t-il, est gravement malade mais elle refuse de se repentir et de renier le théâtre, fière de mourir comédienne. Au moins, me suis-je dit, cette femme était-elle restée fidèle à elle-même, voilà bien une position que je n'avais pas été capable de soutenir à l'âge de dix-huit ans. Mon père a ajouté un commentaire assez méchant au sujet de cette obstination. Ce dont je me suis sentie très mal à l'aise. Comme si, en même temps que cette malheureuse, il rejetait toute son existence d'avant ? Cette malheureuse que peut-être il avait aimée, en dépit des affirmations – ou dénégations ? – de mon frère. *Tout ce qu'ont de plus noir et la haine et l'amour ?*

Ah, et puis Jean-Baptiste m'agace, je le trouve moralisateur, on croirait qu'il veut sanctifier papa ! Tandis que moi, la lecture de son théâtre m'a déniaisée. Je dirais même dépucelée.

LA CHAMPMESLÉ

septembre 1697

Ce soir, je joue Phèdre. Sans doute pour la dernière fois. Les représentations s'arrêtent, et j'ai cinquante-cinq ans. J'en avais trente-cinq à la création. Nous avions tant travaillé ce rôle, Racine et moi. Au lit. Sur la scène vide. Ce rôle que je n'ai jamais cédé à une autre actrice. Mon personnage préféré. Plus encore que Bérénice.

Lors de la première – je n'ai pas oublié ce 1er janvier 1677 –, j'entrais du fond de la scène, ombre chancelante descendant lentement, progressant à pas retenus vers la demeure des ombres, accomplissant ce destin qu'il m'avait assigné, à moi la coupable la criminelle, au dernier acte de cette tragédie écrite pour moi, sa plus forte à mes yeux, ma plus belle interprétation en tout cas, cette marche brisée, suspendue, à la limite de l'effondrement, combien de fois l'avais-je répétée, peaufinée, seule ou captée par son regard, sur le plateau désert ! Je savais trop bien que, le soir de la première comme les jours suivants, ce plateau serait encombré par ces gens dits de qualité auxquels leur naissance confère le droit d'occuper cette place et même d'y converser, priser, roter, commenter à leur aise, ricaner ou décocher des lazzi obscènes, j'avais assez de métier pour m'en accommoder, mais cette Phèdre spectrale qui venait de s'empoisonner, touchante et terrifiante en même temps, infiniment lente, ployée puis tentant de se redresser afin de proférer le peu qui lui reste à dire, ce peu si essentiel, cette Phèdre-là réussirait, ainsi en avais-je décidé, oui elle parviendrait à leur clore le bec à ces malotrus, elle les stupéfierait ! Ce 1er janvier 1677, j'ai soutenu la gageure, ils en sont restés muets d'horreur, les importuns sur la scène comme les spectateurs du parterre. J'ai imposé ce silence d'où naît la poésie.

Dès ma première rencontre avec Racine, j'avais reniflé dans ses vers cette ardeur sensuelle que personne, à l'époque, n'avait osé manifester de la sorte. Et moi seule, avais-je résolu, serais capable de la rendre aussi sensible, manifeste. Le verbe fait chair. Phèdre plus encore que ses précédentes héroïnes. Je l'ai sitôt perçu, et voilà qui m'allait. Comme on sait d'emblée qu'une robe vous sied.

Non, ce soir il ne viendra pas m'applaudir, ce dévot cagot bigot ! Trop occupé, depuis vingt années, à faire des enfants à sa moitié et des courbettes à Sa Majesté Très Chrétienne. Lorsque, après *Phèdre*, il a cessé d'écrire pour le théâtre, d'aucuns ont crié à la conversion : ébloui par la lumière de la grâce, M. Racine serait retourné dans le saint giron de Port-Royal... La bonne plaisanterie ! Racine mène sa carrière, adroitement (en tout il fut adroit, y compris au lit), Racine anobli consolide sa fortune et s'il fait sa cour à Dieu, c'est ainsi qu'il la fait au roi, servilement. Bien entendu, il se gardera d'aller se compromettre avec ces misérables comédiens réprouvés par l'Eglise. Et s'il faut parler de grâce, elle ne saurait résider que dans la scansion de sa poésie.

Le plus tristement savoureux c'est que, il y a huit ans, il a composé pour Mme de Maintenon (suite de la carrière du zélé courtisan) une pieuse pièce intitulée *Esther*. Les jeunes oies de Saint-Cyr ont étudié la diction avec lui, histoire d'atténuer les fâcheux accents de leurs terroirs, et la propre nièce de la Maintenon détenait un rôle. Et qu'a déclaré ensuite, m'a-t-on rapporté, la chère Sévigné ? Que cette Mme de Caylus, la si charmante nièce de la très puissante dame, était la Champmeslé de cette *Esther*. J'en ai suffoqué de rage, il n'y aura jamais qu'une Champmeslé ! Cette Sévigné dont le fils bandait tellement pour moi qu'il a conclu par un fiasco. N'a pas conclu plutôt.

Voilà bien le genre d'accident qui ne risquait pas de survenir avec Racine ! Dur et habile, cet homme. En affaires comme au lit. Il affirmait que, après l'amour, mon intelligence des pulsations et sonorités de ses alexandrins était encore plus aiguisée. Sa voix grave, sensible, travaillait mon corps en profondeur, sur scène ou entre les draps. Ma Champmeslé ma bien nommée, murmurait-il en me pénétrant, nous avons tant mêlé nos jambes nos sexes nos râles, les rythmes de nos souffles et ceux de ses vers, nos humeurs et nos salives. Non, il ne m'aimait pas, et moi non plus. Peut-être n'a-t-il chéri que Marquise Du Parc, la trop belle. Morte empoisonnée – et par qui ? Bien entendu, j'avais d'autres amants, il le savait, qu'importait ! Mais avec lui seul j'ai autant joui du langage, au lit comme au théâtre. Pour l'adieu de Bérénice. Pour l'aveu de Phèdre. Vingt ans que ce rôle me colle à la peau, et je ne m'en lasse pas. D'ailleurs, en vue de cette ultime reprise, j'ai fait confectionner la même jupe de brocart bleu, rehaussée de points d'Espagne, oui, la même que celle de la création, il y a vingt ans.

Homme de devoir et de carrière, il ne se déplacera pas afin de me voir sur scène une dernière fois. Phèdre, *ma* Phèdre, va mourir. Et moi aussi, bientôt. Je sens un mal sourd mais féroce ronger en dedans. Avec le secours des fards, je parviens encore à faire illusion, mais je sais… Ce soir, je serai une Phèdre exsangue et triomphante. Cernée par le désastre, et les cernes de la fièvre amoureuse ombrant mes yeux creusés. Les spectateurs croiront que c'est Phèdre la malade, et non point la Champmeslé. Phèdre chancelante, rongée par la passion, le poison. Traquée par la fatalité. Les dieux grecs, m'avait raconté Racine, accordent ou retirent leurs faveurs aux malheureux humains au gré de leurs caprices et de leur bon plaisir – l'arbitraire de la grâce ! avait-il ajouté en plaisantant. A l'époque, il savait railler sur cette filandreuse question de la grâce dans laquelle s'empêtraient jésuites, jansénistes, oratoriens et *tutti quanti*.

Non, il n'assistera pas à cette ultime représentation. Ces Messieurs de Port-Royal estiment licite, à la limite, d'écrire ou de lire des tragédies mais non point de se rendre au spectacle. Une secte d'atrabilaires et de mélancoliques grincheux ! Les plaisirs du sexe les terrifient. Je les plains. Ils ont choisi de vivre l'enfer ici-bas, c'est leur affaire, et ce serait comique ou dérisoire s'ils ne prétendaient imposer cet enfer aux autres. Ils consacrent leur temps à polémiquer et à se proclamer injustement poursuivis, mais leur verbe est vide de toute chair et leur seule jouissance est d'être persécutés.

M. Racine vient de faire rééditer l'ensemble de ses tragédies, avec des corrections et des ajouts. Contrairement à ce qu'on colporte sur moi, je suis une femme tellement fidèle que j'en ai soigneusement tenu compte pour cette reprise de *Phèdre*. A cette publication Port-Royal ne trouve rien à redire. Mais que le personnage s'incarne, que mes intonations épousent la sensualité des vers, que tout mon corps les porte, les chante, qu'on entende mon souffle, qu'on voie la gorge de Phèdre, qu'on devine au velouté de sa voix l'humidité de son sexe, voilà ce que ces Messieurs ne sauraient souffrir. Tartuffes !

CAPTIVITÉ

Appelé par Françoise de Joncoux, Claude Dodart auscultait Mme de Joncoux, alitée, épuisée par une fièvre tenace. Sans doute avait-elle pris froid, cette fin de février 1714 était d'une pénétrante humidité. Le médecin prescrivit du quinquina. Un excellent fébrifuge, affirma-t-il à Françoise de Joncoux, très inquiète. Il s'efforça de la rassurer : mais non, il ne s'agissait pas d'une fluxion de poitrine, rester au chaud, du repos, du lait de poule pour se fortifier, sa mère était très certainement affaiblie par les austérités du carême.

— Vous aussi, vous devriez prendre de ce lait de poule, je vous trouve bien pâlotte.

Elle haussa les épaules avec cette grâce aiguë de fillette rétive qui tout à la fois émouvait et agaçait le médecin. Pâlotte ? Transparente plutôt, à croire qu'elle voulait devenir digne de son pseudonyme, "l'Invisible". Ils passèrent au salon, laissant la malade somnoler, Aimée à son chevet.

Claude Dodart apprécia de retrouver la chaleur de la cheminée, du chocolat et de l'amitié. Depuis l'automne il n'avait pas trouvé le temps de rendre visite à ces dames et, tout en conversant, il prit conscience qu'il avait oublié combien Françoise de Joncoux était de très petite taille. Perdue dans sa vaste bergère mais occupant tout l'espace par sa vivacité combative. Elle tricotait. Un châle pour la pauvre sœur converse Agnès Forget, transie de froid et de solitude chez les visitandines de Rouen, précisa-t-elle. Ses aiguilles crépitaient rageusement, oui, elle avait de quoi l'être, indignée ! Le pape avait promulgué une bulle condamnant les écrits de Pasquier Quesnel – toujours réfugié à Amsterdam, ce dernier. Selon Mlle de Joncoux, le roi l'avait sollicitée, cette fameuse bulle et, tout récemment, il avait contraint le parlement à l'enregistrer. Non sans brutalité. Et, bien sûr, à la grande satisfaction de son confesseur, le sinistre père Le Tellier. C'était une nouvelle offensive afin d'éradiquer réflexion et piété de source augustinienne, la suite logique de cette longue lutte contre les amis de Port-Royal, liée à l'abandon du gallicanisme. Une partie du clergé résisterait et poursuivrait la lutte, elle en était certaine. Non – et le rythme des aiguilles s'accéléra –, non le pape n'avait pas à enjoindre à chacun, laïc ou ecclésiastique, ce qu'il devait penser ! Le ferment et la ferveur port-royalistes avaient à la longue produit leurs fruits. A présent, nombre de fidèles avaient la possibilité de lire les textes saints directement en français – à cet égard combien avait été fécond le colossal labeur de traduction accompli par les Solitaires ! –, ils pouvaient donc les comprendre et les interpréter par eux-mêmes plutôt que de se plier aveuglément à une doctrine édictée par Rome. Ou par les jésuites, c'est tout comme !

— Sur ce dernier point, vous exagérez quelque peu.

— Pas tellement ! Les jésuites prennent leurs ordres à Rome. Ou, si vous préférez, leur coterie réussit à influencer le pape. Sa Majesté Très Chrétienne ne soutient plus l'Eglise de France contre Rome ? Eh bien, de simples curés et croyants la défendront ! A présent, le jansénisme n'est plus l'apanage d'une certaine noblesse de robe, comme il le fut il y a un demi-siècle. Il devient plus populaire, et tant mieux !

— Peut-être aussi a-t-il gagné du terrain grâce à ses martyrs. Les exilés, les embastillés. Et les malheureuses expulsées de 1709.

— Il se peut… Je sais bien que, à vos yeux, les amis et les héritiers de Port-Royal ne seraient pas de leur temps parce qu'ils s'intéressent plus à la vie spirituelle qu'aux sciences. Mais réfléchir par soi-même, préférer le libre examen à la soumission, voilà qui est novateur et se répand parmi les fidèles les plus éclairés. Savez-vous ce qu'a écrit Pasquier Quesnel ? L'hérésie naît moins de la simplicité des femmes que de la science des hommes.

Claude Dodart ne répondit pas, il n'en pensait pas moins. Les grandes figures féminines de Port-Royal étaient loin d'être simplettes et certaines avaient été capables de lire en latin la Bible ainsi que d'autres textes fondamentaux. Imperturbable, Françoise de Joncoux poursuivait son tricot, petite Antigone chrétienne dressée contre les détenteurs du pouvoir, temporel et spirituel. Le rythme des aiguilles s'accéléra, elle affirma avec vigueur :

— Je dirai avec M. Pascal : "Il faut crier d'autant plus haut qu'on est censuré plus injustement."

— Et que pense le cardinal de Noailles de cette alliance du roi et du pape ?

— Mgr l'archevêque de Paris est piégé. Autrefois, il avait approuvé les textes de Pasquier Quesnel. Il a tenté de louvoyer mais, tout récemment, on lui a fait savoir que, n'étant plus en odeur de sainteté à la cour, il était prié de ne pas sortir de son diocèse et de ne pas mettre les pieds à Versailles ! Je l'ai vu hier, le pauvre en était tout déconfit. Lui qui avait été nommé avec l'appui de "la Dame"… Ce qui ne m'a pas empêchée de lui déclarer mon sentiment : Si, en octobre 1709, vous n'aviez pas cédé sur l'expulsion des moniales, vous ne seriez pas disgracié aujourd'hui. Dès qu'on lâche sur un point…

— Vraiment, vous avez osé le lui dire en face ?

— Et pourquoi pas ? Depuis longtemps, j'ai mon franc-parler avec lui. Il apprécie ma connaissance des textes d'inspiration augustinienne, parfois même il me demande des précisions sur certains points de doctrine délicats.

— Le cotillon éclairant la pourpre…

— Moquez-vous, monsieur Dodart, moquez-vous donc ! Eh bien oui, à propos de sa disgrâce, je lui ai déclaré, tout uniment : Monseigneur, les pierres de Port-Royal vous retombent sur la tête !

Claude Dodart sourit, amusé, admiratif, et dériva. L'automne dernier, chassant non loin de Saint-Lambert, il avait entendu les détonations. Aux Champs, on faisait sauter à la poudre les derniers murs d'enceinte. L'église avait déjà subi ce sort. Le médecin avait préféré s'enfoncer dans l'épaisseur des bois, en direction de Chevreuse. Loin de ce vacarme. Il s'était senti traqué par ces déflagrations comme si lui-même était devenu le gibier. Au bout du compte, il avait renoncé à lever quelque animal – décidément, les rares fois où il chassait du côté des Champs, il en revenait bredouille ! Mais pourquoi donc éprouvait-il le besoin de retourner rôder dans le coin ? Au fond de cette vallée abandonnée, des pierres fusaient, chutaient et s'éparpillaient, pulvérisées. L'écroulement ultime, l'arasement. Ici, dans ce logement paisible, mais aussi à Utrecht, Amsterdam ou Cologne, ou même en France dans des imprimeries clandestines, des manuscrits étaient conservés, des livres s'édifiaient, patiemment, secrètement. Des ouvrages de très petite taille – comme Françoise de Joncoux, se dit-il –, de ces livres qu'on pouvait colporter et faire circuler sous le manteau, discrètement, en les dissimulant dans sa poche. Plus solides que les murailles ?

Le peloton de laine échappa, il le ramassa, le lui tendit. Chuchotis du feu, cliquetis nerveux des aiguilles. Il estimait cette femme, même s'il lui arrivait d'être en désaccord avec elle. Jeune, elle avait perdu son père. Puis ses quatre sœurs. Une survivante, toujours vêtue de gris ou de noir, exhumant gaiement, patiemment, les textes des disparus – sa manière d'apprivoiser la mort ? Il revint sur le trait qu'elle avait décoché au cardinal de Noailles.

— Ainsi un cardinal, appartenant de surcroît à la très haute noblesse, s'est fait tancer par une *simple* femme...

Elle perçut l'ironie, ne se démonta point :

— Savez-vous à qui je pensais en lui assenant cela ? A la jeune sœur de M. Pascal, Jacqueline de Sainte-Euphémie. Elle avait écrit une bien belle phrase concernant les filles et les évêques, précisément. Attendez, je devrais pouvoir la retrouver, Mlle de Théméricourt a eu l'obligeance de me confier une copie de ce courrier.

Elle posa son ouvrage, fouilla dans le secrétaire en ronce de noyer, en extirpa trois feuillets. Voilà, 23 juin 1661. Vous vous rendez compte, cette lettre a été rédigée il y a cinquante-cinq ans et elle détient toujours autant de force et de sens ! D'une voix altérée, éraillée presque, elle commença de lire, lentement, si bien que Claude Dodart crut entendre, surgissant de très loin, de cette période qu'on avait tenté d'effacer, d'une petite pièce obscure à Port-Royal des Champs – à l'extérieur la touffeur éclatante de l'été, le remuement des feuillages et des bêtes, mais de cette vie-là, profuse et vaine, l'épistolière recluse en sa cellule, en sa douleur, n'avait cure –, le médecin crut entendre les intonations rauques d'une Jacqueline Pascal rebelle et angoissée : "Je sais bien que ce n'est pas à des filles à défendre la vérité, quoique l'on puisse dire, par une triste rencontre du temps et des renversements où nous sommes, que, puisque les évêques ont des courages de filles, les filles doivent avoir des courages d'évêques ; mais si ce n'est pas à nous à défendre la vérité, c'est à nous à mourir pour la vérité…"

Un long silence. Le feu se mit à chuinter. Françoise de Joncoux reprit son tricot, la parole, laconique :

— Elle est morte trois mois et demi plus tard.

Une autre Antigone, décédée d'avoir vainement tenté de résister ? Le médecin fut soudain saisi d'une bizarre inquiétude. La tricoteuse blottie au creux de sa bergère, si menue pour ne pas dire minuscule, énergique sous son apparence de fragilité et disant ses quatre vérités à ce Créon empêtré qu'était le cardinal-archevêque de Paris, cette femme fluette était-elle également menacée de disparaître ? Le prix à payer pour tant de pugnacité ? Autrefois, à Port-Royal, les femmes, encore plus que les hommes, s'étaient érigées en tenants de ce qu'elles jugeaient être la vérité. Au point qu'un précédent archevêque de Paris, exaspéré par leur résistance, avait déclaré qu'elles étaient pures comme des anges mais orgueilleuses comme des démons.

Abusif et dangereux, estimait Claude Dodart, de prétendre détenir la vérité, notamment sur cette périlleuse, infernale question de la grâce. Il pensa soudain à un frère de la mère Angélique. Devenu évêque d'Angers, il avait persécuté les protestants dans son diocèse – on trouve toujours plus hérétique que soi, n'est-ce pas, ou peut-être, afin de démontrer que les jansénistes étaient de bons catholiques, et nullement des calvinistes rebouillis, convenait-il de traquer les protestants ?

En dépit de ses réticences, Claude Dodart admirait les moniales obstinées des années 1660. Face à Françoise de Joncoux, leur sœur gracile mais tout aussi tenace, il se sentit renvoyé à l'espèce des tièdes et des sceptiques, et comme il venait d'atteindre la cinquantaine il se doutait qu'il demeurerait dans cette rassurante catégorie.

— Et à qui Jacqueline Pascal adressait-elle cette lettre ?

— A Angélique de Saint-Jean Arnauld d'Andilly.

ANGÉLIQUE DE SAINT-JEAN

5 octobre 1661

Jacqueline de Sainte-Euphémie Pascal vient de mourir. Toute la communauté est dans l'affliction. De sa disparition. De cette persécution qui nous menace.

Je viens d'écrire à sa sœur aînée, Mme Gilberte Périer, lui témoignant combien cette séparation nous unit. Leur frère Blaise est abîmé dans une douleur extrême. Son ami très cher, le duc de Roannez, s'est aussitôt rendu auprès de lui, afin de le soutenir. Et voilà que, à cause de ce nom, Roannez, je songe à une autre séparation – quatre ans déjà… Par lettre de cachet, la sœur du duc, Charlotte de Roannez, une postulante qui désirait prendre l'habit de novice, fut ôtée de Port-Royal de Paris. Elle avait souhaité se nommer en religion Charlotte de la Passion, et quelle passion n'a-t-elle pas endurée après avoir été contrainte de retourner dans le monde… Il vaut mieux être arrachée à Port-Royal par la mort plutôt que par lettre de cachet.

Et quelle passion aura soufferte également Jacqueline Pascal du fait des pressions subies afin de nous obliger à signer ce formulaire inique. Et que d'épreuves avant de pouvoir enfin entrer en religion ! Son père, malade, s'opposait à son départ. Par la suite, son frère Blaise supporta fort mal qu'elle le voulût quitter afin de prononcer ses vœux.

Aristocratiques ou bourgeoises, Roannez ou Pascal, les familles répugnent à lâcher leurs proies trop aimées. Ou une portion de leur fortune... Peut-être la tribu Arnauld a-t-elle évité cet écueil en rassemblant la plupart de ses membres quasiment dans le même lieu, en tout cas dans le même esprit.

Jacqueline de Sainte-Euphémie s'est déclarée pleinement heureuse de vivre à Port-Royal. Une âme toute de fraîcheur et de ferveur. J'appris à la connaître, elle fit son noviciat sous ma direction. Quelle intensité dans la tendresse éprouvée à l'égard de celles que nous formons pour le service de Dieu...

Larmes. Les résorber, les métamorphoser en prières.

Je relis sa lettre du 23 juin dernier. Ardente et désespérée, si ferme en même temps dans son argumentation. Mon oncle Antoine Arnauld, M. Nicole (qui ne m'apprécie guère, m'estimant trop raisonneuse) craignaient pour l'avenir du monastère et cherchaient un accommodement : à la rigueur, il pourrait être admissible de signer ce formulaire, en ajoutant une clause de conscience... Jacqueline de Sainte-Euphémie, d'autres sœurs et moi-même étions opposées à pareil compromis. Il ne nous protégerait pas et nous y perdrions notre âme, éventualité infiniment plus grave qu'un désastre temporel. Par prudence, mon oncle préférait laisser entendre que ce débat théologique autour de saint Augustin et de Jansénius dépassait de simples femmes (balayer nos cellules et les couloirs, étendre le linge au grenier, tisser, confectionner nos cierges, nos chemises et nos tisanes médicinales ne nous ont jamais empêchées de lire les pères de l'Eglise). Pour la première fois, j'ai senti poindre un risque de dissension au sein de la famille Arnauld – je sais je sais, mon oncle s'efforçait de nous préserver. Nos hommes veulent nous sauver en ce monde, nous ne souhaitons l'être que dans l'autre.

Cette lettre de Jacqueline Pascal, ce cri de douleur et de lucidité, je la veux conserver. Avec tant d'autres. Celles de mes tantes, la mère Agnès, la mère Angélique. Celles de M. de Saint-Cyran – ma sœur aînée avait quasiment perdu la vue à force de les recopier car, en sa prison, M. de Saint-Cyran ne pouvait écrire qu'à la mine de plomb. Et avec nos *Constitutions*, qu'il faudra publier. Je projette d'ailleurs de remanier et compléter certains articles. Nous sommes menacées, il importe de transmettre. Ne conviendrait-il pas, dès maintenant, de déposer des copies auprès de personnes de confiance, à l'extérieur ? Déjà, il y a quelques années, mon cousin Antoine Le Maistre nous a incitées à sauvegarder, classer, archiver. Il est mort avant de pouvoir mener à bien cette tâche avec nous. Et de surcroît fort attristé de ce que le petit Racine devenu grand parût de plus en plus préférer la poésie à la prière.

Jacqueline Pascal versifiait avec une grande aisance mais, bien sûr, la sœur de Sainte-Euphémie y avait renoncé. Comment expurger l'acte d'écrire de toute vanité ? J'aimerais y parvenir. Malgré moi je cède parfois au plaisir de rythmer une phrase. Ecrire, juste. Sans y chercher ni trouver quelque consolation. Afin d'instruire et de témoigner. Plus tard, peut-être, d'autres collecteront ces menues pierres, construiront une chronique, une histoire, que sais-je ! Nous devons seulement fournir les matériaux. Avec une humble fidélité. Je sens trop le danger d'édifier un monument à notre propre gloire, de rédiger des relations qui ressembleraient à des vies de saints. Un glissement si difficile à éviter… Je voudrais tellement, cependant, qu'on se souvînt de celle qui prit en religion le nom d'une victime des persécutions, sainte Euphémie.

Combien me manquent les jardins des Champs, le potager et le grand carré réservé aux simples ! L'ordonnance en est à la fois rustique et rigoureuse. J'espère que, avant de s'aliter, Jacqueline de Sainte-Euphémie aura pu s'y promener, priant dans la sereine lumière de septembre. Selon nos *Constitutions*, toute novice postulant à l'abbaye du faubourg Saint-Jacques doit d'abord séjourner aux Champs avant d'être intronisée dans la communauté car c'est en cette vallée que se concentre, dans la plénitude et le dépouillement à la fois, l'esprit de Port-Royal. Comme si l'air y était plus pur. Plus saint même, oserais-je dire.

Ici, à Paris, déjà le gris du ciel, des pierres, et ces menaces qui s'alourdissent. Si elles se précisent, si je dois être arrachée, séparée de mes sœurs, enfermée ailleurs, il me faut me souvenir d'une phrase de cette lettre du 23 juin : "Il n'y a que la vérité qui délivre véritablement."

Je ne signerai pas. "Du reste arrive ce qui arrivera, la prison, la mort, la dispersion, la pauvreté…", avait ajouté celle qui vient de disparaître. J'espère avoir la force de les affronter et de lui rester fidèle. Quels que soient mes angoisses et mes rêves prémonitoires de destruction. Quoi qu'il nous advienne.

ÉLISABETH DE RANTZAU

juillet 1666

Cette femme me hante. Cette longue femme cireuse. Droite tel un cierge, une menue flamme dans son regard sombre. Durant les dix mois de sa réclusion chez les annonciades de Paris, cette petite flamme, parfois, vacillait. Angélique de Saint-Jean Arnauld d'Andilly n'avait pas dormi. Ou souffrait-elle de ne pouvoir communier ? Craignait-elle d'apprendre que certaines de ses sœurs, comme elle emprisonnées, se seraient résignées à signer ce fameux texte ? Ce formulaire condamnant les conceptions de Jansénius sur la grâce. Parfois le bruit en courait et, je l'avoue, il nous arriva de relayer cette rumeur, un moyen de pression parmi d'autres… Peut-être était-elle fragilisée par une poussée de fièvre ? par le flux menstruel ? Ou bien la grâce refluait et Angélique de Saint-Jean se sentait abandonnée de Dieu.

Avec notre mère abbesse des annonciades, j'étais chargée de l'inciter à se soumettre aux décisions de nos supérieurs. Monseigneur nous l'avait confiée à cet effet. Une douzaine de moniales, les meneuses de l'opposition à cette signature, venaient d'être brutalement retirées de Port-Royal de Paris. Parmi elles, l'abbesse, la mère Agnès, tante de celle que nous hébergions. Exaspéré par leur résistance, monseigneur escomptait que, retranchées de leur communauté, privées de leurs confesseurs et des sacrements, mises à l'isolement et menacées d'excommunication, elles finiraient par céder. Je le pensais également.

Nous nous trompions. Quelques-unes signèrent, puis se rétractèrent. Songeant à cette affaire qui fit tant de bruit, je me dis, avec le recul : Oui, il se pourrait que ces jansénistes soient des calvinistes rebouillis, mais il me déplaît qu'on ait accusé Port-Royal d'être une synagogue de Satan. Lorsque le politique et le religieux s'entremêlent, injures et anathèmes se multiplient, les esprits perdent toute mesure.

Angélique de Saint-Jean est restée enfermée dans notre couvent d'août 1664 à juillet 1665. Au total, je la vis assez peu. Et pourtant, en ce royaume de Danemark, mon pays d'origine où je suis revenue fonder un monastère des annonciades, cette longue femme spectrale me poursuit.

Danois également mon époux, le maréchal de Rantzau qui ne survécut pas très longtemps à sa mise en morceaux par un boulet de canon. Il avait voulu servir le roi de France. Devenue veuve, j'ai souhaité servir Dieu. Mon mari et moi, luthériens à l'origine, nous convertîmes il y a quelque trente ans. Par la suite, on m'employa à convaincre des protestants de se rallier au catholicisme. J'y réussis assez bien. Monseigneur estimait que, si j'avais persuadé des luthériens et des calvinistes, je ferais merveille avec une janséniste. Vous verrez, m'avait-il prévenue, elle est très raisonneuse, y compris sur la théologie, et d'ajouter : C'est une Arnauld – ce qualificatif semblait désigner le pire pour une femme et moniale, l'intelligence extrême, le savoir, la fierté et l'opiniâtreté –, mais je vous crois de taille à l'affronter. D'autres religieuses de Port-Royal, connues pour leur entêtement, avaient été placées dans différents couvents parisiens. On disait "la

Brégy", "la Briquet", comme s'il s'agissait de comédiennes célèbres. A moi, Elisabeth de Rantzau, la convertie de longue date, on avait confié ce morceau de choix, "l'Arnauld d'Andilly".

Peu de temps après, son père, l'amateur de jardins et de saint Augustin, fut exilé sur ses terres par lettre de cachet. Quant au frère d'Angélique de Saint-Jean, le seul de la descendance Arnauld à avoir mené une belle carrière dans le monde, il vint prendre de ses nouvelles. Nous lui répondîmes courtoisement mais, bien entendu, nous ne pouvions l'autoriser à la voir. On m'a dit qu'il était allié par sa femme à ce M. Fouquet, le surintendant récemment condamné à la réclusion à vie. Très probablement, les affaires publiques et les rivalités de clans envenimaient le débat religieux.

Durant dix mois elle fut notre recluse. Elle me hante. Minuit passé, je gravis l'escalier des annonciades. Sous les toits, à côté du grenier, la chambre où nous l'enfermions à triple tour. Elle ne la quittait que pour se rendre à la messe, toujours accompagnée – tels étaient les ordres de monseigneur. La nuit, le silence sur Paris. Je monte, lentement, je commence à percevoir sa voix, frêle et tenace à la fois. Angélique de Saint-Jean prie et chante. Sa manière de résister à l'angoisse ? à cette solitude extrême ? Je demeure longuement sur le palier, j'ai froid mais j'écoute. Cette voix me trouble, me capte. Je m'approche, me colle à la porte. Au martèlement sourd et régulier sur le plancher, je devine. Elle marche tout en chantant. Les psaumes de matines, puis d'autres hymnes et antiennes.

Il m'est arrivé de ne pouvoir ensuite m'endormir. Ou de m'éveiller en sursaut. De remonter. Parfois vers trois ou quatre heures du matin. Elle continuait à tourner dans sa chambre, alternant prières et chants. Je l'entendais psalmodier les noms de toutes les moniales de Port-Royal. Comme pour demeurer en compagnie de ses sœurs ? Une étrange litanie. J'attrapais au vol : Jeanne de la Croix, Euphrasie de Saint-Augustin, Marie de Sainte-Léocade, Catherine de Sainte-Suzanne Champaigne, Jacqueline de Sainte-Euphémie Pascal (disparue, cette dernière, mais toujours vivante en elle, je suppose). Si la voix faiblissait, la résonance des pas s'intensifiait. Déambulait-elle pour résister au sommeil ? Afin de conjurer la détresse, quelque ténèbre intérieure ? Pour ne pas se sentir agoniser, peut-être.

Au début, j'ai pensé : Cette grande femme de quarante ans est un homme. A cause de sa haute taille ? de cette maigreur anguleuse et de ce visage abrupt ? Squelette et cire… Ou du fait de sa froideur ? Je peux comprendre que, en pareille circonstance, elle ne laissât point d'observer à notre égard une prudente réserve. Pourtant, par éclairs, je devinais une ardeur, un feu, un frémissement extrême de la sensibilité. Qui m'émouvaient.

J'assistai à son entretien avec monseigneur. Elle fut déférente mais ferme. Puis soit seule, soit assistée de notre mère abbesse, j'entrepris de lui démontrer son erreur. Je dus me rendre à l'évidence. Chez cette femme-homme, l'étendue des connaissances et la rigueur de l'argumentation étaient imparables. Elle se référait à tel ou tel concile, affirmant que la position de Port-Royal sur la grâce était conforme à celui de Trente (sous-entendu : le concile a raison contre le pape). Nous décochait en latin une citation de saint Jean, de saint Augustin ou de saint Bernard, avec une précision et une calme aisance qui nous confondirent.

Non, je n'étais pas de taille.

La mère abbesse et moi préférâmes nous rabattre sur l'argument de l'aveugle et nécessaire obéissance aux supérieurs, en ne relâchant rien, notamment, sur l'infaillibilité du pape. Là-dessus, notre prisonnière – il me faut bien user de ce terme – tint bon en nous opposant le bastion de la réflexion et de la conscience individuelles. Un bastion à ses yeux inexpugnable, je le compris. Une autre fois, je revins sur la question de la grâce, lui représentant que celle-ci dépend de nous, de nos efforts et nos mérites, et non pas seulement de Dieu. Elle me rétorqua qu'efforts et mérites humains étaient vains sans la grâce divine, et d'ailleurs provenaient d'elle, nous ne détenions rien que nous n'ayons reçu. Soumission absolue à Dieu, résistance et défiance envers la hiérarchie temporelle, il y avait de quoi irriter et l'archevêque et le roi… L'étrange mélange de superbe et d'humilité ! J'ai soupçonné que la certitude d'être injustement persécutée renforçait son sentiment d'être élue de Dieu. Nonobstant la modestie par elle affichée : ainsi, la règle de Port-Royal exigeait qu'elle fît maigre plus fréquemment que nous, les annonciades, mais surtout, insistait-elle, qu'on ne prît nulle peine particulière pour elle, un reste de soupe de la veille lui suffirait…

De plus en plus souvent je lui montais son dîner. Afin de soulager la sœur converse qui était surchargée de travail, certes. Et pour la voir, elle. Même si je ne parvenais pas à engager la conversation, ce à quoi elle résistait, manifestement. La voir, quelques instants. Elle me fascinait. Ses yeux gonflés, parfois. Elle avait pleuré. Se raidissait, me remerciait avec une politesse extrême – ah, cette aisance de langage ! A croire que dans la famille Arnauld on tétait à la mamelle l'usage du subjonctif.

Vers la fin de son séjour, nous lui laissâmes un peu plus de liberté. Notre mère abbesse m'avoua alors n'apprécier guère ce rôle de geôlières qui nous avait été imposé. Et en juin 1665, nous apprîmes que notre prisonnière partirait bientôt. Monseigneur se résignait à libérer les douze séquestrées et à les renvoyer à Port-Royal des Champs où toute la communauté, punie, strictement surveillée, serait privée des chants, des cloches et des sacrements. L'est toujours, je crois, un an plus tard.

Dans les derniers temps, et à notre demande, Angélique de Saint-Jean nous apprit à travailler la cire pour confectionner des reliquaires. Je pus admirer sa remarquable habileté manuelle. A quatre ou cinq, nous bavardions paisiblement tout en travaillant. Dogmes et controverses relégués, jésuites et monseigneur temporairement oubliés, robe blanche de Port-Royal au milieu des robes bleues des annonciades célestes : femmes entre elles, détendues enfin, plaisantant parfois, bruissements des étoffes et des paroles. Oui, elle savait sourire, cette Angélique de Saint-Jean. Et même rire, non sans grâce.

Après son retour aux Champs, et sur ordre de sa tante, la mère Agnès Arnauld, elle a rédigé une relation de sa captivité chez nous. Admirablement écrite, m'a-t-on rapporté, cette relation circule dans l'entourage de Port-Royal. Parle-t-elle de moi – oui, c'est fort plausible – et dans quels termes ? Comme disait monseigneur, ces gens de Port-Royal écrivent et publient beaucoup trop... Tout récemment, j'ai appris que leurs *Constitutions* venaient d'être éditées chez Daniel Elzevier, le meilleur imprimeur des Pays-Bas. Par les soins d'Angélique de Saint-Jean, précisément. Eh bien, dès son arrivée aux Champs, elle n'aura pas perdu de temps !

Peut-être pourrais-je en extraire quelque principe intéressant pour ce monastère que je suis en train de fonder ? Mais non, voilà qui est absurde, les annonciades ont déjà leurs propres constitutions.

Il m'arrive encore de me réveiller en pleine nuit. Brume sur Copenhague, en moi, doutes, interrogations… Je gravis l'escalier. Plénitude du silence sur le quartier du Marais, à Paris. Tout le couvent est endormi. Une voix m'attire, me capte. Un chant *angélique*. Allons, je divague, je suis revenue en ce royaume de Danemark. Il me faut oublier, exorciser ce fantôme ni femme ni homme.

MARIE-CATHERINE RACINE

mars 1714

Je relis *Iphigénie en Aulide*. *Quel bonheur de me voir la fille d'un tel père !* Ce père et cette fille s'adressent de bien belles déclarations d'amour. Mais en toile de fond, la mort. Le père sacrifie sa fille à son ambition. Cette tragédie me trouble profondément. Depuis que j'ai découvert le théâtre de mon père, c'est vers ce couple que je reviens le plus souvent. D'ailleurs, cette fille le laisse entendre à l'homme qu'elle est censée épouser : l'amour essentiel demeure celui qu'elle a éprouvé dans l'enfance pour ce père. Bien sûr, elle enrobe, atténue, mais je devine, je crois comprendre.

Hier, j'ai rendu visite à Mme de Joncoux qui se remet lentement d'une mauvaise grippe. Aimée nous a servi un chocolat sur la table de chevet car Mme de Joncoux, suivant en cela les conseils de Claude Dodart, garde encore la chambre. Elle avait pour lectures la *Prière pour demander à Dieu le bon usage des maladies* de M. Pascal ainsi que la *Relation de captivité* rédigée par Angélique de Saint-Jean Arnauld d'Andilly. C'est Françoise qui en a exécuté la copie et Pasquier Quesnel l'a fait éditer à Amsterdam, m'a expliqué Mme de Joncoux. Elle m'en a lu un passage qui commençait par : "Six mois d'exil, de silence et de séparation…" La maladie est une espèce de captivité, me confiait Mme de Joncoux, mais rien à voir avec ce qu'a enduré cette Angélique de Saint-Jean ! J'en suis convenue, puis j'ai tenté de faire parler la convalescente sur mon père. M. Racine ? Un homme aussi courtois que susceptible, il ne supportait pas la critique. Oui, très vif, disait de lui notre pauvre Germain Vuillart. J'ai tellement peur que ce dernier ne meure à la Bastille, vous vous rendez compte, onze ans dans cette geôle insalubre ! Bien pis encore que cet emprisonnement chez les annonciades de Paris subi par Angélique de Saint-Jean. Le manque d'air, de lumière, de conversation avec des amis, plus une mauvaise nourriture, comment, à plus de soixante-quatorze ans, peut-il résister ? Dieu le soutient, affirme ma fille, mais parfois je crains que Dieu ne soit débordé par le malheur du monde. J'acquiesçai, poliment, mais j'aurais désiré entendre parler d'un mort bien vivant en moi plutôt que de ce mort-vivant embastillé – il me faudra confesser cette pensée si peu charitable.

Françoise de Joncoux est arrivée, sa coiffe et sa robe sentaient l'hôpital. J'ai cru comprendre, d'après un bref échange avec sa mère, qu'elle avait assisté un patient lors d'une opération à l'Hôtel-Dieu. Surprise, j'ai voulu l'interroger là-dessus, elle s'est dérobée. Bientôt, comme souvent chez ces dames, la conversation est venue sur Port-Royal. Je disais combien j'admirais cet acte par lequel la jeune Angélique Arnauld s'était opposée à son père en rétablissant la règle de saint Benoît dont, notamment, la clôture. Françoise a rebondi. A ses yeux, le moment fondateur, essentiel, c'est lorsque cette même mère Angélique, vingt ans plus tard, renonça à demeurer abbesse à vie et obtint de Louis le treizième que l'abbaye devienne élective.

— Elle a démissionné de cette charge d'abbesse, elle s'est dessaisie d'un pouvoir obtenu par son père, par la famille Arnauld, pour le partager avec les autres religieuses, à tour de rôle. Une décision encore plus difficile, plus courageuse que la précédente. Là, véritablement, elle se sépare.

Troublée, je me demandai : Et moi, de quoi aurais-je pu me dessaisir que mon père m'aurait donné ? D'un époux ? Voilà qui, paraît-il, ne se fait point…

Là-dessus, Françoise me révéla un fait surprenant : Claude Dodart lui a affirmé que Jean Racine avait rédigé une histoire de Port-Royal, un texte qui aurait été remis à Denis Dodart par mon père agonisant ! Ce manuscrit existe-t-il toujours ? Et si oui, entre les mains de qui ? Me voilà intriguée, excitée. Françoise a déjà interrogé plusieurs personnes appartenant au réseau parisien des amis et fidèles de Port-Royal : personne ne semble au courant, le mystère demeure. Mais avec sa bonne humeur coutumière, elle est persuadée que, un beau jour, cette œuvre sera retrouvée, elle aimerait tant en exécuter la copie et l'expédier à Amsterdam. Et moi, j'aimerais tant la lire ! Je me demande s'il met en scène cet épisode où la fille, la mère Angélique, se dresse contre son père…

J'en ai parlé à mon frère aîné. Il était informé (pourquoi ne m'avoir rien dit ?) mais ignore également où pourrait être celé ce manuscrit. Il m'a montré un grimoire de la main d'Angélique de Saint-Jean qu'il a trouvé dans les papiers paternels. Selon Jean-Baptiste, notre père aurait consulté les archives conservées à Port-Royal des Champs et on lui aurait confié certains documents. Je fus très émue de lire ces feuillets écrits par la fameuse Angélique de Saint-Jean tout en songeant que mon père les avait tenus entre ses mains, les avait utilisés pour mener à bien cette chronique du monastère. Angélique de Saint-Jean raconte l'expulsion des pensionnaires et des postulantes, en 1679, à l'époque elle avait été élue abbesse depuis un an. De cette fournée faisaient partie Mlle de Théméricourt, toute jeune, et la sœur de Claude Dodart, Angélique Homberg, plus âgée. Je mesure à présent la quantité de fillettes et d'adolescentes qui, bien avant moi, ont subi l'épreuve d'être arrachées à ce lieu. Pourquoi a-t-il fallu que me soit dévolu ce rôle : être l'ultime figure de cette procession tragique ? Enlevée non par un lieutenant général de police escorté d'hommes en armes mais par un père bien-aimé.

Puis Jean-Baptiste a exhumé un testament. Un codicille à un précédent testament, plus exactement. Par ce codicille, avec humilité, notre père demandait à être enterré à Port-Royal des Champs. Une phrase m'a bouleversée : "bien que j'en sois très indigne du fait des scandales de ma vie passée". Quoi, quels scandales ? Jean-Baptiste a esquissé un geste évasif. J'ai regardé de plus près. En fait, mon père a biffé un mot, très soigneusement, puis il a écrit, juste au-dessus, "scandales". Mais quelle était donc la première version ? Un terme pire que "scandales" ?

— Comment voulez-vous que je le sache ? m'a répondu Jean-Baptiste en haussant les épaules.

J'ai vérifié la date. 10 octobre 1698. Six mois auparavant mon père m'avait retirée de Port-Royal. L'étrange troc…

Fortement troublée par ce mot rayé, je suis retournée deux jours plus tard chez mon frère. Et si on essayait de gratter, très légèrement, afin d'examiner ce qui est dessous ? C'est absurde,

Marie-Catherine, vous n'y parviendrez pas et vous allez abîmer ce document, je m'y refuse ! Puis il m'a sentie tellement déçue qu'il a consenti à me laisser lire les lettres que lui adressait notre père durant les deux dernières années de sa vie. A l'époque, Jean-Baptiste était attaché d'ambassade à La Haye. Après la mort de papa, il a renoncé à toute carrière, ainsi qu'au mariage, et vit à Paris, solitaire – en Solitaire ?

Je tombe d'abord sur le brouillon d'une lettre à Mme de Maintenon. Mon frère m'explique : Sans doute notre père avait-il craint une disgrâce, à cause de ses liens avec le monastère, cependant il n'est pas certain que cette lettre ait été expédiée à sa destinataire. Qu'importe, envoyée ou pas, quel désaveu ! Jamais, affirme mon père, jamais il n'a approché cette erreur que fut le jansénisme. Certes, il conserve fidélité à sa tante, la mère abbesse, car c'est elle, autrefois, qui l'aida à sortir "de l'égarement et des misères" où il fut si longtemps. Egarement, misères, scandales... Egarement, de quoi parle-t-il ? Mais enfin, je pensais que vous aviez compris, cette période durant laquelle il se donna tout entier au théâtre, me rétorque mon frère, agacé. Il me regarde avec commisération, je dois avoir l'air passablement égaré moi-même. Je parcours à nouveau ce courrier à Mme de Maintenon, non je ne supporte pas cette platitude, cette bassesse dans le reniement de soi-même ! En écho, le reniement de saint Pierre, le chant du coq, strident, ironique... Brusquement mon frère me prévient qu'il doit se rendre à confesse, il me laisse, me recommandant de tout ranger soigneusement au fur et à mesure de ma lecture, en respectant l'ordre chronologique.

Me voici seule en compagnie de mon père. Dans une missive à Jean-Baptiste, six jours après celle rédigée à l'intention de Mme de Maintenon, 10 mars 1698 : "On m'a dit qu'il fallait absolument que votre sœur aînée revînt avec nous…" Quoi ? Qui ça, "on" ? Et cet "absolument"… Aussitôt mon père a obtempéré, s'est aplati ! Des palpitations, la gorge nouée, qui donc a décidé pour lui, pour moi ? On, on ? La Maintenon elle-même ? Un intermédiaire entre le pouvoir absolu, précisément, et ce M. Racine qui à l'origine n'était qu'un roturier ? Et moi l'imbécile ignorante, l'innocente ! Mon arrachement à Port-Royal pour prix de son retour en grâce ? "Absolument". La fille sacrifiée à l'ambition du père, Iphigénie… Suffocation, soubresauts de rage, j'ai failli mettre cette lettre en pièces, et le reste avec !

Je respire mon flacon de sels. Se roidir, tout lire, si amère soit la potion. Je parcours la suite. En ce qui concerne ma sœur Nanette, père et mère admettent sans réticence sa vocation, et moi, n'avais-je donc pas suffisamment manifesté mon désir, fait mes preuves ? D'ailleurs mon père le reconnaît : ma grand-tante Agnès Racine et toute la communauté – le peu qui en restait du moins – étaient très contentes de moi. Quant à moi, j'étais "charmée" de vivre aux Champs, oui il l'écrit à mon frère, il emploie ce terme si fort, "charmée". Cependant il n'hésite pas à m'en retirer, sourd à ma désolation, à mes supplications. Les ursulines pour Nanette, parfait, bon teint, une règle assez douce, et surtout rien de compromettant, mais moi en élisant Port-Royal je n'avais pas fait le bon choix, le choix politique juste, seize années pour comprendre enfin, la haine monte, crépite, la haine contre ce père trop aimé, non je me refuse à jouer les Iphigénies bêlantes, consentantes, j'étouffe, me débats, *tout ce qu'ont de plus noir et la haine et l'amour…*

Ah, quand même, dans un autre courrier, six jours plus tard, lui aussi semble souffrir – il était temps ! Mes lettres (je l'implorais de me laisser me retirer à l'abbaye de Gif) "l'ont troublé et déchiré au plus haut point". Agamemnon, lui aussi déchiré, finit par livrer Iphigénie au couteau sacrificateur. Bien sûr mon père ne voulait rien entendre de mon désir, il craignait trop pour ses pensions et sa position à la cour et moi, stupide, bafouée, je versais ces larmes qui remontent à présent. Aux Champs les moniales priaient pour mon salut, ma grand-tante m'exhortait à demander secours à Dieu (voilà qui aujourd'hui me donne envie de ricaner, Mme de Joncoux a raison, Dieu est débordé par les malheurs des hommes, ou il n'en a rien à faire !) et le lundi de Pâques, ce 31 mars 1698, mon père mandait à mon frère : "Je vais demain coucher à Port-Royal, d'où j'espère ramener votre sœur après-demain." Je vérifie les dates, vingt et un jours entre la lettre courtisane à la très puissante dame et mon enlèvement du monastère, ah non il n'a pas traîné ! Pas une minute à perdre, vite se tirer de ce mauvais pas en m'extirpant au grand galop des Champs, moi devenue à mon insu la garante de sa bonne foi, de sa docilité envers le roi et l'épouse morganatique. Je me souviens, il est arrivé à la fin de l'après-dînée, juste à temps pour assister aux vêpres puis souper, il a dormi dans le bâtiment réservé aux hôtes, extérieur à la clôture, moi à l'infirmerie, en proie à une soudaine poussée de fièvre tant j'étais désespérée, la sœur infirmière m'a administré du laudanum et de douces paroles, non mon père et moi n'avons pas tendrement conversé de part et d'autre de la grille du parloir, chacun sur son lit mais tout proches, non cette belle scène n'avait pas été écrite pour moi – sans doute le genre de scène qui n'existe que dans les histoires maintes fois racontées, rédigées, enjolivées, chroniques de Port-Royal et d'ailleurs ? Chroniques ou légendes ? Je ne sais, ça bouillonne et se mélange dans ma tête. Mon père ne voulait pas, précise-t-il encore à son fils, que j'allasse "de couvent en couvent". J'en demeure confondue, quelle outrance ! Je demandais seulement à pouvoir accomplir mon noviciat à Gif, à deux lieues des Champs, la belle affaire, mais non, il convenait d'obtempérer au plus tôt et de m'enfermer à la maison comme si j'étais devenue une fille dangereuse. Tant d'années avant d'approcher la vérité, rage et sanglots, il m'a trahie, un autre courrier à Jean-Baptiste, ça continue, "la pauvre fille", oui oui, il s'agit de moi ! D'ailleurs de la Champmeslé, gravement malade à la même période, il écrit "cette pauvre malheureuse", il eût voulu que son ancienne comédienne, et maîtresse, meure en chrétienne, repentie, et comme lui reniant le théâtre – voilà qui l'eût rassuré sans doute –, mais moi, sa fille soi-disant préférée, il m'empêche de vivre en chrétienne dans la paix austère des Champs, mon père renégat du théâtre, renégat de Port-Royal, la Champmeslé agonise, la fille de M. Racine également, brisée dans ses aspirations, d'ailleurs dans presque toutes les lettres de cet affreux printemps 1698, il mentionne mes répétitives crises migraineuses, rien ne me soulage, il me fallait m'allonger dans le noir et le silence, même la lueur d'une bougie m'était intolérable, ah oui, je l'ai payée cher cette condamnation à rentrer à la maison ! Une fois revenue rue des Marais, "la pauvre fille" essaie de consulter à gauche et à droite afin de déterminer si désormais elle appartient au monde ou à Dieu, cependant, relate sans vergogne mon père à mon frère (les hommes parlent des femmes dans leur dos, ils savent pour elles), si votre sœur quête de la sorte un avis c'est, "vous jugez bien", que son choix est déjà accompli… Mais quel mépris à mon égard, quelle indécente certitude ! Il se permet de penser à ma place, pense et juge. Bien, est-il persuadé. D'ailleurs, à ses yeux, mes migraines sont la cause de mes tergiversations et non point la conséquence de la situation qu'il m'a imposée, je n'ai même plus droit à une once de libre arbitre, estime-t-il que la grâce m'a définitivement abandonnée mais n'avait-il pas œuvré en sorte qu'elle me fût ôtée ? De lettre en lettre, la litanie exaspérante de ces "la pauvre fille" – peut-être ces termes expriment-ils plus de commisération que de mépris, peut-être, je veux bien m'efforcer de l'admettre –, mais cette fois la pauvre fille de trente-quatre ans ne le supporte plus, suffoque… J'avale un peu d'eau, de travers, recrache, j'étouffe, me force à ingurgiter la suite. Dès le début de l'été, il envisage de me marier, m'établir comme il dit, et voilà c'était joué, la belle duperie ! Il avait déjà statué sur mon sort et moi, la naïve, l'idiote, qui continuais à quêter des avis auprès de religieux ou de laïcs, je n'en peux plus, je m'enfuis de chez mon frère avant qu'il ne revienne, laissant la liasse éparpillée sur la table.

Il était exclu de rentrer au logis avec ce visage ravagé – je le devinais aux regards de certains passants –, avec ce tremblement à l'extrémité des doigts. En marchant sur les quais, en respirant l'odeur de la Seine et reprenant lentement mes esprits, j'ai soupçonné que Jean-Baptiste avait prétexté cette histoire de confession. Prévoyant ma colère, ou mon désespoir, il avait préféré s'esquiver. La lâcheté des pères, des frères… J'ai résolu de faire un détour par la rue des Marais. Au numéro 24, la haute porte cochère. Derrière, la cour où jouaient mes petites sœurs. A gauche, l'escalier conduisant vers cette pièce où mon père aurait rédigé cette mystérieuse histoire de Port-Royal. Si seulement on la retrouvait, si je pouvais en prendre connaissance, est-ce que je parviendrais à comprendre ? à me réconcilier quelque peu avec lui ?

Dans une chambre du deuxième étage, une fillette presque pubère attend le retour de son père chéri. Il arrive de Versailles, ou de Marly, bientôt les roues du carrosse crisseront sur la borne de l'entrée – la borne de gauche, pas facile à prendre ce virage dans une rue aussi étroite. L'enfant en train de devenir femme guette ce raclement nocturne, et les jurons du cocher, et les piaffements, elle attend, j'attends. L'apaisement, non. Juste reprendre un peu de forces avant de retourner vers ceux qui sont maintenant les miens.

NÉANT

Père, pourquoi m'avez-vous abandonnée ? Françoise de Joncoux ne savait à qui cette plainte s'adressait. A Dieu ? A son père, disparu vingt-quatre ans auparavant ? Toujours présent en elle cependant, douleur revenante. Mais que pouvaient-elles donc faire, les filles, après la mort de l'homme qui les avait engendrées ? S'enfermer dans un couvent, en quête d'un père consolateur et tout-puissant ? Engendrer à leur tour ? Se cloîtrer dans un labeur incessant ? Durant une bonne partie de la nuit, Françoise avait mis à jour les comptes des exilés d'Amsterdam – depuis une dizaine d'années elle gérait leurs biens et leur expédiait de quoi survivre. Elle s'aperçut qu'elle s'était trompée dans le calcul du change, recommença. La plainte intérieure montait, crissante, refluait, revenait, tandis que la plume cheminait.

Françoise se sentit soudain épuisée. Pis, desséchée. Lâcher prise, céder. Au sommeil ? A la grâce ? Elle interrompit ses calculs, préférant lire des lettres de la mère Agnès Arnauld dont Mlle de Théméricourt lui avait récemment communiqué quelques doubles. Avec une fermeté aussi douce qu'exigeante, la mère Agnès dirigeait par écrit les consciences de ses moniales. Condamnant les mortifications, le dénigrement de soi et la tristesse, elle leur recommandait, simplement, d'attendre "avec patience la visite de Dieu". Rien de moins simple, s'avoua Françoise. Elle ne s'estimait capable ni d'attendre ni de laisser se creuser en elle ce vide dans lequel la grâce, peut-être, se glisserait. Sans cesse il lui fallait œuvrer, intervenir, se battre et se dévouer. Sinon, pressentait-elle, elle s'effondrerait. Lucide en même temps : sa tâche principale, celle de copiste, si légitime et nécessaire fût-elle, n'était-ce pas une forme de divertissement, au sens où M. Pascal l'entendait ? une façon de se fuir, de ne plus être confrontée à la menace du néant ?

Une autre lettre de la mère Agnès. "Nous ne sommes autre chose qu'opposition à la grâce, sinon quand Dieu nous y fait rendre." Françoise avait suffisamment étudié les textes augustiniens pour ne pas l'ignorer : l'essentiel vient de Dieu, non de l'homme. Mais elle, la têtue, l'opiniâtre, résistait à cette reddition. Dès lors, il lui fallait accepter de demeurer solitaire en cette aridité nocturne, l'âme rabougrie. Et tenter de refouler cette vieille plainte, père, pourquoi…

Le fragile silence d'avant l'aube. Harassée, elle repoussa lettres, manuscrits et livres de comptes. Se laissa aller, front sur le secrétaire. Rendue de fatigue à défaut de l'être à la grâce. Plus tard, du fond de sa somnolence, elle entendit Aimée fourgonner dans la cuisine tout en chantonnant. Françoise se ressaisit, vite une toilette sommaire, s'habiller, passer voir sa mère et l'aider à se coiffer. Elle but un thé en sa compagnie, la prévint qu'elle devait sortir, on l'attendait à l'Hôtel-Dieu.

A l'angle de la rue Saint-Jacques et de la rue Galande, Claude Dodart croisa Mlle de Théméricourt. Il la connaissait pour l'avoir souvent rencontrée chez les dames de Joncoux et l'appréciait, notamment, pour sa connaissance des écrits de Blaise Pascal. Tous deux passèrent devant Saint-Julien-le-Pauvre – dans les derniers temps de sa vie, M. Pascal venait souvent y prier, murmurat-elle, j'imagine qu'il aimait l'humilité de cette église –, puis ils débouchèrent sur le quai. Ils prirent le temps de respirer, assis sur un banc, s'abandonnant à la tiédeur de ce très beau printemps 1715. Une lumière fragile et tendre sur la Seine, sur les peupliers en lisière, frémissants. Une lumière qui allégeait la masse de Notre-Dame.

Mlle de Théméricourt s'enquit de Versailles. Le médecin haussa les épaules : le roi s'affaiblissait, le noir Le Tellier rayonnait, Mme de Maintenon s'agitait, la cour essayait vainement de s'amuser, les coteries en vue de la succession rivalisaient, bref c'était funèbre… Elle le coupa soudain :

— Regardez, voici notre "Invisible" qui passe ! En coup de vent, comme à son habitude. Fidèle à son pseudonyme.

De fait, il l'aperçut à peine. Françoise de Joncoux circulait en vinaigrette, une vaste brouette rembourrée, tirée par un homme trottinant ou courant.

— Je reconnais son conducteur habituel, épaules râblées, jambes nerveuses, commenta Mlle de Théméricourt. Françoise est si légère que, depuis longtemps, elle est la cliente préférée de cet homme. Avec elle, il parvient à se faufiler aisément à travers les encombrements et Françoise gagne ainsi un temps considérable. Entre ses pauvres, son labeur de copiste, ses malades, ses démarches, sa correspondance et que sais-je encore !

Elle ne les vit pas. Bien calée au fond de sa vinaigrette, elle lisait tout en roulant, ignorant le soleil et les passants et les bruissements citadins.

— Françoise abat un tel travail qu'elle profite de ses déplacements pour se consacrer à la lecture. Depuis des mois, elle écrit sans relâche aux évêques de France et à d'autres membres du clergé, les incitant à protester contre la bulle du pape. Quelle pugnacité ! Tiens, la vinaigrette s'engage sur le pont. Françoise se rend très probablement à l'Hôtel-Dieu, elle participe souvent à la toilette des grabataires.

Pas seulement, songea Claude Dodart. Mais il se tut. Récemment, visitant un de ses malades, il s'était arrêté sur le seuil d'une salle où on opérait, stupéfait d'apercevoir Françoise de Joncoux. Elle tenait la main du patient et, fascinée, fixait le vide – là où, juste auparavant, existait encore une jambe –, puis se penchait sur l'amputé, épongeait la sueur d'angoisse, contemplait à nouveau le vide. Quasi extatique, ce visage. Ce n'était plus la fillette vive et obstinée qu'il connaissait, admirait, mais une femme... une femme approchant la jouissance, avait-il pensé très vite, se traitant aussitôt de fol et d'imbécile. Ce manque, cette absence, elle semblait les absorber en elle – afin d'en alléger l'autre ? Pas seulement... Très troublé, il en avait parlé le lendemain avec le chirurgien. Oui, cette Mlle de

Joncoux leur était précieuse, elle soutenait et soulageait les opérés avec un calme stupéfiant, sa présence les apaisait, par la suite ils la réclamaient, jamais elle n'avait flanché durant une intervention et, en même temps, le chirurgien avait le sentiment que cette confrontation – fallait-il dire à la vacuité, à la menace de mort ? – était vitale pour cette femme, essentielle. Claude Dodart était resté confondu, il la connaissait depuis longtemps, jamais elle ne lui en avait parlé – sans doute parce qu'il était médecin ? Puis il s'était souvenu d'une confidence de Mme de Joncoux : Depuis la disparition de ses quatre sœurs, ma fille craint et défie la mort, un combat quotidien, épuisant, peut-être ne parvient-elle pas à se pardonner d'être la survivante ? Et Mme de Joncoux avait éclaté en sanglots. Claude Dodart n'avait su comment la réconforter.

Il s'efforçait d'oublier, momentanément, ces pleurs et cette douleur, l'hôpital, les amputés, absorbant la lumière de cette journée miraculeuse, quasi estivale, tandis que, de sa voix véloce, Mlle de Théméricourt évoquait à nouveau M. Pascal. Un homme insaisissable, changeant souvent de nom et d'activité. Du vif-argent – d'ailleurs, du mercure, il en avait manipulé lors de ses expériences sur le vide – puis, soudain, cette ardeur, cette fougue s'effondraient, comme si ce vif-argent voulait se fondre dans le vide, précisément, se dissoudre dans un néant plus évident à ses yeux que toute démonstration mathématique.

Elle s'interrompit, contempla la dérive de l'eau. Claude Dodart regardait les premiers feuillages qui hésitaient encore entre le mordoré et le vert. Comme si déjà l'automne les roussissait, promesse de mort au cœur de la naissance. La voix reprit : Le vide que M. Pascal avait été le premier à mettre en évidence dans la nature résidait-il en lui, essentiel ?

Nous pourrions traverser la Seine, pensa le médecin et, depuis l'île, apercevoir la tour de l'église Saint-Jacques-de-la-Boucherie, là où M. Pascal avait vérifié cette fameuse expérience sur la pesanteur, mais non, aucun sens à vouloir s'accrocher à la réalité lorsqu'il s'agissait, peut-être, d'une attirance vers l'abîme ? Il revit "l'Invisible" à l'Hôtel-Dieu, ce regard agrippé à une béance toute fraîche. "L'Invisible" qui, dans son emploi du temps, ne tolérait aucun vide, venait-elle le contempler à l'hôpital ? Puis il songea à ces petits tableaux, les vanités sobres et paisibles de Philippe de Champaigne ou de Madeleine de Boullogne. Un crâne, une fleur, des livres, un sablier, quasiment rien, et ce rien était éloquent. Le sable du temps s'écoule, demain la fleur sera fanée, le savoir recelé par les livres se révèle illusoire. Quant à ces crânes, d'une si belle précision anatomique, je les ai caressés, dessinés, ouverts et disséqués durant mes études, et voilà que dans ces vanités ils apparaissent évidés, métamorphosés en miroirs de la mort. Si beaux, si purs. Il m'arrive d'avoir envie de me glisser à l'intérieur et de m'y blottir, comme dans un ventre. Dormir là…

Les peupliers tremblaient de plaisir dans la brise et Mlle de Théméricourt, volubile, évoquait gaiement l'époque des *Lettres provinciales.* Non bien sûr, en 1656 et 1657 elle n'était pas née, mais dans sa famille, de tradition port-royaliste, on transmettait avec jubilation le récit de cette tumultueuse aventure. Lorsque, vers douze ou treize ans, elle l'avait entendu pour la première fois, elle avait eu le sentiment qu'il s'agissait d'un grand jeu très allègre, inventé par des jeunes gens fort malins, qui se nommaient Pascal, Roannez, Arnauld, Vitart, et d'autres. L'un rédigeait, caché dans une auberge à Paris – sise en face d'un collège de jésuites, n'était-ce pas savoureux ? Ses complices portaient aux libraires-imprimeurs, passant de l'un à l'autre de façon à déjouer la traque. Puis ils organisaient la diffusion clandestine de ces petites lettres, petites par la taille, grandes par le ton et le retentissement. Police et jésuites, cour et salons étaient en ébullition, les supputations sur l'auteur allaient bon train, personne n'avait réussi à deviner et les joyeux compères s'amusaient à tenir en échec les argousins de Mazarin. Comme dit M. Pascal, c'est le divertissement qui importe à l'homme – histoire de masquer ce fameux vide ? Puis, lorsque la vanité de ce divertissement se dévoile dans tout son éclat, pfft… l'abîme s'ouvre, béant, le grand jeu des *Provinciales* n'excite plus autant M. Pascal. Cependant, même une fois sorti de l'ombre, il avait continué à adopter des noms d'emprunt, y compris pour ses travaux scientifiques. Ce travestissement quasi permanent intriguait Mlle de Théméricourt. Comme s'il s'épuisait à se chercher, géomètre, bricoleur astucieux, physicien, polémiste virulent, directeur de conscience, philosophe, théologien, et même entrepreneur de travaux d'utilité publique ?

— Je me demande quel plaisir cet homme en quête du vrai trouvait à se masquer. Vous, le médecin, comprenez-vous cela ?

— Une détresse mélancolique ? A force d'être multiple, il n'est plus rien. A ses yeux, du moins.

— Tout de même, avec ce si beau nom légué par son père, Pascal, aller signer ses œuvres de pseudonymes aussi compliqués, pour ne pas dire alambiqués ! Nous venons de passer les fêtes pascales, justement, porteuses de rédemption, d'un espoir de salut.

— Souvent Dieu est absent, la grâce déserte. Tout Pascal qu'il fût né, sans doute craignait-il de ne pouvoir l'accomplir, ce salut. Un patronyme trop lourd à porter ? Un nom du père tellement chargé de résonances…

— Il se peut… Et quel étrange contraste avec sa sœur ! Jacqueline trouve à Port-Royal un ancrage et un nom définitifs – Sainte-Euphémie, celle qui parle bien – cependant que son frère très aimé s'agite furieusement, troque un nom d'emprunt contre un autre, et soudain sombre dans la déréliction. J'imagine qu'elle s'est parfois désolée de le sentir aussi tumultueusement incertain. D'ailleurs, pour revenir à l'épisode des *Provinciales*, il semblerait que certaines moniales, recluses dans le silence, aient estimé vain, ou passablement mondain, tout ce bruit autour de ces fameuses *Lettres*. Même s'il s'agissait de défendre Antoine Arnauld, le théologien attaqué par ses pairs, et de surcroît le frère ou l'oncle de plusieurs religieuses.

Elle se leva brusquement :

— Ah, j'ai besoin de me dégourdir les jambes, j'ai consacré une partie de la nuit à transcrire des lettres d'Angélique de Saint-Jean. Quelle aisance d'écriture chez cette femme ! Et quelle rigueur, j'en demeure confondue… Marchons un peu, voulez-vous ? Vous savez, à la différence de Françoise, je n'ai nullement l'esprit théologique. Lorsque je recopie des heures durant, il m'arrive de dériver, de me raconter des histoires sur les personnes évoquées dans ces relations ou ces correspondances. Ma main s'applique, rectifie ou harmonise l'orthographe cependant que mon esprit vagabonde. Aussi ce que j'avançais à l'instant sur M. Pascal et sa sœur Jacqueline, surtout considérez-le comme relevant de mes rêveries personnelles.

— Pourtant, je suppose, vous respectez le texte original.

— Bien sûr, je m'efforce d'être une copiste scrupuleuse mais je procède à l'instar de tout un chacun, je récris dans ma tête. Avez-vous lu cette *Vie de M. Pascal* rédigée par sa sœur aînée ? Non ? Eh bien, c'est tout à fait édifiant ! Mme Gilberte Périer ne ment pas, ne triche pas, non non, elle tente de donner un sens, une cohérence à cet itinéraire qui si souvent oblique, frôle le vide, change de rythme et de direction. Je ne saurais la blâmer. Après tout, notre vénéré saint Augustin n'a pas procédé autrement en écrivant ses *Confessions*. Et moi qui ai recopié les *Pensées* de M. Pascal, je puis vous assurer que cette belle édition, dénommée édition de Port-Royal, établie par la famille et par des intimes, dont le duc de Roannez, l'ami très fidèle, ainsi que par certains de ces Messieurs les Solitaires, eh bien, elle ne l'est pas, fidèle ! Ils ont élagué, parfois affadi certains passages, adouci des rugosités, des fulgurances. Je les peux comprendre car il fallait bien décider d'un ordre, arbitraire, puisque M. Pascal n'en avait point indiqué.

— Et par prudence politique également, suggéra le médecin.

Ils étaient parvenus à la hauteur du pont de la Tournelle et firent demi-tour, contemplant le chevet de Notre-Dame, nimbé de soleil, puis, revenant sur leurs pas, traversèrent le port de la Tournelle. Agile bien que dodue, Mlle de Théméricourt se faufilait à travers les tonneaux, les tuiles et les sacs de grains. Un peu plus loin, à peine essoufflée, la voix reprit, volubile :

— Lorsque j'ai commencé à recopier ce texte – ces larges feuilles que M. Pascal avait découpées et cousues par liasses, parsemées de notes jetées en désordre, dans une fiévreuse impulsion me semblait-il –, j'ai eu le sentiment de pénétrer dans un paysage chaotique, une aride splendeur traversée de séismes. Ou de me trouver face aux ruines d'un monument jamais édifié.

— Singulier paradoxe !

— J'en conviens. En tout cas, une étrange, troublante sensation…

La voix demeura en suspens. Claude Dodart songeait à ce désert de ruines, bien réel, là-bas dans le vallon des Champs, ce lieu sauvage et familier que, tour à tour, il fuyait ou revenait contempler. Mlle de Théméricourt poursuivit :

— Ce texte résistait au déchiffrage. Me résistait. M'épuisait. Par son écriture, illisible parfois. Plus encore par sa surprenante beauté. Oui, il m'a épuisée mais j'ai aimé travailler à cette copie, comme j'ai aimé !

Le médecin fut sensible à la vibration des derniers mots. Une intensité qui lui rappela le regard de jouissance chez Françoise de Joncoux, ce regard suspendu à la vacuité. Ces femmes, décidément, le surprenaient. De grandes amoureuses, à leur manière ?

— Il m'arrivait de percevoir le halètement du doute, la scansion de la souffrance, ou l'irruption sauvage d'une interrogation. Peut-être – elle hésita, regarda vers le sommet des tours –, peut-être était-ce lui-même qu'il lui fallait persuader, avec cette véhémente passion ? En tout cas, ces Messieurs de Port-Royal ont tenté de rendre ce labyrinthe plus aisé d'accès, plus accueillant. Comme s'il convenait de passer des futaies touffues entourant Port-Royal des Champs à la belle ordonnance, la rectitude et la clarté d'un parc versaillais.

— Une trahison, semblez-vous dire ?

— Non, non, je n'irai pas jusque-là… Ils ont procédé, j'imagine, telles des veuves de bonne volonté qui auraient prétendu rendre cohérents les écrits trop éparpillés, ou trop escarpés, de leurs défunts époux. En deuil de leur très cher Blaise, ces Messieurs ont certainement cru bien faire. Ils ont rapetassé le texte en tentant de se réparer eux-mêmes. D'émousser l'acuité de la perte, du moins.

Elle s'interrompit, s'accouda au parapet. La lumière moirait la Seine. Claude Dodart contemplait les arcs-boutants de la cathédrale. Parfois ils lui étaient apparus tels des arceaux de lumière. Aujourd'hui, ils lui semblaient s'être métamorphosés en pattes d'une énorme, monstrueuse araignée. Quelle incongruité, cette image, par un jour aussi radieux… Il s'efforça de la reléguer, suivant des yeux une barcasse chargée de moutons bêlants qui dérivait lentement. Il dériva lui aussi, se ressaisit et se raccrocha à la voix de Mlle de Théméricourt :

— Les amis, la famille tentent de conférer une logique, une continuité rassurante à une vie ou à des écrits, peut-on les en blâmer ? Ce texte de M. Pascal explose avant même de pouvoir être composé. Impossible à éditer, selon moi. Miné par le néant, traversé d'absence, et là réside sa vérité… A propos, une copie que j'aurais bien aimé exécuter, c'est celle de l'histoire de Port-Royal par M. Racine. Je me demande comment il avait abordé la question des relations entre Versailles et le monastère. Il est vrai que M. Racine avait l'art de dissimuler, à sa façon qui n'était point du tout celle de M. Pascal. Une dissimulation courtisane. Ou un caméléon courtisan ?

Elle laissa fuser un léger gloussement et revint à la charge :

— Monsieur votre père avait certainement déposé ce manuscrit auprès d'une personne de confiance, vous n'avez aucune idée là-dessus ?

— Aucune.

Elle l'intriguait. Le même âge environ que Françoise de Joncoux – dans les quarante-cinq ans –, aussi rondelette que son amie était fluette. Quelle vitalité chez ces vierges dialoguant sans cesse avec les disparus – s'en nourrissant ?

Ils étaient revenus au commencement de la rue Saint-Jacques. Le médecin jeta un coup d'œil sur la façade de l'Hôtel-Dieu, prise dans l'ombre de Notre-Dame. Il retardait encore le moment de visiter ses malades. Ce fut Mlle de Théméricourt qui prit congé :

— Mme de Moramber m'attend. Elle désire que je lui parle de Charlotte de Roannez. Vous vous souvenez sans doute, la sœur cadette du duc de ce nom. Celle qui fut, elle aussi, contrainte par la force de renoncer à Port-Royal. La fille de M. Racine aimerait savoir ce que cette Charlotte est devenue par la suite, la similitude de leurs sorts l'a frappée. Or la correspondance entre M. Pascal et Charlotte de Roannez, ce qui en restait du moins, m'est passée entre les mains. A mon sens, Artus de Roannez était sous le charme du génie de M. Pascal et ce dernier, j'imagine, ne pouvait aimer nulle autre que sa sœur Jacqueline. Laquelle avait établi entre elle et lui l'infranchissable grille de la clôture. Quant à Charlotte, la pauvre...

Elle le planta là-dessus, le priant d'oublier ces fragments de mauvais roman. Décontenancé, il traversa lentement la Seine, ruminant sur le morcellement des corps, des vies, des récits. Et des *Pensées* de M. Pascal. Peut-être apercevrait-il à l'Hôtel-Dieu, dans les odeurs fades d'une salle où on aurait tranché un pied, des doigts, un sein, le visage extatique happé par l'irruption du néant ?

MARIE-CATHERINE RACINE

juin 1715

La voix trottine en moi. Depuis cette visite de Mlle de Théméricourt, il y a deux mois. Sa voix trottine. Et je trotte derrière ce carrosse où deux jeunes filles ont pris place, en secret. Un enlèvement romanesque, comme s'il s'agissait d'un rendez-vous galant ? Dans une rue discrète jouxtant l'église Saint-Merri, l'une attend à l'intérieur d'un carrosse aux rideaux soigneusement tirés. L'autre assiste à la messe avec sa mère et son frère Artus. Sous le prétexte de vouloir achever ses prières dans une des chapelles latérales, elle les quitte, s'éclipse par une petite porte, vite vite elle grimpe dans le carrosse et fouette cocher ! Elle a vingt-quatre ans, elle implore Dieu de ne pas lui retirer cette grâce qu'il lui accorda il y a un an – un an pour réfléchir, hésiter, puis se décider, conseillée par M. Pascal. Le véhicule traverse la Seine, attaque la côte de la rue Saint-Jacques. Les chevaux peinent sous le soleil de juillet. Ils reprennent souffle plus haut, sur le plat. Le carrosse tourne l'angle de la rue de la Bourbe, s'arrête. La jeune fille descend, frappe à la porte de Port-Royal. La sœur tourière s'enquiert. La fugueuse demande à être admise comme postulante. Après un certain temps, le véhicule repart, avec pour seule occupante l'amie complice.

Je repense au commentaire de Mlle de Théméricourt : La mère Marie des Anges, alors abbesse à Port-Royal de Paris, avait pris quelque risque en acceptant de recevoir Charlotte de Roannez. En ce mois de juillet 1657, l'effervescence autour des *Lettres provinciales* n'était pas encore calmée, les jésuites et la police de Mazarin n'avaient toujours pas déniché leur auteur. Et, surtout, Roannez, c'était un des grands noms de France. Certes, à Port-Royal, de la bonne, solide noblesse de robe, il n'en manquait pas, mais cette fois il s'agissait d'une fille issue de la haute aristocratie. Imaginez le scandale, insistait Mlle de Théméricourt, les remous dans la bonne société de Paris, et à la cour ! La reine mère s'indigne, prend parti contre Port-Royal. Les jésuites ne se privent pas d'exploiter l'affaire. A l'époque, Artus de Roannez est un grand ami de M. Pascal. Il se pourrait même qu'il l'ait un temps caché chez lui lorsque Blaise rédigeait ses *Lettres à un provincial*. Cependant, si le duc se rapproche en secret de Port-Royal et des Solitaires, il tient à rester bien en cour (je connais, je connais, ai-je failli rétorquer). Il écrit à Mazarin, son protecteur, se disculpant platement (quarante ans plus tard, cette lettre de mon père à Mme de Maintenon) : Sa sœur Charlotte a agi de son propre chef, durant ces derniers mois lui-même a en vain essayé de la dissuader, un projet de mariage était en cours, il se peut qu'elle ait tenté d'y échapper.

Les pères, les frères qui désavouent, trahissent les filles. Ou préfèrent les livrer à un époux plutôt qu'à Dieu ? Artus de Roannez – sous l'influence de M. Pascal ? – semblait avoir renoncé à prendre femme. Une sœur de Charlotte et d'Artus avait déjà prononcé ses vœux. Dès lors Charlotte était condamnée à assurer la descendance des Roannez et la perpétuation du titre ducal.

Fin juillet, un exempt débarque à Port-Royal de Paris, porteur d'une lettre de cachet ordonnant que Mlle de Roannez soit restituée à sa mère. Charlotte refuse. Au parloir, véhémente, elle proteste, argumente avec hauteur et opiniâtreté. L'exempt s'irrite qu'une fille lui tienne tête. Il menace de forcer la clôture. La sœur cellérière s'interpose et manœuvre habilement : mais qui donc, dans ce carrosse aux rideaux fermés, attend qu'on lui livre la postulante ? Une amie de la mère, déléguée par celle-ci. Fort bien, les moniales sont certes disposées à remettre Mlle de Roannez, mais uniquement à sa mère, en mains propres, se conformant ainsi au libellé de la lettre royale. Mlle de Théméricourt gloussait de plaisir en me narrant cet épisode – excellentes procédurières, hein, ces nonnes ! Le carrosse repart, sans Charlotte, et très loin, mais toujours grinçant en moi, cahote un autre carrosse, celui où je pris place avec mon père un jour d'avril 1698, il roule vers Paris, vers la rue des Marais, étrange mélange, les marais des Champs, cette rue des Marais où logent M. Racine et sa famille, et ces marécages de mémoire où je patauge depuis l'exhumation.

Mlle de Théméricourt a poursuivi son histoire. Les jésuites clabaudent et se démènent afin que Mlle de Roannez soit au plus vite retirée du monastère. Ces jésuites que, peu auparavant, M. Pascal avait méchamment fustigés, les traitant de calomniateurs et d'ennemis de la vérité. Peut-être même aurait-il alors envisagé une nouvelle *Lettre* sur l'affaire Roannez. Antoine Le Maistre, ce Solitaire qui éleva en partie monsieur votre père, aurait poussé dans ce sens – n'était-il pas scandaleux de soustraire à la vie religieuse une âme aussi visiblement élue par la grâce ? Je pense, a ajouté Mlle de Théméricourt, que la mère Angélique et la mère Agnès ont calmé le jeu, et leur neveu Le Maistre.

Acculée, Charlotte, condamnée. Elle a beau écrire à sa mère, la supplier de la laisser en paix, elle se doute que cette mère ne tardera plus à la reprendre. En personne, cette fois. Mlle de Roannez a déjà élu son nom de moniale, Charlotte de la Passion. Elle s'attend à une douloureuse passion. Un soir de novembre, avertie de la venue de sa mère pour le lendemain, elle s'empare d'une paire de ciseaux.

CHARLOTTE DE LA PASSION

2 novembre 1657

Couper. Tailler. Une poignée de cheveux. Une autre. Elles tombent. Me dépouiller. Taillader dans le tissu familial. Trancher, me séparer. De ma mère. Qui prétend m'aimer. Une longue torsade glisse sur mon épaule. Puis jusqu'au sol. Je la piétine. Couper avec mon frère. Artus ne jure que par M. Pascal mais ne veut point que je sois de Port-Royal. Couper. Avec ma sœur qui accuse les religieuses de ce monastère d'orgueil et de fanatisme. Elle, une bénédictine, soutient que mon salut pourrait s'accomplir dans le monde. Jamais ! D'autres mèches. Je les sens couler dans mon dos. Me dénuder. Briser le lien, si ténu soit-il, avec ce marquis qu'on prétend me faire épouser. Excellent danseur, comme le fut mon frère ! Qu'ai-je à faire d'un danseur ? Je taillade, cisaille, je ne veux aimer, danser qu'en Dieu. Tout en lui sacrifiant ma chevelure, je prononce un irrévocable vœu de chasteté. Et je coupe. Dans la rage, l'exaltation. Parfois j'arrache, alors que je n'ai pas fini de séparer, je me fais mal et j'exulte d'avoir mal. Minuit bientôt. Nous sommes encore vendredi, jour de la passion du Christ. C'est un vendredi, le 4 août 1656, que la grâce m'a envahie, irradiée, m'éclairant sur ma vocation. La grâce, tout à la fois irruption de violence, évidence lumineuse et douceur infuse. Il me faut achever la tonte avant que minuit ne retentisse. Mourir au monde, à jamais. M'enfermer ici afin de prendre le large. La nuque à présent. Plus difficile. Dans ma hâte j'ai entaillé légèrement la peau, un peu de sang suinte, qu'importe, l'essentiel est que jamais ne coule mon sang de vierge ! Couper. Couper avec ce M. Pascal qui durant six mois m'adressa des lettres où il me soutenait dans cette voie que j'avais élue. Puis se tut.

Je regarde par la fenêtre. La nuit se recueille au creux du cloître. Rondeur pleine du silence. J'aurai bientôt achevé. A nouveau le crissement des ciseaux, les dernières mèches, légères. Nue enfin, offerte. Personne ne pénétrera mon corps.

MARIE-CATHERINE RACINE

juin 1715

Et je ne puis m'empêcher de me glisser dans ce carrosse où sa mère l'attend. Malheureuse, cette mère. Comme le fut mon père lorsqu'il me ramena de Port-Royal des Champs au logis familial ? Elle s'apprête, j'imagine, à affronter la véhémence des sanglots et des reproches, elle a préparé une mante douillette, un flacon de sels, des paroles de réconciliation. Elle les ravale en présence de cette statue voilée. Charlotte a repris ses vêtements civils mais a conservé sur sa tête le voile des novices. Avec ostentation, elle s'installe à l'extrémité opposée de la banquette. Je me la représente, rigide et muette, paupières baissées. Une pluie de novembre, obstinée, crépite sur le somptueux carrosse aux armes des Roannez, vitres sillonnées de larmes me semble-t-il, les miennes coulaient, mon père les essuyait tendrement, je me suis effondrée contre lui, oui il fut tendre, acculé peut-être, conscient que plus aucun avenir n'était possible pour moi aux Champs. C'est ce qu'a essayé de me faire entendre Mlle de Théméricourt : En 1657, soulignait-elle en revenant sur la tragédie vécue par Charlotte, l'entourage de Port-Royal était attaqué, certes, mais les deux couvents rassemblaient encore une bonne soixantaine de moniales, plus les converses et les novices, les postulantes et les pensionnaires, rien à voir avec ce quasi-désert que vous connûtes quarante ans plus tard, à cette époque votre père, dans son amour, aura voulu vous éviter le pire, qui eût été d'assister à l'érosion et à la destruction ultimes. Sans doute, sans doute, mais pour l'heure je veux encore partager la passion de Charlotte – comme si ma douleur pouvait se résorber dans la sienne ? Le carrosse descend la rue Saint-Jacques sous bonne escorte, une vingtaine de gardes à cheval, à croire que Charlotte de Roannez serait une galante Frondeuse ou une folle dangereuse, parfois des sabots dérapent sur le pavé mouillé, un juron étouffé, et toujours cette pluie cinglante. A l'intérieur, entre mère et fille, un silence de givre. Le voile comprime le front de Charlotte (non, je ne vais pas lui attribuer une de mes vieilles migraines), je contemple le frêle visage crispé, est-elle en oraison, en méditation ? Rumine-t-elle sa rancœur contre sa sœur ? contre son frère Artus ? Il l'a lâchée, elle la fugueuse amoureuse de Dieu, il se protège. Nous traversons la Seine par le pont au Change, Charlotte impassible, quelques rues encore, l'église Saint-Merri est en vue, l'entrée dans la cour, la descente du carrosse, sans un échange de regards. Dans le grand salon, la mère invite sa fille à s'asseoir près de la cheminée afin de se réchauffer, ne pourriez-vous ôter ce voile à présent que vous voilà de retour parmi nous ? Si vous y tenez... Stupeur horrifiée. Un massacre, la peau bleuie par endroits, cette croûte encore sanguinolente derrière l'oreille gauche, quelques courtes mèches ont échappé à la rage des ciseaux et se dressent, raides, grotesques... Je vous incite à remiser vos beaux projets de mariage, ma mère, j'ai fait vœu de chasteté, à jamais. Et Charlotte se retire en son appartement, où elle demeure recluse.

Et moi, autrefois, dans ma chambre rue des Marais, priant, tournant en rond... Cette fille malheureuse, irrésolue, voici que je la regarde aujourd'hui d'un peu plus loin, mi-apitoyée, mi-agacée. Comme si Mlle de Roannez l'avait estompée, ou détachée de moi ?

Longtemps Charlotte a continué à couper ses cheveux, dès qu'ils repoussaient.

Tout soudain, j'éclate de rire en imaginant la tête de ma mère si, en avril 1698, j'étais revenue à la maison tondue de la sorte ! Je ris de si bon cœur que Louise et Angélique, en train de s'amuser dans la pièce voisine, glissent leurs museaux, intriguées, me rejoignent et partagent mon hilarité – sans savoir pourquoi, peu importe –, je les cajole, plonge mes doigts dans la tiédeur animale de leurs chevelures, me repais de leur bonne odeur, heureuse soudain ! Les frisures de Louise, les ondulations souples d'Angélique (sous cette lourde coulée mordorée la lueur grise, malicieuse, du regard) et je songe au drame de Charlotte, ce mariage à trente-quatre ans, dix ans après avoir été retirée de Port-Royal, les enfants tardifs, mourant jeunes, ou bien difformes – un garçon contrefait, une fille quasiment naine… A-t-elle pensé : Le châtiment, ces enfants ratés, pour avoir transgressé mon vœu de chasteté ? Nous rions et jouons à nous embrasser, chatouiller, poursuivre, "encore", clame Angélique de sa voix suraiguë, gracieuses mes filles, et si vivantes ! Et moi, suis-je capable de l'être, vivante, me le serais-je interdit ? Peut-être parviendrai-je à me déprendre, me découdre de cette vieille histoire – quelle histoire au juste ? La mienne et pas seulement la mienne, celle d'un nommé Jean Racine, porteur d'une dette ancienne envers Port-Royal, Jean Racine laissant son aînée postuler en ce monastère qu'il avait un temps renié, qu'aurais-je donc été chargée de réparer ? "Encore maman, encore !" Si seulement on dénichait quelque part cette histoire de Port-Royal rédigée par lui, je comprendrais mieux, peut-être… Louise et Angélique réclament leur goûter, on y va on y va, dernières cascades de rires, baisers mouillés. Les bols de lait, les tartines, je les regarde manger goulûment et je repense à Charlotte, mourant dans sa cinquantième année après de longs mois, faut-il dire d'un calvaire, d'une passion ? Crucifiée par la douleur. Un abcès aux reins, plusieurs interventions éprouvantes. Auparavant, elle avait détruit la correspondance entre elle et M. Pascal, ces vieilles lettres datant de 1656 et 1657 (son frère Artus en avait recueilli des copies, par amour sans doute plus pour M. Pascal que pour sa sœur, a ajouté non sans quelque ironie Mlle de Théméricourt). On brûle sa plaie en profondeur, elle hurle. Elle fait brûler son propre portrait, elle brûle toutes les lettres qu'elle avait conservées. Celles de son époux, le duc de La Feuillade. Celles des moniales de Port-Royal, ce lieu où, une fois mariée, elle ne put jamais retourner, ni pour une retraite de quelques jours, ni même pour une simple visite : le duc de La Feuillade, soucieux de sa position à la cour, n'y voulut point consentir. Et c'est grâce à sa femme, commentait avec aigreur Mlle de Théméricourt, que ce La Feuillade avait pu porter le titre de duc puisqu'elle lui avait apporté en dot le duché de Roannez, quel ingrat, en outre il ne se gênait pas pour avoir des maîtresses ! Cependant, Angélique de Saint-Jean Arnauld d'Andilly écrivait à Charlotte, lui affirmant qu'elle n'était pas séparée de leur communauté car le monde ne saurait trancher ce qui fut uni par Dieu… Belle phrase, maigre consolation, ai-je pensé. Charlotte aurait voulu décéder un vendredi, jour de la Passion. Afin d'être fidèle à elle-même, malgré tant de détours et d'échecs. Ce fut un samedi. Rater sa mort après avoir raté sa vie ? Une vie gangrenée par le néant ? Elle avait souhaité que son cœur, embaumé, fût déposé à Port-Royal. Le duc de La Feuillade s'y opposa. Interdite en ce lieu. Durant sa vie comme dans la mort.

Angélique réclame une dernière tartine. L'air soucieux, Louise m'interroge. Elle a repéré dans la bibliothèque de son père un titre qui l'a intriguée, *Le Fantôme du jansénisme*.

— Oui, un livre écrit par un homme très célèbre en son temps. Antoine Arnauld, un théologien.

— Mais ça veut dire quoi, maman ?

— Ça veut dire que l'hérésie dont furent accusés les amis de Port-Royal était une invention, une chimère. Un fantôme en quelque sorte.

— C'est absurde. Elle ne tient pas debout, votre histoire !

— Eh bien, vous demanderez à votre père de vous expliquer.

Louise hausse les épaules. Elles repartent à leurs jeux, légères, bruissantes. Eh oui, que de drames autour d'une hérésie imaginaire et, par moments, une folie presque... Je me souviens de ce que Mlle de Théméricourt m'a raconté à propos d'Antoine Arnauld. Charlotte de Roannez l'a consulté lorsque, après la trentaine, elle a commencé à songer au mariage. Perplexe, résignée ? Se demandant que faire de sa vie à présent ? Elle avait envisagé d'entrer chez les carmélites mais il eût fallu signer ce fameux formulaire sur la grâce, ce à quoi elle répugnait. Outré de ce qu'il considérait comme un reniement, Antoine Arnauld lui a manifesté un certain mépris – ces Messieurs les Solitaires n'aimaient pas que, homme ou femme, on consente à l'acte de chair en échappant à leur influence, surtout après avoir fait vœu de chasteté... Il se peut, a ajouté Mlle de Théméricourt, que l'attitude raide et rêche d'Antoine Arnauld ait précipité la décision de Charlotte, épouser La Feuillade. Comme quoi on peut être un très savant docteur en théologie et un directeur de conscience maladroit.

Beaucoup plus tard, dans les derniers temps de sa vie, Charlotte écrivit aux moniales qu'elle aurait préféré être paralytique à Port-Royal des Champs plutôt que mariée. Par testament, elle fit don d'une somme considérable au monastère, destinée à doter une simple femme désirant devenir sœur converse aux Champs. Son substitut en quelque sorte. Et cette remplaçante de Charlotte, m'expliquait Mlle de Théméricourt, fut la dernière religieuse autorisée à prononcer ses vœux dans ce couvent, c'était en 1683. Vous comprenez bien, insistait-elle, qu'il était inconcevable que, quinze ans plus tard, vous-même puissiez devenir novice aux Champs. Oui, oui, j'ai compris !

Charlotte de la Passion léguant son double à Port-Royal ? Un fantôme d'elle-même en quelque sorte. Un double de modeste origine, elle qui fut de si haute naissance.

LOUISE BARAT

mars 1710

En 1679, j'avais trente ans, j'étais postulante converse aux Champs. Des hommes armés m'ont expulsée, en même temps que les pensionnaires et les autres postulantes. De retour dans ma famille, j'ai travaillé comme fille de cuisine.

A l'automne 1683, la mère Angélique de Saint-Jean me fit savoir qu'une grande dame, récemment décédée, avait légué une belle somme afin qu'une fille sans dot puisse être reçue comme sœur converse. C'est à moi qu'on avait pensé et le roi avait accordé son autorisation. J'étais toute contente ! La mère s'est hâtée de me faire prendre l'habit des converses – la robe et le scapulaire gris, le voile noir. Heureusement, car elle a trépassé sept semaines après. D'une fluxion de poitrine, en quatre jours. Il faut dire que, en décembre et janvier, il fit un tel froid ! Neige et glace, les chemins impraticables. Mais pour elle, le plus atroce, le froid meurtrier, ce fut, je crois, la disparition de son cousin, Isaac Le Maistre de Sacy. Cinq jours avant sa propre fin, alors qu'il gelait, elle est allée se recueillir sur la tombe de ce dernier. Elle a sitôt ressenti une violente douleur dans la poitrine. Ils s'aimaient tant, ces deux-là. Ah oui, elle l'aura cherchée, la mort !

Cette longue femme, elle m'impressionnait. Si maigre, ardente cependant, on aurait dit qu'elle consumait sa propre chair… Après moi, plus personne n'a pu entrer dans ce monastère. J'étais heureuse aux Champs, j'aimais beaucoup m'occuper des poules et des vaches. Dans le silence et la présence paisible des animaux, on prie tellement mieux.

En octobre 1709 – j'avais soixante ans –, je fus expulsée par la troupe, pour la deuxième fois, avec la poignée de pauvres vieilles qui demeuraient encore dans les bâtiments aux trois quarts vides. On m'a conduite chez les ursulines de Chartres. Elles sont dures et distantes. On m'a obligée à signer un papier auquel je n'ai rien compris. Et on m'emploie au service personnel des sœurs de chœur, ce qui était interdit à Port-Royal. Jamais les converses n'étaient les domestiques des autres ! Je pleure. Le bon air et le calme des Champs me manquent. Et les bêtes.

MARIE-CATHERINE RACINE

juin 1715

Tant de souffrances, de familles divisées, de séparations déchirantes pour un fantôme, ce terme qui intrigue ma fille aînée. Je les ressasse, ces histoires, et ne sais plus très bien qui raconte en moi. La voix de Mlle de Théméricourt, la mienne ? Artus de Roannez aimait Blaise qui aimait Jacqueline qui ne voulait aimer que Dieu. Est-ce moi qui divague, est-ce Mlle de Théméricourt qui aurait tressé cette étrange guirlande ? Artus pleurait chaque fois qu'il devait se séparer, même momentanément, de M. Pascal. Il aurait voulu partir avec lui, dans une île d'Amérique, et fonder là-bas un nouveau Port-Royal, loin des persécutions – un éden de l'autre côté des mers, rêve d'adolescent, aimable folie ? Blaise ne survit pas à Jacqueline. Artus en deuil de Blaise se consacre à l'édition de l'œuvre posthume. Et Charlotte, qui l'a aimée ? Non non, m'a affirmé Mlle de Théméricourt, nulle relation amoureuse, même purement épistolaire, entre Mlle de Roannez et M. Pascal, ce dernier était beaucoup trop pénétré de son néant pour accepter d'être aimé, mais peut-être, lorsqu'on s'efforce de diriger une âme vers la vie spirituelle, engage-t-on plus de sentiment qu'on ne croit… Et réciproquement, a-t-elle ajouté d'une petite voix. Je me suis demandé si elle-même avait été "dirigée", et par qui, puisque tel était le terme employé par M. de Saint-Cyran et par ceux qui lui ont succédé dans cette tâche si délicate.

Oui, une curieuse histoire, selon Mlle de Théméricourt, celle de ces deux couples frère et sœur, Artus et Charlotte, Blaise et Jacqueline. Ces quatre-là se rencontrent à l'adolescence. Artus et Charlotte sont attirés, fascinés par le génie des deux autres, les enfants terribles : Blaise si doué pour les sciences, Jacqueline pour la poésie. Malgré les réticences de leurs proches, les deux filles désirent entrer à Port-Royal. L'une y parvient, l'autre non. Et brusquement voici que me revient : Oreste aime Hermione qui aime Pyrrhus qui aime Andromaque qui aime un mort... Jean Racine aurait-il pu écrire le drame de Charlotte de la Passion, la laissée pour compte ? Non bien sûr, mon père appréciait les tragédies se nouant et se dénouant en très peu de temps, et non point ces existences qui, après un bel élan, un coup d'éclat, se ratatinent et s'effilochent, pauvrement. Qu'a-t-elle fait, Charlotte de Roannez, durant les dix années entre son arrachement au monastère et son mariage, entre ses vingt-quatre et ses trente-quatre ans ? Prier dans sa chambre transformée en oratoire ? Consulter son confesseur ? d'autres personnes ? Se laisser grignoter, insidieusement, par les obligations liées à son rang puis tenter de se racheter par des aumônes conséquentes aux indigents ? Non, je n'aurais pas voulu traverser le désert de ces dix années-là !

J'essaie d'imaginer le jour où elle a définitivement relégué les ciseaux, lasse, défaite... Charlotte la tondue la tragique qui m'aide à me délivrer, si peu que ce soit, mais ce peu m'allège, de cette histoire d'enfance et d'adolescence en laquelle je m'étais cloîtrée. Mlle de Roannez aura passé quatre mois à Port-Royal de Paris, moi-même cinq aux

Champs, à peu près la même durée, et pourtant non : Je ne saurais à présent affirmer que j'eusse préféré être grabataire en ce couvent plutôt qu'épouse et mère. Par moments, je ne peux m'empêcher de me figurer Charlotte secrètement amoureuse. Ou serait-ce moi qui aurais envie de l'être, amoureuse ? Non non... Et me voilà rendant visite à Mlle de Théméricourt, la faisant parler à nouveau – elle ne demande pas mieux. Je l'ai un peu flattée, caressée, félicitée sur la lisibilité de son écriture, et elle a bien voulu me prêter copie des lettres de Blaise à Charlotte.

En les examinant, en vérifiant les dates, je m'aperçois qu'il lui écrit entre deux *Lettres provinciales* (j'ai déniché celles-ci dans la bibliothèque de M. de Moramber). Tant de virulence dans ces dernières, pour ne pas dire de méchanceté ! Et cette fermeté douce à l'égard de Mlle de Roannez, quel contraste ! Elle lui adresse un présent, oh rien de compromettant, une relique... Il se réjouit qu'elle éprouve une certaine tristesse, ne serait-ce pas le signe qu'elle est sur la voie du détachement ? Non, je ne parviens pas à déceler quelque sentiment tendre. Un amour se dissimulant, à l'insu des deux protagonistes, derrière l'alibi de la quête de Dieu ? Ah, tout de même, la voici qui se plaint : Blaise a écrit à Artus, et non point à elle (le frère et la sœur, m'a expliqué Mlle de Théméricourt, résidaient alors dans leur magnifique château du Poitou). Mais non, lui répond Blaise, pour moi vous êtes inséparables, "je songe sans cesse à l'un et à l'autre". Mais peut-être – et je la peux comprendre – Charlotte désirait-elle être distinguée de son frère, sinon aimée pour elle-même ? Aurait-elle souhaité lire : "Je songe sans cesse à vous" ?

Je tente de me la représenter durant cet automne et cet hiver, là-bas dans le Poitou, cependant que

M. Pascal, caché dans Paris, croise le fer contre les jésuites. Avec quelle hargneuse jubilation ! Parfois j'éclate de rire. Je ne comprends pas toujours les subtilités de son argumentation, peu importe, je m'amuse et n'ai pas envie de demander des éclaircissements à mon époux. J'imagine Blaise Pascal passant du ton rageur des *Lettres provinciales* à cette attention délicate – affectueuse presque ? – lorsqu'il rédige ses missives à Charlotte. Et elle, les attendant, priant, méditant, s'affermissant dans sa décision de devenir religieuse. Un an plus tard, sa mère la ramène de force au logis familial, pâle sous le voile, figée.

Par la porte entrouverte, j'entends Louise, péremptoire, déclarer à sa cadette :

— Bon, maintenant on joue aux fantômes, les fantômes de Port-Royal.

Françoise de Joncoux le sentit bouleversé. Presque autant qu'en ce jour de janvier 1712 où il lui avait narré sa macabre promenade au beau milieu des profanations, à Port-Royal des Champs. Elle écoutait, patiemment attentive, faisant tourner sa quenouille en souplesse. Tout était venu, expliquait Claude Dodart, de Mme de Moramber. Celle-ci l'avait appelé en consultation pour l'aînée de ses filles – Louise en fait n'avait qu'une banale indigestion. En le raccompagnant dans l'antichambre, elle avait brusquement changé de sujet : Ce manuscrit concernant Port-Royal, confié par mon père agonisant au vôtre – oui, Françoise de Joncoux m'a mise au courant –, je sais que vous ne l'avez pas retrouvé après la disparition de monsieur votre père, je suis confuse d'insister de la sorte mais, peut-être, en fouillant à nouveau dans les papiers laissés par lui, pourriez-vous découvrir un indice, une piste à ce sujet, que sais-je… Elle m'a ému. Comme vous savez, elle n'est pas belle à proprement parler, cependant elle détient un frémissement dans l'imploration qu'on pourrait croire emprunté à certaines des héroïnes créées par son père… euh, un éclat soudain, une grâce tragique affleurant sous ses dehors de placide mère de famille. Elle m'évoquait ces victimes, ces suppliantes dans les pièces de M. Racine, ces femmes qu'on sent habitées par le désir et l'effroi de vivre.

— Eh bien, monsieur Dodart, Mme de Moramber vous a plus qu'ému ! Et donc, vous avez promis…

Oui, dès son retour chez lui, il avait cherché. Au fond de cette grande cassette reléguée en bas de sa bibliothèque. Très surpris de tomber sur une mince liasse qui lui avait échappé en novembre 1707. Ou bien l'avait-il parcourue distraitement, trop préoccupé à l'époque par les documents concernant la succession paternelle ? Puis l'avait oubliée. Avait préféré l'oublier ? A présent, huit années après le décès de Denis Dodart, il en était tout remué. Ces trois feuillets de la main de son père laissaient affleurer un violent désarroi. Ce père se déclarait menacé d'arrestation. Appréhendant les interrogatoires, il envisageait de partir se cacher en un lieu retiré, sans le révéler à qui que ce soit. Pas même à son fils et à sa fille, afin que ceux-ci ne puissent être questionnés ni considérés comme complices.

— Mais à qui s'adresse-t-il ?

— A la princesse de Conti, dont il était le médecin. Vous vous souvenez, une bâtarde légitimée de Louis le quatorzième.

— Oui, bien sûr, une fille de cette Mlle de La Vallière qui, après avoir eu quatre enfants du roi, prit le voile chez les carmélites, repentante.

— Vous ne sauriez imaginer le ton de cette supplique ! Mon père conjure la princesse de Conti d'intervenir, si besoin était, auprès du lieutenant général d'Argenson afin que ce dernier traite mon père humainement. Vous vous rendez compte ? A croire qu'il se voyait déjà à la Bastille ! Au secret, à la question, que sais-je, n'est-ce pas stupéfiant ? Il ne veut surtout pas que, par sa faute, ses enfants soient exposés à la haine des jésuites. Ce souci qu'il avait de ma sœur et de moi m'émeut tellement ! Et je n'avais rien deviné à l'époque… Si lui, un homme âgé, respecté, préfère la fuite, c'est, écrit-il, non par culpabilité, bien entendu, mais parce qu'il ne veut pas être contraint de témoigner contre des personnes qu'il estime non pas seulement innocentes mais saintes.

— On voit clairement qui il désigne.

— Enfin, au cas où il serait arrêté, il demande à la princesse de Conti de bien vouloir témoigner en sa faveur auprès du roi.

Françoise de Joncoux perçut à quel point Claude Dodart était perturbé. Comme une exhumation, murmura-t-il, l'exhumation d'un homme inconnu. Il était éprouvant de découvrir un père devenu soudain un enfant perdu, affolé. Néanmoins, souligna-t-il, mon père se préoccupait de ma sœur et de moi, craignant notamment que ma carrière à la cour ne soit brisée – son désir était que je devienne un jour médecin du roi. Sans doute, huit ans après sa disparition, l'avais-je figé dans une belle image rassurante : un homme pondéré, apprécié de tous – même Louis le quatorzième, parfaitement instruit de ses liens avec Port-Royal, n'avait jamais osé s'en prendre à lui –, dévoué aux pauvres qu'il soignait gratuitement, membre de l'Académie des sciences, solide et paisible botaniste, et voilà que dans ce texte, visiblement rédigé à la hâte, je découvrais un vieillard aux abois, terrorisé. Il craint la prison à vie, il veut disparaître au plus tôt dans une retraite secrète. Si bien que je me suis même demandé s'il n'aurait pas perdu la tête, passagèrement. Un accès de sénilité peut-être ?

— Mais non ! C'est vous qui avez oublié la violence des persécutions. Avez-vous une indication de date ?

— Mon père écrit que, à soixante-dix ans, il souhaite mourir en silence, ignoré de tous. Soixante-dix ans ? C'était donc en 1704…

— Eh bien, voilà qui est on ne peut plus clair. 1704, soit quelques mois après l'arrestation de Pasquier Quesnel à Bruxelles. Rappelez-vous, on avait trouvé dans les papiers de Quesnel quantité de noms et d'adresses, M. d'Argenson et ses zélés sbires perquisitionnaient partout. Et pour ce qui est de la prison à vie, je vous rappelle que tel est toujours le sort de notre ami Germain Vuillart, et de quelques autres.

— On aurait même averti mon père qu'il risquait d'être enlevé et séquestré par les jésuites.

— Vraiment ?

— Il le mentionne dans ce bref texte. Ne serait-ce pas une fable quelque peu délirante ?

— Ce n'est pas exclu, il en circulait beaucoup. Mais après tout, d'après les renseignements qu'on m'avait communiqués, les jésuites auraient traqué Pasquier Quesnel, précisément, jusque dans sa retraite de Bruxelles. Des bruits d'arrestations imminentes couraient à l'époque dans Paris, moi-même je me suis rendue encore plus "invisible" durant cette période. Votre père a été visé, puis on a renoncé. On n'a pas osé l'inquiéter – à cause de sa protectrice, la princesse de Conti ? Mais, pour revenir à la requête exprimée par Mme de Moramber, on peut imaginer que, lors de ce douloureux épisode, votre père, par prudence, aurait préféré se dessaisir de documents compromettants. Dont cette fameuse histoire de Port-Royal. Mais auprès de qui ? Nous ne sommes guère plus avancés. Cependant, je vais écrire à mes correspondants aux Pays-Bas, il n'est pas impossible qu'une personne de confiance ait transporté là-bas ce manuscrit…

Cette piste ne parut guère intéresser Claude Dodart. Il évoquait à nouveau ce père qui lui parlait avec tendresse de ses patientes aux Champs, de leurs petites et grandes misères. L'humidité de ce bas-fond engendrait des rhumatismes contre lesquels les décoctions de prêle devenaient à la longue inefficaces. Ces femmes tordues, cassées, boitant prématurément, tenaillées la nuit par des élancements. Bien pis, les moniales étaient périodiquement assaillies par cette terrible fièvre des marais. Angélique de Saint-Jean Arnauld d'Andilly, cette femme si forte, était souvent terrassée par des accès de fièvre triple quarte qui résistaient au quinquina. Son regard, déjà brûlant à l'ordinaire, détenait alors une prodigieuse intensité. Non, les moniales n'avaient pas besoin d'être attaquées de l'extérieur, elles en avaient déjà leur content, de souffrances ! Et voilà que la persécution avait même menacé de se retourner contre un de leurs médecins. Vous savez, mon père, tel le Galien de l'Antiquité, affirmait que gaieté et bonne humeur constituaient les remèdes les plus efficaces. Eh bien, à Port-Royal, il n'était pas très aisé de les prescrire. Et pourtant, me racontait-il, on ressentait aux Champs une étrange félicité. Ce lieu si clos s'ouvrait largement à l'ailleurs…

Claude Dodart se leva, s'ébroua et se mit à marcher de long en large. Françoise de Joncoux le regardait, amusée, tout en continuant à tourner sa quenouille :

— L'ailleurs, disiez-vous ?

— Euh… la grâce peut-être, si hasardeuse soit-elle. Ou Dieu, bien que lointain, séparé des humains, que sais-je !

— C'est plutôt l'homme qui s'est séparé de Dieu.

— Si vous voulez ! Je suis trop colleté, collé à la souffrance et à la sanie des corps, sans parler de mon impuissance, pour le percevoir, cet ailleurs. Mon père, lui, détenait cette force. Aux Champs, me confiait-il, un certain bonheur naissait de ce qu'on s'efforçait d'appliquer cette maxime : Prélever chaque jour quelques heures de cette vie qui s'en va afin de se consacrer à celle qui vient…

Mme de Joncoux entra précipitamment :

— Louis le quatorzième est mort.

La quenouille tomba, Françoise de Joncoux bondit :

— Ah, il faut tout mettre en œuvre pour obtenir la libération des embastillés !

Dans les jours qui suivirent ce 1er septembre 1715, on put voir la vinaigrette louée par "l'Invisible" sillonner fébrilement Paris. L'homme au torse puissant et aux jambes véloces courait d'un lieu à l'autre, ravi de ne pas chômer. Chez le lieutenant général de police ! A l'archevêché ! Chez M. Dodart ! Aujourd'hui, il attendait que sa cliente ait achevé sa visite à Guillaume Homberg, le médecin de Philippe d'Orléans. Ce dernier, après avoir fait modifier le testament de Louis XIV par le parlement, était devenu régent. Se recommandant de Claude Dodart, Françoise de Joncoux sollicita et obtint de Guillaume Homberg une introduction auprès du régent : oui, estimait son médecin, Philippe d'Orléans serait certainement disposé à relâcher quelques jansénistes incarcérés, des mesures de clémence sont toujours opportunes lorsqu'on s'empare du pouvoir… Guillaume Homberg aurait aimé accompagner Mlle de Joncoux dans cette démarche mais une fièvre récurrente le clouait chez lui. Elle prit congé, grimpa dans le véhicule, le conducteur saisit les poignées, en route pour l'archevêché ! Sur le pont de l'Hôtel-Dieu, elle croisa Marie-Catherine et ses filles qui revenaient d'une promenade dans l'île, quel temps magnifique, oui mais je n'ai pas le loisir de m'attarder, je vais de ce pas harceler le cardinal de Noailles, il faut absolument que, profitant de cet heureux changement, il s'oppose avec clarté et fermeté à la bulle pontificale, comme vous savez monseigneur peut être amène mais non point déterminé, il a tendance à louvoyer, non Marie-Catherine ne savait pas très bien, elle hésita puis demanda à Françoise si elle avait écrit aux Pays-Bas afin de retrouver, éventuellement, la piste du manuscrit disparu. Eh non, avec toutes ces péripéties je suis débordée mais, soyez tranquille, dès que j'aurai obtenu la libération des embastillés, je m'en occupe, à propos le père Le Tellier vient d'être exilé à Amiens par le régent, enfin nous voilà délivrés de ce cauchemar, quand je pense que le défunt roi, par son testament, avait légué son horrible confesseur à son arrière-petit-fils, notre gentil petit roi Louis le quinzième ! Comme disait ma mère la semaine dernière, un vieillard aussi noir confessant un enfant de cinq ans, si beau, si blond, quelle horreur ! Et Françoise éclata de rire – roucoulement de tourterelle –, en tout cas réjouissons-nous que ce testament ait été annulé, dans les jours qui ont précédé ce joli coup de force Philippe d'Orléans a été habilement soutenu par M. d'Argenson, cet homme a le bras long, il faut d'ailleurs que je le joigne au plus vite mais il est encore plus occupé que moi, vous voudrez bien me pardonner, je me sauve ! Marie-Catherine se dirigea vers la rive gauche, le rire résonnait encore dans ses oreilles tandis que Louise et Angélique gambadaient sous le soleil, oui l'air paraissait plus léger, une délivrance perceptible dans Paris – la fin d'un interminable règne ? –, une respiration dans les esprits, en elle, comme si son père, ce Racine insaisissable, lui devenait doucement présent sans être persécuteur... Et peut-être, si cette régence se révélait très tolérante, le mystérieux possesseur du manuscrit sur l'histoire de Port-Royal oserait-il le rendre public ? A supposer qu'il soit en France… Venez les filles, on tourne à droite sur le quai, je vais vous montrer où j'habitais lorsque j'avais une douzaine d'années.

Et l'homme vigoureux de la vinaigrette poursuivit ses courses quotidiennes. "L'Invisible" sollicitait les autorités, rameutait le réseau des amis de Port-Royal, lesquels, depuis la disparition de Louis XIV et la chute du jésuite Le Tellier, espéraient beaucoup du régent. Prudence, suggérait Françoise de Joncoux, certes Philippe d'Orléans a fait quelques concessions aux parlementaires en contrepartie des pouvoirs qu'ils lui ont conférés, mais ce n'est pas parce qu'il est athée et libertin qu'il nous sera favorable, il convient de se battre contre la bulle du pape sur tous les fronts, religieux et politiques. Enfin, dix jours après la mort de Louis XIV, "l'Invisible", toute guillerette, vint demander à M. de Moramber s'il pouvait lui prêter son carrosse : demain, elle irait chercher Germain Vuillart à la Bastille, mais oui, elle avait obtenu l'ordre d'élargissement ! Je ne vous oublie pas, affirma-t-elle à Marie-Catherine, dès que j'aurai installé notre ami à la maison, j'écrirai à Amsterdam, ma mère est en train de préparer avec Aimée le petit logement au-dessus du nôtre, M. Vuillart y sera tranquille et nous le soignerons au mieux, dans quel état allons-nous le trouver ? Je voulais demander à M. Dodart de venir l'examiner lorsqu'il sera chez nous – après tant d'années de privations, lui faudra-t-il un régime particulier ? Malheureusement, M. Dodart ne quitte pas le chevet de son beau-frère, toujours terrassé par une fièvre maligne, Angélique Homberg est très inquiète, M. Dodart perplexe, que d'événements en si peu de temps, je suis tout excitée, un peu angoissée également à l'idée de revoir

M. Vuillart, vous vous souvenez, c'était un familier de monsieur votre père et c'est grâce à lui que s'est conclu votre mariage, à soixante-seize ans, pourvu qu'il ne soit pas trop mal en point ! L'âge de mon père s'il avait vécu, songea Marie-Catherine. Elle trouva Françoise fébrile, encore plus transparente qu'à l'ordinaire, mais elle savait qu'il était vain de l'inciter à se ménager. Bien entendu, M. de Moramber mit carrosse et cocher à sa disposition.

Le 26 septembre, Claude Dodart enterrait son beau-frère et songeait à cette étrange ironie : le médecin de Philippe d'Orléans décédait au moment où ce dernier accédait au pouvoir. Claude Dodart essayait de soutenir sa sœur Angélique. Lui-même était très atteint, Guillaume Homberg était l'homme avec lequel il préférait échanger. A la sortie du cimetière, il prit soudain conscience que ces dames de Joncoux n'étaient pas venues à l'inhumation. Presque aussitôt leur servante l'accosta. Aimée était essoufflée, en larmes : Mlle de Joncoux était alitée depuis deux jours, elle respirait difficilement, sa mère le suppliait de venir au plus vite. Il abandonna sa sœur, dégringola la rue de la Montagne-Sainte-Geneviève, monta l'escalier quatre à quatre. Et sut que, à nouveau, il serait impuissant. La peau de "l'Invisible" n'était plus transparente mais bleutée. Des crachats rosés. Une fluxion de poitrine. Le regard dérivant déjà vers l'ailleurs, elle murmura : A mon tour d'être libérée. Pourquoi elle et pas moi ? gémissait sa mère. Le médecin aperçut au fond de la chambre un long spectre, absorbé dans ses prières. Le rescapé de onze années à la Bastille. Blême.

Le lendemain, "l'Invisible" disparut.

MARIE-CATHERINE RACINE

septembre 1715

Etrange épreuve que de se retrouver à Saint-Etienne-du-Mont où sont enterrés mon père, et Blaise Pascal, et les deux frères Le Maistre. M. de Moramber me fait remarquer que l'essentiel du beau monde janséniste de Paris est présent pour l'inhumation de Françoise. Des parlementaires, des robins, de nombreux ecclésiastiques – voyez, l'archevêque de Paris, le cardinal de Noailles, a délégué un représentant. Non, je ne vois pas, et peu me chaut ! J'ai mal, je ne supporte pas qu'une mère perde ses cinq filles, je songe aux deux miennes et ne peux imaginer comment Mme de Joncoux va pouvoir survivre... Mes frères Louis et Jean-Baptiste nous rejoignent, compassés, puis Mlle de Théméricourt et Madeleine Horthemels, la graveuse – mariée à présent –, je ne l'avais pas revue depuis trois ans. Claude Dodart soutient sa sœur, en pleurs et grand habit noir. Lui-même semble épuisé. En un mois, depuis ce 1er septembre où mourut Louis le quatorzième, que de péripéties, et de décès ! Françoise a réussi ce qu'elle espérait depuis longtemps pouvoir accomplir : obtenir la libération des incarcérés puis, sa tâche achevée, s'en est allée. Vive et preste, comme elle a vécu... Voici la princesse de Conti, en deuil de son royal père, murmure M. de Moramber, elle fut autrefois la patiente et la protectrice de Denis Dodart, Françoise de Joncoux avait quelque peu fréquenté son salon. Une idée folle me traverse – serait-ce à la princesse de Conti que Denis Dodart aurait remis le manuscrit de mon père ? Non, impensable, pas à une fille du roi tout de même, fût-elle bâtarde… Sur les flancs du cortège, j'aperçois quelques remous. Un groupe d'indigents, pouilleux, loqueteux. Françoise, me glisse Mlle de Théméricourt, avait pris en charge les plus déshérités du quartier, elle les soignait et les secourait avec son habituelle discrétion. Claude Dodart ajoute que se sont joints à eux d'anciens opérés de l'Hôtel-Dieu. Béquillant, claudiquant. L'ensemble constitue une bizarre cour des Miracles. Je repère le costaud de la vinaigrette, effondré, en larmes. Mme de Joncoux n'en a pas versé une seule, m'a confié Aimée, inquiète, vous ne croyez pas qu'il vaudrait mieux ? Je ne sais, je ravale les miennes. Elle se tient derrière le cercueil, rigide. Un peu en retrait, le fantôme exhumé de la Bastille, Germain Vuillart.

Les prières, les pelletées de terre, et nous nous retrouvons à la fin de l'après-dînée, en compagnie de quelques intimes, chez Mme de Joncoux qui tient à nous offrir le traditionnel chocolat. Son calme m'effraie, m'angoisse. Je jette un coup d'œil sur les manuscrits en souffrance entassés sur le secrétaire. Mlle de Théméricourt surprend mon regard et me prend à part. Elle va essayer de prendre le relais mais le plus ardu sera le problème de la correspondance avec les Pays-Bas car Françoise ne communiquait pas les adresses à sa mère – la clandestinité des courriers exigeait certaines précautions –, Françoise gardait donc le secret sur ses intermédiaires et ses boîtes à lettres… Ainsi, à présent, il semblerait impossible de vérifier si le texte de mon père pourrait être aux Pays-Bas. Françoise, si soudainement happée par la mort, n'aura pas eu le loisir d'écrire à Amsterdam, encore une piste qui s'effondre, et moi aussi intérieurement, surtout ne pas larmoyer devant Mme de Joncoux, si digne, si affable envers ses invités.

Je m'entends déclarer en aparté à M. de Moramber : Je crois préférable de demeurer avec Mme de Joncoux jusqu'à demain. Stupeur de mon époux, mais je n'en démords pas. Voilà qui ne pose aucun problème, la servante vous servira le souper, Claude est dans son collège et Louise assez grande à présent pour veiller au coucher de sa petite sœur, vous donnez des leçons de catéchisme à vos filles, vous pouvez bien, ce soir, leur faire réciter leurs prières. Je le vois hésiter, décontenancé, puis prendre congé de Mme de Joncoux, eh bien ce n'était pas si difficile ! Pour la première fois je ne dormirai pas dans le lit conjugal.

Tandis qu'Aimée assiste Mme de Joncoux pour sa toilette du soir, j'entreprends M. Vuillart sur mon père et sur son ultime écrit. Non, il n'a jamais entendu parler d'une histoire de Port-Royal rédigée par M. Racine. Sa mémoire aurait-elle été perturbée par ces longues années d'isolement ? Cependant, il se souvient avec précision d'une conversation avec mon père. Ce dernier lui aurait affirmé qu'il accepterait volontiers de faire la culbute afin que Port-Royal renaisse. La culbute ? Oui, il voulait dire : perdre sa belle position à la cour, ses titres, voire ses revenus, pourvu que le monastère des Champs soit de nouveau autorisé à accueillir postulantes et novices (dont moi, histoire de mettre à l'épreuve cette éventualité ?). Sa voix se casse, il va se casser lui aussi, si maigre si fragile, pourquoi est-ce que j'imagine ses os déjà réduits en poussière ? Je le regarde, interloquée, cet emprisonnement lui a dérangé l'esprit. La culbute, allons donc ! On a bien vu que mon père a reculé sitôt qu'il s'est senti menacé. De cette reculade, j'ai fait les frais – à présent je me crois lucide là-dessus, lucide et sans aigreur. Le spectre somnole, sursaute, me regarde comme si j'étais aussi fantomatique que lui. Je n'en tirerai rien. Et pourtant, selon Mme de Joncoux, cet homme fut très actif dans le réseau janséniste, il a même servi d'intermédiaire secret entre le cardinal de Noailles et Pasquier Quesnel exilé. Ainsi que pour mon mariage – devrais-je lui en être reconnaissante ? Oui, tout compte fait... Aimée revient, je lui suggère d'aider M. Vuillart à monter jusqu'à son appartement et je rejoins Mme de Joncoux dans sa chambre.

Aussitôt, elle évoque Françoise et sa terreur de la mort. A cause de ses quatre sœurs qui l'avaient précédée sur ce chemin de ténèbres – ou de béatitude, comment en être assurée ? Elle hésite, se reprend. Peut-être s'agissait-il moins d'une peur que d'une fascination du néant ? En assistant des opérés et des mourants, Françoise tentait de se colleter à ce vide. C'est terrible à dire pour moi, sa mère, mais elle ne se sentait bien qu'avec les amputés, les incurables, les agonisants. Ainsi qu'avec les écrits laissés par les défunts... C'est à l'Hôtel-Dieu, j'en suis persuadée, qu'elle a contracté cette fluxion de poitrine (je me garde de la contredire là-dessus), de surcroît elle s'est épuisée avec cette quantité de démarches pour la libération des prisonniers (Françoise s'est toujours épuisée, elle n'aurait pu vivre autrement, pourquoi éprouvons-nous le besoin de chercher des explications logiques à la mort, parce qu'il est impossible de supporter ce scandale ?). Un long silence, la bougie grésille puis, tout à trac : Françoise est née trois semaines après le décès de mon père, née en avance, à cause du choc qu'avait provoqué en moi cette disparition, je n'ai pas su la garder au chaud, au moelleux de mon ventre, la protéger comme il eût fallu, je lui ai volé ces trois semaines, vous comprenez, elle est née de la mort, et maintenant c'est de cette naissance qu'elle est morte…

Enfin elle s'effondre, les larmes viennent, et je m'interroge : Serait-ce son père que Mme de Joncoux pleure après tant d'années, un demi-siècle presque ? Et, très probablement, moi non plus n'en ai-je pas fini avec le mien. Moi qui ai conçu ma deuxième fille au lendemain de son exhumation. Je prends Mme de Joncoux contre moi, qui est fille qui est mère, peu importe, sa peau dégage une odeur aigrelette de nourrisson, mélange des larmes, des rôles, la grande confusion des soirs d'enterrement, nous puisons dans cet entremêlement un tiède réconfort. Mme de Joncoux s'apaise, j'arrange ses oreillers et m'installe à son chevet dans un vaste fauteuil aménagé par Aimée avec des coussins et une couverture. Mme de Joncoux a fermé les yeux, ses lèvres remuent doucement. Sans doute prie-t-elle. Je n'en ai pas le courage, je sens le sommeil m'envahir. Au moment où je me redresse pour souffler la bougie, j'entends, dans un murmure : Votre père également avait perdu une fille.

MARIE-CATHERINE RACINE

octobre 1715

Ainsi, je ne fus pas son Iphigénie. Sa première-née.

Mme de Joncoux en savait fort peu sur cette enfant que mon père avait eue de Marquise Du Parc, une célèbre comédienne. Morte quelques mois après la naissance de la petite fille. Depuis trois semaines je digère cette nouvelle et m'étonne de n'en être pas plus affectée. Comme si j'étais soulagée de savoir ?

Je me suis décidée à en parler avec Jean-Baptiste. Après une période de froid, nos relations ont repris, cahin-caha. Oui, il était au courant, non, il n'avait pas cru devoir m'en aviser, pas plus que notre mère – à quoi bon puisque cette enfant était décédée à l'âge de huit ans, avant le mariage de nos parents ? Les familles mitonnent secrets et silences.

Mon frère songe toujours à écrire une vie de Jean Racine. Dans laquelle, bien entendu, il taira la brève existence de cette fillette. Après avoir rassemblé quantité de documents – lettres, livres de comptes, dispositions testamentaires, notes sur Port-Royal, commentaires des livres saints, traductions des langues anciennes –, il a établi une chronologie mais ne parvient pas à se décider. Il a peur, je crois. Perçoit-il qu'une vie, un homme ne sauraient résider dans cette accumulation de paperasses, cette poussière de faits ? Et sans doute est-il aux prises avec cette figure qui tout à la fois l'écrase et se dérobe. Ce serait tellement plus simple pour lui si Jean Racine était toujours resté du côté de Port-Royal… Mais alors il n'y aurait plus lieu de raconter son existence. Etre le fils aîné de cet homme serait-il encore plus difficile que d'être sa fille aînée ?

Mais non, j'oubliais, je ne suis plus l'aînée !

Grâce aux dates établies par Jean-Baptiste, je repère quelques éléments concernant ma "grande sœur". Marquise Du Parc en était grosse lorsqu'elle créa le rôle d'Andromaque. Etrange d'interpréter le personnage d'une femme qui tente de sauver son enfant cependant qu'elle-même en attend un… Mon père avait alors vingt-neuf ans. La comédienne a disparu à la fin de 1668, alors que la petite fille avait sept mois. Et de quoi ? Jean-Baptiste paraît mal à l'aise : Une fausse couche, probablement… Un nouvel enfant de notre père, donc ? Ce n'est pas certain, il se pourrait que la Du Parc ait eu un autre amant. Je perçois le mépris hargneux de mon frère, ce dévot mélancolique, envers cette sorte de femme. Il aimerait, je le sens, pouvoir gommer cette vie antérieure de mon père. Antérieure au mariage. Moi non. Je reviens à la charge :

— Une fausse couche ou un avortement ?

— Je n'en sais rien !

— Et l'enfant, qui s'en est occupé ?

— Elle était en nourrice à la campagne. A Auteuil.

Auteuil, ce n'est pas bien loin, me voici dérivant. Jean Racine, le poète déjà apprécié du roi, part pour Versailles, enjoint au cocher de faire un détour par le village d'Auteuil. Il paye la nourrice, caresse les cheveux de la petite Iphigénie, repart très vite. L'enfant attend patiemment le prochain passage. Puis elle n'attend plus. Elle meurt. De n'avoir ni père ni mère ? Mais non, en voilà un roman, aussi bien était-elle très heureuse avec ses parents nourriciers, profitant du bon air, jouant avec les animaux… Une vingtaine d'années plus tard, rue des Marais, j'attends le retour de mon père, voix aigre de ma mère, ne vous impatientez donc pas de la sorte, Marie-Catherine, il reviendra bientôt, de Fontainebleau, ou de Marly !

Elle s'appelait Jeanne-Thérèse. Les deux prénoms de ses parents. A la scène, la comédienne était Marquise Du Parc mais son prénom de baptême, précise mon frère, était Thérèse. L'enfant de l'amour, sans aucun doute. Une dénomination à laquelle je ne saurais prétendre, moi la légitime, moi qui porte le prénom de ma mère.

Parmi les papiers rassemblés par Jean-Baptiste, j'aperçois une liasse sur laquelle il a inscrit : Projet d'une pièce intitulée *Iphigénie en Tauride*. Tiens, une autre *Iphigénie*, inédite celle-là ? Je feuillette. Soulagé que je ne le questionne pas plus avant sur Jeanne-Thérèse, mon frère m'explique. Il s'agit simplement d'une ébauche en prose du premier acte, une sorte de plan. Une nouvelle fois, père s'est inspiré d'Euripide. Non, Iphigénie n'a pas été sacrifiée en Aulide, elle a été enlevée – par une divinité selon Euripide, par des pirates dans la version paternelle –, puis transportée jusque dans un pays très éloigné, une étrange contrée nordique où elle devient la prêtresse de cette même divinité. Ah bon, une moniale, en quelque sorte ? Curieux retournement… Intriguée, j'amadoue mon frère, il accepte de me confier ce premier acte ainsi que les tragédies d'Euripide. Plus diverses notes et traductions de mon père, à partir du grec, du latin, des fragments de Plutarque, Virgile, Ovide et d'autres auteurs antiques. Je le rassure – soyez sans crainte, j'en prendrai le soin le plus extrême et ne tarderai pas à vous les rendre.

De retour à la maison, je relis *Iphigénie en Aulide*. Cette fille qui, à Aulis, consentit à être sacrifiée, soumise à ce père, aimante. Et je frémis en retrouvant ces deux vers :

Fille d'Agamemnon, c'est moi qui la première
Seigneur, vous appelai de ce doux nom de père...

Angélique vient vers moi, tendre, câline. Je la caresse, plonge mes yeux dans les siens – d'où leur vient cette teinte entre-deux ? Elle ne cille pas. Et Jeanne-Thérèse, avait-elle les yeux de son père, oscillant entre le gris et le brun ? Je brosse longuement, amoureusement, les cheveux d'Angélique. Un plaisir sensuel agréablement légitimé par le devoir maternel.

Nous voici à nouveau à Saint-Etienne-du-Mont. Cette fois pour le service funèbre de Germain Vuillart. Il n'aura survécu qu'un mois à celle qui le délivra de la Bastille. Sans doute n'avait-il plus la force, le désir de se maintenir en vie. Après l'inhumation, proche de la tombe de Françoise, je vais me recueillir, seule, sur celle de mon père. Intérieurement, je murmure : A présent, je le sais, je ne fus pas la première à vous dire "père" mais je ne vous en aime pas moins, et je crois que vous m'avez aimée.

Mme de Joncoux rassemble quelques intimes chez elle. Je n'ose imaginer quelle épreuve ce fut pour elle d'accompagner l'agonie de Germain Vuillart juste après la disparition de Françoise. Cependant elle ne se plaint ni ne s'effondre. Claude Dodart compare la mort de Germain Vuillart, si peu de temps après sa sortie de prison, avec celle de M. de Saint-Cyran, décédé huit mois après avoir été libéré du donjon de Vincennes. Comme si, suppose le médecin, outre l'affaiblissement engendré par l'incarcération, il était trop difficile, après pareille épreuve, de reprendre pied dans la rugueuse réalité de ce monde-ci. Je me souviens combien cela me fut difficile après seulement cinq mois passés à Port-Royal des Champs.

Sous prétexte de réchauffer le chocolat, Aimée m'entraîne dans la cuisine et me répète combien elle s'inquiète de ce que sa maîtresse ne verse jamais de larmes. J'essaie de la rassurer : Mais si, la nuit où j'ai dormi ici, Mme de Joncoux s'est laissée aller – pas longtemps mais tout de même… Aux yeux d'Aimée, les pleurs seraient une purgation, à l'instar des saignées. Après, on serait délivré. Je n'en suis pas certaine et commence à comprendre combien le labeur souterrain du deuil est lent, retors, imprévisible dans ses cheminements et détours. Seize années pour entrevoir cette évidence.

Après avoir parcouru plusieurs fois l'*Iphigénie en Aulide* de mon père, j'ai eu envie de découvrir l'autre Iphigénie, celle qui fut emmenée dans cette mystérieuse Tauride. M. de Moramber est étonné de me voir lire une traduction d'Euripide, tandis que lui-même est plongé dans la *Fréquente communion* d'Antoine Arnauld. Mais il se tait, estimant sans doute que je m'intéresse à ce poète tragique par piété filiale. Je suis émue par cette Iphigénie, solitaire en ce sombre pays. Elle m'apparaît comme une morte-vivante. Lorsqu'on porte une douleur trop lourde, peut-être devient-on cette morte-vivante ? Soudain je suis bouleversée en découvrant les paroles que lui prête Euripide : A présent, je suis sans rancune envers ce père qui me sacrifia… Pourrais-je les prononcer, ces mots ? S'ils me troublent de la sorte, serait-ce que je n'en suis plus très loin ?

Je prends connaissance des diverses notes et traductions rédigées par Jean Racine. Bien sûr, je ne comprends pas tout mais j'aime me promener dans cet univers de passions et détresses, voyages et métamorphoses. J'admire l'écriture de mon père lorsqu'il recopie ces caractères grecs qui me paraissent beaux même s'ils me demeurent hermétiques. Je mesure combien il s'est nourri d'Homère, de Virgile, d'Euripide. A nouveau, je songe à Marquise-Andromaque. Veuve, Marquise, comme Andromaque. Mais non point inconsolable… Elle interprète ce personnage de femme déchirée, répétant combien elle a peur pour son fils, combien il lui manque – *Je ne l'ai point encore embrassé d'aujourd'hui !* –, cependant qu'elle sent au creux de son ventre la palpitation de l'enfant à naître. L'enfant de celui qui écrivit pour elle cette tragédie. De cet homme qui l'arracha à Molière (père détestait Molière, m'a glissé mon frère) afin de la faire engager dans la troupe de l'Hôtel de Bourgogne. Marquise-Andromaque ne survit pas longtemps à ce succès retentissant, la voici grosse à nouveau, non elle ne veut pas de deux enfants aussi rapprochés – sa santé, sa carrière –, le fœtus disparaît, et elle avec. Qui donc s'est procuré, qui a payé la potion abortive, la mortelle potion entraînant mère et enfant dans le même désastre de chairs meurtries, de spasmes et de souffrances, de flots de sang qu'on ne peut endiguer ? Mon père ? Brusquement me revient la petite phrase de son testament – les scandales de ma vie passée –, et ce terme de "scandales" remplaçait un mot soigneusement biffé. Crimes ? Mon père, coupable, malheureux, envoyant un intermédiaire quérir cette drogue dangereuse ? Gangrené par le remords après le décès de Marquise ? Mais non, je divague, c'est elle qui l'a achetée, cette potion, une affaire de femmes bien sûr, de tout temps ce fut une affaire de femmes.

Hier, j'ai rendu visite à Mme de Joncoux. Toujours digne, courtoise, mais devenue aussi transparente que l'était sa fille. Le noir, il est vrai, accentue la pâleur. Elle était en compagnie de Mlle de Théméricourt, qui commençait à trier les manuscrits laissés par Françoise. Une tâche ardue. Par testament – un testament datant de janvier dernier, a souligné sa mère, à croire qu'elle pressentait ! –, Françoise les a légués à l'abbaye bénédictine de Saint-Germain-des-Prés, qui possède une importante bibliothèque de textes anciens. Dans ce lieu, les originaux et les copies provenant de Port-Royal seront en sûreté, soigneusement archivés et conservés. Françoise en a fort bien décidé, estiment-elles toutes deux. D'ailleurs, a ajouté Mlle de Théméricourt, de la sorte les manuscrits demeureront au sein de l'ordre de Cîteaux.

A présent, c'est Mme de Joncoux qui se charge d'écrire à la mère Du Mesnil. La dernière prieure de Port-Royal est toujours enfermée chez les ursulines de Blois. Et toujours privée des sacrements. Depuis huit ans ! La mort de Françoise l'a vivement atteinte et j'ai senti Mme de Joncoux très inquiète à son sujet. Elle s'est excusée auprès de moi d'avoir brutalement évoqué la fille bâtarde de mon père, elle était tellement perturbée le soir de l'enterrement... Mais non, lui ai-je affirmé en la rassurant, il me convient d'apprendre à aimer l'homme que fut Jean Racine et non pas seulement le père que j'ai connu – ou que j'ai pour une part inventé. Selon elle, ce dernier était complètement effondré tandis qu'il suivait le convoi funèbre de sa maîtresse. Marquise Du Parc la très belle la très blonde, aimée de Corneille, Molière et Racine. Non sans quelque malignité, Mlle de Théméricourt a ajouté : Deux ans plus tard, la Champmeslé créait le rôle-titre de *Bérénice*, et sans doute l'auteur était-il plus que consolé.

Nous sommes reparties ensemble. Elle a essayé de me réconforter. Oui oui, elle s'efforce de renouer les liens afin de correspondre clandestinement avec les amis des Pays-Bas, dès qu'elle aura établi une filière sûre, elle s'enquerra du texte de mon père. Mais j'ai bien senti qu'elle avait en tête d'autres soucis, beaucoup plus importants. Comme le faisait Françoise, elle soutient avec acharnement les membres du clergé qui s'opposent à la bulle pontificale, son cousin est d'ailleurs à la tête de ce mouvement. La partie n'est pas encore gagnée, a-t-elle reconnu.

Et puis, dans la rue Saint-Jacques, elle m'a stupéfiée. Elle a désigné les enseignes des libraires-imprimeurs, très nombreux lorsqu'on approche de la Seine. Tenez, là sur la droite, à l'enseigne de *La Mule*, voici Desprez, l'éditeur des *Pensées*, le principal libraire de Port-Royal. Il a édifié sa fortune grâce au succès de leurs publications. Tout en courant des risques, il faut le reconnaître, saisies, amendes, arrestations. Son fils lui a succédé.

Soudain, elle m'a regardée, arborant crânement un air de défi joueur :

— Vous savez quoi ? Vous entrez et vous leur déclarez, tout uniment : Je suis la fille de M. Racine, n'auriez-vous pas dans vos réserves un manuscrit en attente d'être publié, son histoire de Port-Royal ?

— Mais c'est invraisemblable !

— Non. On peut imaginer que le médecin Denis Dodart aurait trouvé bon de confier ce texte à l'homme réputé être un des meilleurs libraires parisiens, celui qui édita l'essentiel des œuvres et des traductions rédigées par ces Messieurs les Solitaires. En 1704, lorsque Denis Dodart s'est senti menacé, Desprez père vivait encore.

Je l'ai regardée, perplexe :

— Mais pourquoi pas vous, puisque vous venez d'en avoir l'idée ?

— Parce que j'ai une dizaine d'années de plus que vous, ce qui me rend malaisé de passer pour la fille de M. Racine.

— Non, non, je n'ose pas !

Silencieuses, nous avons poursuivi notre promenade jusqu'à la Seine. Je m'en voulais de manquer d'audace mais pareille démarche était au-dessus de mes forces… Brusquement, guillerette, Mlle de Théméricourt a fait demi-tour – "allez, je tente le coup !" Je l'ai attendue à l'extérieur, amusée, angoissée à la fois. Elle est ressortie, pouffant telle une gamine.

— Ils m'ont regardée comme si j'étais folle : Vous pensez bien que M. Racine, historiographe du feu roi, n'aurait jamais pris le risque d'être l'historien de Port-Royal !

Eh si… Nous avons décidé d'en sourire. Et nous avons arpenté les berges de la Seine, allant et venant en face de l'Hôtel-Dieu, de Notre-Dame, allant et venant dans le temps puisque telle est la passion de Mlle de Théméricourt, reprendre, célébrer – compléter peut-être – la geste de Port-Royal. Des Champs, elle se souvient à peine, m'a-t-elle avoué, elle y a séjourné si peu de temps, durant sa huitième année. D'ailleurs, et elle insistait là-dessus, l'essentiel exsude des écrits plutôt que des lieux (non non, en moi affleuraient des images tenaces, une pâle lueur hivernale sur les tombes à l'intérieur du cloître, la résonance des cloches dans la conque du vallon, une sœur converse priant à genoux sur la paille de l'étable), et, affirmait-elle, c'est à partir des textes qu'il faut la faire fructifier, cette mémoire, la transformer en légende, parfois même au prix de quelque invention, si l'imaginaire ne s'en mêle pas les manuscrits cesseront de nous parler et mourront à leur tour. Sur le moment je ne suis pas certaine d'avoir compris, et puis je me suis souvenue. Lorsqu'on me narrait ce fameux épisode – la jeune mère Angélique empêchant son père d'entrer dans la clôture –, oui, j'avais senti que déjà le récit s'était étoffé, métamorphosé, à travers une ou deux générations de conteurs. Et moi, comment le relaterai-je à mes filles ? Louise et Angélique trouveront probablement cette anecdote sans intérêt – des vieilleries, maman, comme vos fantômes !

Et Mlle de Théméricourt de repartir, volubile, sur les histoires de famille liées à Port-Royal. Les Arnauld, bien évidemment, sur trois générations, un clan tentaculaire, on ne les compte plus ! Du côté des Racine, votre père a eu aux Champs une grand-mère, puis une tante (puis une fille, ai-je failli ajouter, même si ce fut brièvement). Alliés de près à votre lignée comme à Port-Royal, les Vitart de La Ferté-Milon, ils ont accueilli les Solitaires chassés des Champs et vous savez combien Nicolas Vitart a soutenu votre père en maintes occasions, notamment financièrement lorsque M. Racine commençait, non sans difficulté, sa carrière de poète (je l'ignorais, encore une de ces obscurités de la transmission familiale). J'allais oublier les Pascal et les Périer... Et savez-vous ce qui me frappe ? Un des membres peut bien s'être voué à Dieu et à une existence monacale, avoir farouchement tourné le dos au monde, s'être arraché en apparence aux liens de la chair et du sang, l'attache originelle demeure, essentielle. Prenez Angélique de Saint-Jean Arnauld d'Andilly, cette religieuse si forte, si rigoureuse. Eh bien, elle meurt trois semaines après son cousin germain, Isaac Le Maistre de Sacy, pour lequel elle nourrissait une tendresse toute particulière. Avant de trépasser, elle recommande au secrétaire de Sacy de rédiger la *Vie* de ce dernier. Cette femme a toujours eu le souci d'élaborer et de transmettre la chronique de Port-Royal, en partie confondue avec celle des Arnauld... Et j'allais oublier, dix jours plus tard, un frère de cette même Angélique de Saint-Jean succombe à son tour. Trois disparitions en cascade dans la même lignée, en un mois ! La grille de la clôture n'empêche le passage ni de l'amour ni de la mort.

— Et du côté des Pascal ?

— Blaise Pascal était déjà très affaibli lorsque sa sœur a été inhumée aux Champs. Dans les mois précédents, il n'avait même plus la force de faire le trajet depuis Paris pour la venir voir, et pourtant comme elle lui était nécessaire ! Il ne lui aura survécu que de dix mois.

ESDUNE

20 août 1662

C'est dur de cuisiner lorsque le maître qu'on sert et nourrit ne vous dit jamais : C'est bon. Ni c'est mauvais d'ailleurs. Une indifférence à l'égard de tout plaisir. Une résistance farouche plutôt. Des fois je me suis demandé si M. Pascal avait jamais connu ceux de la chair, ce serait bête de décéder à trente-neuf ans en étant passé à côté. Il est mort hier. Aujourd'hui, on l'a ouvert. Sa sœur m'a confié que les intestins étaient gangrenés et l'estomac complètement flétri. Vous croyez que c'est agréable, ça, pour la cuisinière ? Pourtant j'essayais de lui manier une sauce légère, de lui mitonner une viande blanche ou un poulet au verjus. Mme Gilberte m'avait glissé qu'il aimait le verjus. Eh bien, il n'en a pas voulu ! Précisément parce que c'était bon et qu'il refusait de s'accorder du contentement. Mais la cuisinière, elle en a besoin, elle, de contentement ! D'une gratification en paroles, d'un petit commentaire sur son plat, son œuvre. En plus, il calculait de très près les portions dont il jugeait avoir besoin chaque jour et il ne fallait surtout pas que je dépasse, tout était réglé strictement, moins par économie que par continence. Allez cuisiner dans ces conditions ! Un homme constamment en proie à la souffrance. Des crises de convulsions, parfois même il tombait en catalepsie. Et des maux de dents, de tête, d'entrailles, atroces. Migraines et douleurs de ventre, souvent on dit que ce sont maladies de femmes. Moi, ces convulsions et ces coliques, je trouvais qu'elles ressemblaient à celles des enfançons. Soudaines, incontrôlables, et pour les diarrhées, à jets et spasmes continus. J'estimais qu'il perdait de la sorte quantité d'eau et qu'il convenait de lui en redonner. Et moi de lui confectionner sitôt une bonne soupe de poireaux. Eh bien, rien à faire, tout liquide lui répugnait ! Lorsqu'il parvenait à en avaler un peu, c'était goutte à goutte et en surmontant un violent dégoût. Je me suis souvent posé la question : mais qu'est-ce qu'il avait donc avec les liquides ? Mme Gilberte m'avait raconté. Autrefois, à Rouen, il avait mené quantité d'expériences extraordinaires, avec des liquides précisément, de l'eau, du vin rouge, de l'huile et du vif-argent, plein d'expériences dans de grands tubes. Eh bien, ses tubes, ses tuyaux à lui, en dedans, ça divaguait. Le génie dans la tête et la folie dans le corps. A mon avis, il pouvait bien s'acharner à démontrer qu'il y avait du vide, le grand vide premier, c'était en lui. La mort de sa mère lorsqu'il avait dans les trois ans ? J'ai fini par avoir connaissance de l'étrange histoire qui mijotait dans cette lignée. Souvent, les servantes, les gouvernantes, elles vous colportent ce genre de récits, il est probable qu'elles les arrangent à leur façon, c'est comme les recettes, hein, on les transmet en modifiant, on retranche ou on ajoute à sa façon, et donc le petit Blaise avait un an ou deux lorsqu'une méchante femme lui avait jeté un sort (un conte, vous dis-je), depuis, dès qu'il voyait de l'eau, il se mettait à hurler et au même âge, paraît-il, il braillait tant et plus ou bien il était pris de convulsions lorsque père et mère s'embrassaient devant lui. Même que je me suis demandé s'il n'y aurait pas un lien, mais lequel, entre cette horreur du liquide et papamaman s'enlaçant en sa présence. Une idée stupide ? Pas plus que cette histoire de sort... J'ai servi dans quantité de maisons et j'en ai entendu ! Les familles, faut voir comment elles vous mitonnent des légendes, horribles ou merveilleuses, sur leurs précieux rejetons. Vrai ou pas, peu importe, c'est ce qui est dit et redit d'une génération à la suivante, c'est ça qui marque. Bref, le petit Blaise était quasiment à l'agonie et son père avait payé très cher afin de faire annuler ce sort, on avait déplacé la malédiction sur un chat (c'est vrai qu'ils ont horreur de l'eau), un chat qu'on aurait ensuite sacrifié en le jetant par la fenêtre, pauvre bête, là encore ça me paraît très suspect parce qu'un chat, à l'inverse des hommes, ça retombe toujours sur ses pattes. Passons. Fallait qu'il y ait de la mort, du meurtre, à l'origine, on dirait. Moi, j'aimerais pas qu'on ait tué un autre à ma place, ne fût-ce qu'un chat, c'est un sale départ dans la vie, ça, même si ce n'est qu'un conte de bonnes femmes. Et par là-dessus, la disparition de la mère... De toute façon, le truc du chat, ça n'a pas vraiment marché puisque, trente-six ans plus tard, lorsque je confectionnais un excellent bouillon pour M. Blaise, ça ne passait toujours pas, son estomac le refusait. Le corps se souvient. A mon avis, le chat en a réchappé mais pas M. Blaise. Cet homme, c'est comme s'il avait eu besoin de se détruire lui-même, le bon qu'on essayait de lui donner, il le transformait en mauvais. C'est curieux, tout de même, les familles. Celles-là, les Pascal, les Périer, les uns et les autres originaires d'Auvergne, comme les Arnauld, chacun affirme que ce sont personnes d'un grand esprit, gens de robe aimant la loi, et le beau langage, réputés pour leur vertu et leur piété des plus solides. Quant à M. Pascal, il fut un savant très précoce et très célèbre, m'a expliqué Mme Gilberte. Eh bien, voilà qui n'empêche en rien les maladies incompréhensibles, les délires et ravages à l'intérieur du corps, la folie, la sorcellerie. Et même les miracles… Je me souviens, c'était il y a six ans, oui en mars 1656, leur trop fameux Port-Royal était attaqué (à mon sens, ces filles de Port-Royal, des saintes peut-être, des faiseuses d'histoires sûrement) et donc M. Blaise rédigeait ces fameuses lettres contre les jésuites dont on parlait tant, et voyez le beau hasard ! Au même moment, sa nièce, la deuxième fille de Mme Gilberte, cette Marguerite Périer de dix ans, pensionnaire à Port-Royal de Paris, eh bien la voilà soudain guérie d'une fistule purulente à l'œil. Et où ça se passe ? Ben pardi, en l'église de Port-Royal, par application d'une épine de la sainte couronne sur ladite plaie… Triomphe des jansénistes, mine et queue basses des jésuites. Depuis, la famille Périer a pour blason un œil entouré d'épines et M. Blaise possédait un sceau constitué de même, qu'il ne quittait jamais. Je me demande s'ils vont l'enterrer avec, ce sera à Saint-Etienne-du-Mont, m'a dit tout à l'heure Mme Gilberte en larmes. Moi, je me méfie de toutes ces histoires, le mauvais œil sur l'enfançon, l'œil de la nièce soudain guéri. Parfois, de la magie au miracle, du diable au bon Dieu, je ne sais trop, je préfère garder mes réflexions pour moi… Et puis ce n'est pas gai la maison d'un très grand malade, on murmure, on marche à pas feutrés, on pose tout doucement ses poêles et ses marmites sur le feu. Depuis des mois, M. Blaise ne se déplaçait plus qu'avec des béquilles et dans les derniers temps seul le lait d'ânesse le soulageait un peu. Mais pas mes bouillons, non, pas mes bouillons ! De toute façon, lorsque j'ai appris le décès de sa sœur Jacqueline, là-bas dans ce trou des Champs, je me suis dit : Il n'en a plus pour longtemps. Dix mois. Sa sœur, son double féminin, son miroir de l'autre côté de la clôture. Lorsque le miroir se brise, la vérité du néant surgit, le gouffre se creuse, M. Pascal disparaît. Comme dans les contes, on n'en sort pas…

Je ne l'ai pas vu après le décès mais on m'a montré le masque mortuaire. Eh bien, c'est étrange, il sourit ! Enfin, presque. Un sourire que je n'avais jamais aperçu de son vivant. Il se peut qu'il soit heureux, enfin. A chacun sa jouissance.

C'était un bon maître, cependant. Par testament il m'a laissé une pension de cent livres tournois par an, pour le reste de mes jours. Tout de même, il a pensé à moi.

MARIE-CATHERINE RACINE

décembre 1715

Blaise Pascal décédant quelques mois après sa sœur. Angélique de Saint-Jean suivant de très près son cousin Isaac. Des histoires de famille, Port-Royal, semblait suggérer Mlle de Théméricourt. Des histoires d'amour ? Vous savez, insistait-elle, Isaac Le Maistre de Sacy fut le directeur spirituel de sa cousine : vous imaginez la force de l'attachement entre ces deux-là ? Le lien du sang. Le partage des mouvements de l'âme. De la grâce, peut-être ? La fusion dans la grâce... Mlle de Théméricourt s'est brusquement interrompue, comme troublée par ce qui venait de lui échapper.

J'ai survécu à mon père. Je fus enceinte, il est vrai, peu de temps après son décès. En m'arrachant à Port-Royal, à cette infirmerie, ou ce quasi-tombeau comme il disait dans les derniers temps, aurait-il voulu me tirer du côté de la vie, de l'engendrement ? Attendait-il de moi, avant de disparaître, son premier petit-enfant ? Et par quel hasard étrange me suis-je trouvée à nouveau grosse juste après son exhumation, moi qui me croyais devenue stérile ?

Parfois je rêve de l'enfant de mon père. Non point de ma "grande sœur", Jeanne-Thérèse. De l'enfant qui n'est jamais né. Mort avec la mère. L'informe, l'innommé. Je voudrais savoir si c'était un garçon ou une fille, je voudrais lui donner un prénom, mais non, impossible, tout se brouille, je n'aperçois qu'un amas visqueux, sanguinolent, et me réveille dans une moiteur d'angoisse. Cette nuit, juste après le retour de ce songe, m'est revenu en mémoire un passage d'*Athalie* : *un horrible mélange d'os et de chairs meurtris*. J'ai compris, avec effroi. Ce qui se confondait dans ma tête, c'était à la fois ce fœtus, évacué il y a bien des années, et les restes de mon père, expulsés des Champs le jour de son exhumation. Les restes ? Ce que j'en imaginais, du moins... Me voici justement au quatrième anniversaire de ce sinistre voyage depuis Port-Royal des Champs jusqu'à Saint-Etienne-du-Mont. Toujours aussi présent, pesant en moi.

Je me suis levée, j'ai cherché l'apaisement en lisant – une fois de plus – *Iphigénie en Aulide*. Et je suis tombée sur ces mots prononcés par Iphigénie apprenant que son père a dû se résoudre à la sacrifier : *Faut-il le condamner avant que de l'entendre ?* Elle a raison, la sage, la douce Iphigénie. Tandis que moi, en rage, j'ai fait le procès de mon père sans qu'il puisse s'expliquer, se défendre. A présent, cette voix paternelle, je ne l'entendrai plus. Avalée par le néant. Sauf dans cet écrit sur Port-Royal ?

MÉMOIRES

Avec une lenteur précautionneuse, Aimée essuyait la poussière sur chaque manuscrit, Mme de Joncoux séparait les copies des originaux, tandis que Mlle de Théméricourt dirigeait le travail de classement. Elle confia à Marie-Catherine un énorme paquet contenant les lettres d'Angélique de Saint-Jean – je vous laisse le soin de les mettre dans l'ordre chronologique, elles se sont mélangées, je ne sais pourquoi… Une odeur de renfermé et de chandelle émanait de ce dossier, aussitôt Marie-Catherine dériva : presque celle de son dortoir, aux Champs, dix-huit ans auparavant. Une écriture acérée, mais quand donc ces femmes astreintes à un emploi du temps aussi dense et rigoureux trouvaient-elles un moment pour rédiger missives, mémoires, requêtes, règlements ? En pleine nuit, au retour de matines ? Sans rien dans le ventre… Marie-Catherine repéra une recette de coings confits dans le miel – une livre de miel pour trois livres de coings –, tiens il faudra que j'essaye, cette Angélique de Saint-Jean pouvait passer du plus ordinaire au plus élevé : "Quiconque ne renonce pas à tout, et à sa propre vie, ne peut être disciple de Jésus-Christ." Non, Marie-Catherine n'avait pas le souvenir d'avoir entendu des préceptes aussi rigoureux lors de son bref séjour aux Champs – ou l'aurait-on épargnée, sachant que, très probablement, elle ne passerait pas sa vie en ce lieu ? Tout en constituant des liasses par mois puis par année, elle revit les deux cognassiers rustiques, l'air tordus, rabougris mais coriaces – comme certaines des moniales les plus âgées –, non loin de la porte de Longueville. A l'automne, avec une sœur converse, elle avait rempli plusieurs paniers de leurs fruits.

Mlle de Théméricourt contempla la quantité de documents éparpillés sur le parquet :

— Eh bien, nous avons encore du pain sur la planche ! Vous vous rendez compte, une bonne partie de Port-Royal, de sa mémoire, gît là…

— Il reste plusieurs lots de paperasses au grenier, rappela Mme de Joncoux.

— Je monte voir avec Aimée.

Marie-Catherine poursuivit sa répartition. Angélique de Saint-Jean s'était adressée à quantité de personnes. A son père, M. Arnauld d'Andilly – tiens, elle aussi attendait avec impatience la venue de ce dernier à Port-Royal des Champs. A une postulante, arrachée de force au monastère. A la sœur aînée de M. Pascal, Mme Gilberte Périer. A bien d'autres. Dans un courrier à une amie restée dans le monde, la mère Angélique de Saint-Jean racontait le vol, en pleine nuit, du linge que les sœurs avaient mis à blanchir sur l'herbe, dans le jardin (était-ce la pleine lune ?). Vol dont elle avait l'esprit de sourire : "Dieu nous garde de plus grande perte." A cette même amie, elle relatait que le rhume de la prieure avait guéri en se transformant en rhumatisme. Tiens, comme si les humeurs s'étaient déplacées ? se demanda Marie-Catherine. Il me faudra interroger Claude Dodart sur cette métamorphose d'une maladie en une autre.

Tout en vérifiant les dates, elle laissait travailler en elle une mémoire différente, flottante. Les autres, qui n'avaient pas séjourné aux Champs – sauf Mlle de Théméricourt enfant –, ne pouvaient la partager avec elle. Des fragments, des impressions mouvantes, rameutés par les effluves des papiers étalés. Les parfums de la tisanerie, la tiédeur douillette de l'infirmerie. Une ondulation blanc et noir traversant le cloître dans une calme lumière automnale. Le bruissement lointain du Rhodon. Le regard de sa grand-tante Agnès Racine, posé sur elle, attendri, attentif… Dans une autre missive, Angélique de Saint-Jean affirmait : "Tout le temps n'est rien ni ce qui s'y passe, il ne faut aimer ou craindre que l'éternité." Ce dépouillement, cette exigence d'absolu effrayèrent quelque peu Marie-Catherine – aurait-elle supporté d'être novice sous la direction de cette femme ?

Aimée et Mlle de Théméricourt revinrent, les bras chargés de manuscrits. Au grenier la poussière s'était accumulée, Mme de Joncoux éternua, Aimée ouvrit la fenêtre et se remit à épousseter. Le soleil d'avril éclairait la table sur laquelle Marie-Catherine travaillait, une autre phrase se détacha : "Il n'y a que Port-Royal et les lieux de son ressort exempts de cet air si corrompu qui règne aujourd'hui dans le monde." Troublée, elle faillit lire ce passage à haute voix et demander aux autres leur opinion sur pareille assertion. La pureté à Port-Royal, la souillure partout ailleurs ? Tout de même, en cette année 1659, il devait exister d'autres couvents exemplaires, ou du moins bien réglés ? La conviction d'Angélique de Saint-Jean la mettait mal à l'aise mais elle préféra se taire. Mme de Joncoux, encore fragilisée par le deuil, serait sans doute blessée par toute réticence à l'égard du monastère tant défendu par sa fille.

Marie-Catherine poursuivit son labeur, à nouveau des bribes de souvenirs affleuraient. Le ronronnement des prières. Un soir de février, une étrange lueur d'étain sur le canal, figé au milieu du jardin. Des odeurs de sous-bois rabattues par le vent sur le potager. Autour du colombier, des claquements d'ailes, mats, précipités. Les relents émanant des sœurs les plus âgées. Dans les tableaux de M. de Champaigne, songea-t-elle, le blanc cassé des vêtements est si beau, dense et doux, une crème épaisse imprégnée de lumière, devenant crème au caramel dans la douceur ombreuse des plis. Sur cette blancheur se détache avec intensité, violence même, la croix de souffrance et de sang, d'un si vif écarlate. Ces robes peintes par M. de Champaigne font oublier les corps, les annulent presque, mais dans la réalité, Marie-Catherine se le rappelait avec précision, les remugles étaient puissants, on ne se lavait guère, surtout en hiver, sous la tunique en ratine le linge était changé une fois par semaine, les chemises de serge irritaient la peau, oui, cela sentait à la fois l'extrême vieillesse et le nourrisson – petit-lait, haleine surie et sueur macérée...

Elle sursauta, la voix de Mlle de Théméricourt jubilait :

— Ah, voici les notices nécrologiques ! De la sorte, tous les noms des moniales sur plus d'un siècle sont répertoriés. Je me demande si je les classe par ordre alphabétique ou bien chronologique.

— Je retourne au grenier, annonça Aimée, plusieurs paquets sont encore à descendre.

Marie-Catherine l'accompagna. Elle dut se mettre à genoux pour ramasser des liasses tombées derrière un coffre, se releva, ses yeux tombèrent sur un titre – *Histoire abrégée de Port-Royal* –, elle poussa un cri, s'empara de ce texte, bondit, dégringola l'escalier à toute allure, Aimée sur ses talons, et déboula dans le salon, je l'ai je l'ai, il avait été oublié là-haut, je l'ai trouvé ! Mlle de Théméricourt ajusta calmement ses lunettes, feuilleta et secoua la tête, navrée :

— Eh non, ceci est la copie d'un ouvrage paru en 1698. Il se pourrait bien, d'ailleurs, que M. Racine l'ait consulté lorsqu'il rédigeait le sien. Mais d'après ce que m'avaient dit Claude Dodart et Françoise, le titre exact choisi par monsieur votre père était quelque peu différent : *Abrégé de l'histoire de l'abbaye de Port-Royal*.

Marie-Catherine s'effondra dans un fauteuil, très pâle, yeux clos. Aimée lui apporta du thé, Mme de Joncoux déplora que sa provision de chocolat fût épuisée, c'eût été plus reconstituant. J'espère bientôt renouer les liens avec nos amis d'Amsterdam, affirma Mlle de Théméricourt en essayant de réconforter Marie-Catherine, ne désespérez pas, il nous reste encore cette piste. Marie-Catherine se ressaisit, s'excusa en s'efforçant de plaisanter, décidément elle avait l'art de se trouver mal lorsqu'elle venait ici, mais cette fois, non non, elle n'était pas grosse.

Mme de Joncoux fit diversion en leur montrant les nombreuses lettres reçues par Françoise dans les mois précédant sa disparition. Elles provenaient de membres du clergé, y compris d'évêques, qu'elle avait incités à s'opposer publiquement à la bulle pontificale. Parfois, ignorant son identité, ils l'appelaient "monsieur" et félicitaient pour la vigueur et la rigueur de l'argumentation. Marie-Catherine découvrit que Françoise, outre celui de "l'Invisible", détenait d'autres pseudonymes, masculins et féminins. Dont celui de "la Sibylle". Mystérieuse, étonnante Françoise, se dit-elle, tout de même M. d'Argenson, si bien informé de tout, devait être au courant de ces correspondances secrètes, pourquoi avait-il fermé les yeux ? Et pourquoi avait-il accepté de lui livrer cette quantité de documents que nous trions en ce moment ? Encore une énigme entourant "le Petit Coq", "la Sibylle", "l'Invisible".

Mlle de Théméricourt jeta un coup d'œil circulaire :

— Je crains qu'il ne nous faille encore deux ou trois séances pour achever ce classement. Votre salon sera encombré durant quelque temps.

— Peu importe ! Je veux avant tout accomplir les volontés de ma fille. Et au cas où je disparaîtrais bientôt, je souhaiterais que chacune de vous prenne sous sa protection certaines des religieuses expulsées. Quelques-unes ont été autorisées par le cardinal de Noailles à revenir dans le diocèse de Paris mais la plupart, dont la mère Du Mesnil, vivent toujours reléguées. Et le demeureront, j'en ai peur, jusqu'à leur mort.

A la fin de l'après-dînée, Marie-Catherine repartit donc sans le texte de son père mais avec la charge de la sœur converse Agnès Forget. Laquelle, leur avait raconté Mme de Joncoux, avait été transférée de Rouen à Amiens, en l'abbaye du Paraclet, où elle était traitée comme une pestiférée, persécutée par de misérables tracasseries. L'absence de charité entre personnes de la même religion finirait par m'éloigner de celle-ci, s'avoua Marie-Catherine. Non bien sûr, elle ne dirait rien de ce mouvement d'humeur à M. de Moramber et continuerait à veiller sur les leçons de catéchisme de Louise et d'Angélique. La sœur Agnès Forget ? Mais oui, ce visage rond et tavelé, la cinquantaine à l'époque, c'est en sa compagnie qu'elle avait cueilli les coings ! Cinq mois plus tard, elle lui avait donné un coup de main pour le grand nettoyage de printemps. Toutes deux avaient secoué, aéré les paillasses

– les matelas, se souvint-elle, étaient réservés aux malades et aux infirmes. Elle avait été impressionnée par le long couloir sonore, par la quantité de cellules vides. Dans chacune, un crucifix solitaire sur le mur chaulé, la densité du silence, le désert. Pourtant la sœur Agnès Forget, nourrie d'espérance, lui avait affirmé, gaiement : Bientôt le monastère sera autorisé à reprendre des novices, et vous serez l'une des premières ! Une semaine après, Jean Racine retirait sa fille des Champs. Tout en descendant la montagne Sainte-Geneviève, Marie-Catherine se demanda ce qu'il en était, à présent, de la vertu d'espérance chez la sœur Agnès Forget.

MME DE MAINTENON

avril 1716

Les nouvelles du monde viennent battre contre les murs de Saint-Cyr et de ma surdité. Des courriers, de rares visites depuis que je me suis retirée ici. Quatre-vingt-un ans, insomnies, fièvres et faiblesse, tristesse et paresse, les incurables maux du grand âge.

Huit mois, déjà, depuis la mort du roi.

Récemment, par autorisation du régent, *Athalie*, cette pièce écrite autrefois pour moi, a été créée à la Comédie-Française. Elle a remporté un grand succès. A mes yeux la plus belle tragédie de M. Racine, si seulement elle provoquait quelques conversions... Voilà qui pourrait racheter son auteur d'être allé se faire enterrer à Port-Royal des Champs. Après tous les bienfaits du roi, et les miens !

Quant aux affaires de l'Eglise, elles sont toujours aussi embrouillées. Quelques évêques protestent contre la bulle pontificale, nombre de curés les soutiennent, on aurait collecté, m'a-t-on rapporté, plus de trois mille signatures d'opposants, mais de quoi se mêlent les gens maintenant ? Que de troubles ces jansénistes auront provoqués, et ce n'est pas terminé. Le cardinal de Noailles a autorisé quelques-unes des religieuses exilées en 1709 à revenir dans son diocèse. Les voilà libres, quasiment, quel danger ! Certaines ont rétracté la signature par laquelle elles avaient souscrit au formulaire, prétendant qu'on la leur avait extorquée par des pressions réitérées, l'isolement, les menaces et la privation des sacrements. L'orgueil et l'opiniâtreté de ces filles sont inconcevables. A leur âge, et dans leur situation, on se cloître dans le silence ! Que fais-je d'autre, moi qui fus presque reine ? Ce Noailles, dans sa mansuétude, a sans doute éprouvé quelques remords après les exhumations et la destruction. Et dire que c'est moi qui l'avais fait nommer archevêque de Paris – encore une de mes erreurs stratégiques... Enfin, j'ose espérer qu'on ne verra point Port-Royal rétabli, ce serait le comble ! Non tout de même, je ne crois pas : le régent est trop habile politique pour ne pas ménager les jésuites. Je l'ai haï mais j'ai assez d'esprit pour reconnaître le sien.

Oui, il fallait absolument anéantir ce monastère et ce parti. Reste à les extirper des mémoires... Je me souviens trop de cette période où je prenais connaissance des papiers saisis à Bruxelles après l'arrestation de ce Pasquier Quesnel si prolifique. Fastidieuse lecture mais fort éclairante sur l'étendue et les ramifications de cette pieuvre qu'est le réseau janséniste. Tant de correspondants, de boîtes à lettres secrètes, de noms codés, de circulations de textes. Tant de traces...

Tout de même, avant de mourir, j'aurais aimé savoir qui était cet homme dissimulé sous le pseudonyme de "l'Invisible".

Les piles de manuscrits encombraient le salon. Mme de Joncoux commençait à ne plus pouvoir supporter leur présence – qu'ils partent qu'ils partent ! – tout en appréhendant le moment de la séparation. Vigilante, lunettes dérapant sur son museau de musaraigne, Mlle de Théméricourt vérifia une dernière fois : nécrologies, épitaphes, lettres, relations de captivité, récits de vie, de mort, requêtes, procès-verbaux et mémoires divers. Elle remonta ses lunettes d'un geste sec et dicta à Marie-Catherine l'intitulé des étiquettes destinées à être apposées sur les caisses.

Madeleine Horthemels les rejoignit, elle apportait des tirages récents de ses gravures, elle souhaitait les joindre aux manuscrits – si jamais les persécutions et les saisies recommençaient... Bien sûr, bien sûr, murmura Mme de Joncoux, de plus en plus nerveuse. Voir partir les textes qui avaient tant occupé la vie de sa fille constituait une épreuve à laquelle une autre venait de s'ajouter. Il y a peu, elle avait appris la disparition de la dernière prieure de Port-Royal. Chez les ursulines de Blois, la mère Du Mesnil était morte, sans les sacrements, inhumée sans chants ni cloches, telle une hérétique. Le cardinal de Noailles lui avait écrit à plusieurs reprises, l'incitant paternellement à signer. En vain. Mme de Joncoux songeait à l'horreur de cette agonie solitaire, privée de tout secours spirituel.

On frappa. Aimée fit entrer trois frères convers de l'abbaye de Saint-Germain-des-Prés. Ils montèrent plusieurs caisses. Marie-Catherine jeta un coup d'œil par la fenêtre. En bas, devant le collège de Laon, une charrette et un percheron attendaient. Les documents furent soigneusement répartis. Mlle de Théméricourt vérifia le contenu de chaque caisse, colla les étiquettes, remit aux convers le registre dans lequel elle avait noté les titres – pour aider vos moines archivistes, ils auront encore à accomplir un travail de bénédictin, c'est le cas de le dire.

Blême, Mme de Joncoux regardait les trois hommes refermer les caisses. On cloue derechef le cercueil de Françoise, pensa Marie-Catherine, sept mois après ses obsèques. Les hommes évacuèrent leurs fardeaux, descendant et remontant plusieurs fois, de plus en plus essoufflés. Mme de Joncoux s'effondra dans un fauteuil. Les quatre autres se figèrent dans le silence. L'absence de Françoise emplissait la pièce. Brusquement sa mère se leva, s'empara d'un châle et se précipita dans l'escalier. Aimée, Madeleine, Marie-Catherine et Mlle de Théméricourt s'engouffrèrent à sa suite. Les hommes venaient de terminer le chargement, le convoi s'ébranla. Dans la descente de la montagne Sainte-Geneviève, là où la pente devenait très raide, le cheval s'arc-bouta, muscles bandés, œil inquiet. Tout le poids de Port-Royal, d'un siècle de Port-Royal, sur le râble. Fraternel, un des convers lui parlait doucement, le calmait, l'encourageait – là là, tiens bon, c'est bientôt fini. En bas de la côte, il le fit tourner sur la gauche, en direction de la rue Galande. Marie-Catherine donnait le bras à Mme de Joncoux qui pleurait, calmement, continûment.

Enfin, murmura Aimée à l'oreille de Marie-Catherine. Laquelle, en apercevant les enseignes des libraires dans le bas de la rue Saint-Jacques, ne put s'empêcher de se demander lequel d'entre eux pourrait bien receler l'ouvrage de son père. Elle se surprit à rêvasser sur le bonheur d'en faire exécuter plusieurs copies puis de déposer l'original à Saint-Germain-des-Prés – chimère, elle se fustigea pour sa stupidité ! Plus loin, rue Saint-André-des-Arts, un encombrement les contraignit à s'arrêter. Les passants jetaient un œil surpris sur ce convoi incongru. Une charrette surchargée, trois religieux en robe de bure et cinq femmes dont une, la plus âgée, en noir, en larmes. Quant à la plus jeune – coiffe coquine à la dernière mode et grande mante évasée dans les tons pastel –, elle attirait les regards. Qui eût pu deviner que cette charmante personne, habillée dans le style Régence, avait gravé sur cuivre l'existence quotidienne d'austères religieuses du siècle passé ainsi que le plan d'un monastère à présent rasé ? Marie-Catherine contemplait le ciel, quelle chance inespérée ce beau temps vif pour accomplir ce dernier voyage – à supposer que ce fût le dernier, comment en être certaine ? Le percheron repartit lentement, peinant de plus en plus, se frayant un passage à travers des marchands de quatre-saisons. Marie-Catherine leva les yeux vers le clocher de Saint-Germain-des-Prés, elle aimait sa carrure paisible, rustique. Il lui plaisait que les documents en provenance des Champs trouvassent asile en ce lieu entouré d'arbres. La charrette se glissa dans l'étroite rue Abbatiale et s'arrêta à la porte arrière de l'abbaye. Les frères convers entreprirent le déchargement. Apaisée, Mme de Joncoux les remercia, chaleureusement. Sauvée, la mémoire vive de Port-Royal. Accumulée durant tant d'années dans la vallée de

Chevreuse. Arrachée par une femme obstinée à un lieutenant général de police malin et très puissant. Conservée, transcrite. Par elle, par d'autres. A la bibliothèque de Saint-Germain-des-Prés, des originaux et quelques copies. Aux Pays-Bas, quantité de copies. Port-Royal avait quelque chance de perdurer.

Marie-Catherine flanqua une tape affectueuse sur la croupe du percheron, visiblement épuisé – brave bête, va, tu as bien fait ton boulot, et c'était un boulot sacrément important ! Le cheval s'ébroua, une âcreté douce envahit les narines de Marie-Catherine. Mais oui, sueur et pelage échauffé, les relents de l'écurie, rue des Marais ! Vers douze ou treize ans, lorsque son père revenait de la cour, il arrivait à Marie-Catherine de se glisser, à l'insu de sa mère, dans la touffeur troublante de l'écurie. Elle humait les senteurs, elle aimait voir osciller les lourdes masses luisantes – parfois le cocher lui montrait comment bouchonner l'arrière-train avec une poignée de paille –, elle aimait plonger son regard dans ces yeux moirés d'angoisse mouvante. Ces deux chevaux, elle les enviait, ils accompagnaient son père, ils connaissaient les lieux magiques qui lui étaient interdits, Marly, Fontainebleau, Saint-Cyr, Versailles. Elle appuya son front sur l'encolure du percheron, se nourrissant de l'odeur retrouvée. Sursauta. Aimée lui tapotait l'épaule, nous rentrons, vous venez avec nous ? Oui oui... Elle se détacha en douceur. Et songea : Je me détache de l'enfance, et c'est bien qu'il en soit ainsi.

POISONS

MARIE-CATHERINE RACINE

avril 1718

— Grande nouvelle ! Notre ami Claude Dodart vient d'être nommé médecin du roi.

Et Mme de Joncoux de commenter à mon intention. La princesse de Conti l'a fortement appuyé pour l'obtention de ce poste convoité, sans doute en mémoire de Denis Dodart qui la soignait et qu'elle estimait vivement. Comme quoi Louis le quatorzième avait bien fait d'engrosser Mlle de La Vallière puisque, grâce à la bâtarde née de cet adultère, le fils d'un janséniste notoire accédait à une haute fonction. Remarquez, elle n'est pas de tout repos. Un enfant de huit ans, encore fragile. Sans compter la persistance des rumeurs : si le régent, tenant son éternelle tasse de chocolat à la main, rend sa visite quotidienne au petit roi, c'est bien entendu pour l'empoisonner en lui faisant boire de ce chocolat, afin de prendre sa place. Ce petit roi que Claude Dodart avait contribué à sauver lorsqu'il avait perdu père et mère, emportés par la rougeole. Vous vous souvenez, c'était l'année des exhumations aux Champs, en plein hiver... A propos de chocolat, j'en ai reçu récemment d'Amsterdam.

Amsterdam. J'ai espéré, puis déchanté, après que Mlle de Théméricourt a réussi à rétablir la filière avec les Pays-Bas. Non, aucun des exilés n'avait entendu parler d'un écrit de M. Racine sur Port-Royal. Ils avaient enquêté auprès de connaissances sûres, à Utrecht, Amersfoort, et même Cologne. Rien ! Mlle de Théméricourt et Mme de Joncoux ont essayé d'atténuer ma déception, non, ce texte ne pouvait être définitivement perdu, vous verrez, il suffira d'un hasard heureux.

Ces derniers mois, à chacune de mes visites, j'ai remarqué que Mme de Joncoux s'affaiblissait sensiblement. Deux ans et demi déjà depuis la disparition de Françoise... Je l'ai écoutée revenir sur l'enfance de ses filles, sur les années où elle tenait un salon, fréquenté par le petit monde janséniste de Paris, bourgeois et aristocrates, et j'ai découvert une femme beaucoup moins effacée que je n'avais pensé. Il est vrai que Françoise, si vive, si entreprenante, l'éclipsait quelque peu. Et puisque de chocolat on glisse aisément à poison, elle a évoqué une affaire qui éclata dans les années 1679 et 1680 (tiens, ai-je pensé, au moment de ma conception puis de ma naissance). Une histoire terrifiante où se croisèrent, dans une atroce confusion, sorcières, sages-femmes et avorteuses, médicastres douteux, jeteuses de sorts et rebouteux de tout poil. On ne parlait plus que de ces horreurs dans mon salon, a-t-elle ajouté, il était question d'envoûtements, de jeunes enfants enlevés et assassinés, de messes noires, de poudres en tout genre, censées soigner et le plus souvent meurtrières, antimoine, herbe aux puces, arsenic et venin de crapaud. Un bourbier nauséabond, l'envers sombre de ce règne prétendument ensoleillé. De grands personnages appartenant à la cour furent compromis. Dont l'ancienne favorite du roi, Mme de Montespan. Un léger silence, puis :

— Ainsi que Jean Racine.
— Quoi ?

— Eh oui ! Une des principales accusées, la Voisin – elle mourut sur le bûcher –, affirma qu'il avait empoisonné sa maîtresse, Marquise Du Parc.

Non, ne pas défaillir encore une fois ! Je me suis roidie. Mon père assassinant la femme qu'il adorait, la mère de ma "grande sœur" Jeanne-Thérèse ? *Tout ce qu'ont de plus noir et la haine et l'amour…* Non, absurde ! J'en voulais pour preuve la deuxième accusation portée par cette infâme Voisin : M. Racine avait dérobé à Marquise Du Parc, sur son lit de mort, un très beau diamant, une bague. Encore plus aberrant ! Mon père, voleur et meurtrier ? Je n'en croyais rien. Mme de Joncoux non plus. Mais pourquoi a-t-il fallu que me revînt ce terme de "scandales" dans son testament, ce mot substitué à un autre – lequel, lequel ? –, ce terme rayé avec soin, pourquoi ? Egarement, misère, scandales… Puis je me suis souvenue d'une allusion de mon frère à un autre amant de la Du Parc : bonne raison pour tuer mais non pour voler, ai-je songé presque malgré moi – à moins que ce diamant ne provînt de l'amant en question ?

Ainsi mon père avait fréquenté ce monde fastueux et faisandé, parfums et puanteur, ordures et dorures, glissement du philtre d'amour au poison, sperme et sang menstruel mêlés à de supposés remèdes, messes solennelles dans la belle chapelle de Versailles et messes noires, grassement payées par Mme de Montespan, célébrées sur des ventres et sexes féminins – Mme de Joncoux ne m'a épargné aucun détail. A l'époque où toutes ces rumeurs ont pris corps, où le lieutenant général de police enquêtait (ce n'était pas encore M. d'Argenson), mon père, incriminé, venait de m'engendrer. Cette coïncidence m'a troublée. Lorsque la Voisin a été brûlée, je gîtais depuis six mois dans le ventre maternel. Mme de Joncoux a ajouté : Après l'exécution de la Voisin, sa fille a décrit avec une effrayante précision le massacre d'une quantité considérable de fœtus et de nourrissons, leur sang entrait dans la composition des drogues fabriquées par sa mère et vendues très cher…

J'ai réprimé un haut-le-cœur, essayé d'avaler une gorgée de chocolat, rien ne passait. La voix poursuivait, je l'entendais comme du fond d'un puits. En tout cas, il fut établi que Marquise Du Parc avait fréquenté la Voisin, très probablement afin de se procurer des potions abortives. Il s'est dit également que monsieur votre père avait épousé la comédienne en secret et qu'il en était follement jaloux. J'ai tenté de respirer calmement, après tout il ne me déplaisait pas que mon père, marié ou non à Marquise, ait connu la passion et ses fureurs, celles d'Hermione, Eriphile, Phèdre. Passion poison ? De quoi scandaliser Port-Royal et son entourage, effectivement !

— Au bout du compte, il n'a pas été donné suite à l'accusation concernant M. Racine. Elle ne reposait sur rien qui puisse être vérifié. Un non-lieu, en quelque sorte. Rappelez-vous, c'est un peu ce qui s'est passé, il n'y a pas si longtemps, lorsque Philippe d'Orléans a été soupçonné, en même temps que nos amis Guillaume Homberg et Claude Dodart, d'avoir empoisonné la dauphine et le dauphin.

Bien sûr, mais je n'ai pu m'empêcher de m'interroger : ma mère, durant la période où elle m'attendait, avait-elle été au courant de cette monstrueuse accusation ? Ou son époux l'avait-il protégée – et moi par la même occasion – de ces retombées ? Moi qui naquis au moment où mon père venait de l'échapper belle. Et me voilà espérant que mon arrivée en ce monde l'aura un peu consolé du retour inopiné de ces turpitudes anciennes dans son existence bien ordonnée d'historiographe et de père de famille – quelle présomption de ma part…

— L'affaire est restée obscure ou a été en partie étouffée, trop de personnes proches du roi étaient menacées. D'aucuns ont soutenu que la Voisin, afin de se sauver elle-même, aurait exagérément chargé Mme de Montespan. En tout cas, Louis XIV est intervenu afin que son ancienne favorite, mère de ses enfants légitimés, ne puisse être inquiétée. Une partie des dépositions a été soustraite à l'instruction.

— Dont celles concernant mon père ?

— Je ne sais. Le roi a conservé par-devers lui la cassette noire contenant ces papiers compromettants. "Noire" est le terme approprié ! Beaucoup plus tard, il les a brûlés. Les cendres de la Voisin, les cendres des documents impliquant des personnes de qualité, quelle sinistre mixture !

— Et à quel moment Louis le quatorzième a-t-il procédé à cette destruction ?

— Attendez que je me souvienne… Françoise m'en avait parlé, elle avait l'art d'être bien informée dans tous les domaines. Oui, je ne crois pas me tromper, ce fut en juin ou juillet 1709.

1709, l'année sombre, celle du grand gel et de la famine. Un silence, nous nous regardons, devinons que nous pensons l'une et l'autre à une date voisine. 29 octobre 1709, les dernières moniales sont brutalement arrachées à Port-Royal des Champs. A quelques semaines d'intervalle ont été anéantis un monastère tout de pureté et une boîte secrète témoignant des crimes, stupres et fanges éclaboussant de leur ordure grandes dames et hauts personnages. Jean Racine, lui aussi éclaboussé, avait navigué entre ces deux univers.

En repartant, je me suis assise un moment dans l'escalier et j'ai pleuré, calmement. Non plus sur moi mais sur cet homme déchiré que fut peut-être mon père.

La nuit suivante, j'ai rêvé à nouveau de l'enfant de mon père. Celui qui n'est jamais né. Dépourvu de nom, de sexe. Tué par une des drogues de l'empoisonneuse ? Je voulais le ressaisir, lui donner vie mais, comme dans les songes précédents, il se dérobait, visage inconsistant, bouillie visqueuse, *un horrible mélange...* Les deux tueuses, Athalie et la Voisin, se confondaient, l'horreur revenait.

Oppressée, empêtrée de ce rêve, de ces évocations, je me suis levée, en catimini, et suis allée contempler la chevelure d'Angélique, écouter sa respiration. Apaisantes.

La canicule de la fin de juillet 1719 écrasait Paris. Marie-Catherine offrit une citronnade à Madeleine Horthemels qui dessinait, en alternant, les visages de Louise et d'Angélique. De brèves séquences de pose sont préférables avec des enfants, avait-elle déclaré à leur mère, surtout par cette chaleur. Marie-Catherine s'émerveillait de voir affleurer sur le vélin le regard troublant de sa cadette. Etrange et si familier. Angélique se mit à se tortiller, un peu de sueur perlait sur les ailes du nez, il était préférable d'interrompre. Marie-Catherine expédia ses filles à la cuisine, où la servante leur servirait le goûter. Madeleine se resservit de citronnade :

— Il n'est question dans Paris que du décès de la fille aînée du régent. A vingt-quatre ans… Son père est effondré. Cette fois, nulle rumeur d'empoisonnement. La fille de Philippe d'Orléans s'est empoisonnée elle-même, depuis bien longtemps. A force de sans cesse bâfrer, boire et…

Madeleine laissa en suspens. Marie-Catherine avait compris : et forniquer. La graveuse reprit :

— Peut-être est-elle morte d'avoir été l'unique objet d'amour de son père.

Troublée, la fille de M. Racine. Cet amour-là pouvait-il être meurtrier ? *Tout ce qu'ont de plus noir et…*

— Quant à la deuxième fille du régent, elle a pris le voile il y a deux ans, à l'abbaye de Chelles.

— Dont elle est devenue abbesse. Il paraît qu'elle soutient les thèses issues du courant port-royaliste. Ainsi une fille du régent se serait tournée vers l'extrême débauche, une autre vers l'extrême exigence ?

— Dans le cas de l'abbesse, suggéra Madeleine, il se pourrait que ce fût en partie pour s'opposer à son père. Le contrarier, du moins. Puisque le régent, lassé de ces interminables controverses autour de la bulle pontificale tout autant que de l'opposition janséniste, penche à présent du côté des jésuites. Non par conviction religieuse, bien entendu, mais par stratégie politique.

— Récemment, Claude Dodart et M. de Moramber en ont débattu en ma présence. Le médecin déplorait l'intransigeance janséniste, précisément. Il estimait que le cardinal de Noailles aurait pu, autrefois, œuvrer utilement en faveur du monastère des Champs, puis du mouvement gallican à présent, si les amis de Port-Royal ne l'avaient pas acculé à l'impuissance par leur raideur. Pour la première fois, j'ai senti M. de Moramber ébranlé.

— Je le peux comprendre. Dans le "parti", on a le plus souvent préféré la vérité à la conciliation et à la paix. Ce qu'on pensait être la vérité, du moins… Pour revenir à l'abbesse de Chelles, elle aurait fait jouer par ses novices, m'a-t-on rapporté, des tragédies de monsieur votre père. Elle se croit à Saint-Cyr, il y a trente ans de cela !

— Les moniales de Port-Royal doivent se retourner dans leurs tombes.

— Vous semblez oublier qu'il n'y a même plus de cadavres aux Champs.

PÈLERINAGES

Tout au fond du vallon la chaleur grésillait. Cette fois le lieu méritait pleinement son appellation de désert. Ciel plombé, canicule grise. Ce qui avait été un canal d'irrigation n'était plus qu'une tranchée boueuse et nauséabonde. Claude Dodart fit boire son cheval dans le mince filet auquel, en cette fin d'août, se réduisait le Rhodon. Une eau morne, fripée. Il s'assit contre un arbre, contempla l'étendue désolée en face de lui et s'en voulut de ne pas parvenir à reconstituer avec précision l'emplacement des anciens bâtiments. Si vite délités, les murs, la mémoire... L'église n'était-elle pas, autrefois, implantée en droite ligne face à lui ? Ou plutôt légèrement vers la gauche ? Sur la pente abrupte qui montait vers la ferme des Granges, il devina les stries des cent marches. Se sentit incapable de situer la porte de Longueville par rapport à cet escalier rustique. Cette porte non loin de laquelle des chiens avaient apporté en frétillant leur butin d'ossements humains. Sept ans de cela.

Il venait ici pour la dernière fois. A présent, il avait accompli le désir de son père, devenir médecin du roi, et il espérait bien le demeurer jusqu'à sa propre mort. Aux yeux de Jean Hamon, ce Solitaire tricotant sur son âne tout en visitant les malades nécessiteux des environs, cet accomplissement aurait certainement paru dérisoire. Pis même, périlleux pour son salut. Les Solitaires considéraient la cour comme un lieu de perdition. Sans aller jusque-là, Claude Dodart était sans illusion. Philippe d'Orléans ne survivrait pas très longtemps à sa fille trop aimée. Factions et cabales poursuivraient leurs rondes. Lucide, également, quant à son royal patient. Aussi beau que capricieux, flatté par son imbécile de précepteur, Louis le quinzième ne détenait pas les qualités de cœur et d'esprit de son père le dauphin, si soudainement décédé de la rougeole. Claude Dodart ne pouvait oublier ce drame, vieux de sept ans également. Désormais, il préserverait cet enfant dont il n'avait pu sauver le père.

Le cheval broutait une herbe rare. Le médecin épongea sa nuque moite. Et frissonna, bizarrement. Lui revenait le froid mordant de janvier 1684. On avait averti Denis Dodart que la mère Angélique de Saint-Jean était de plus en plus oppressée et fiévreuse. A cause du mauvais temps, le jeune Claude de vingt et un ans avait voulu accompagner son père. Ils avaient dû ferrer à glace, puis avaient failli se perdre sur le plateau, cernés par des bourrasques de neige. Denis Dodart avait estimé préférable que son fils demeurât au parloir, sans doute nombre de moniales se pressaient-elles déjà à l'infirmerie, inutile d'encombrer. L'attente dans la pénombre, l'angoisse. Il entendait la tourière marmonner des prières de l'autre côté de la grille. Plus tard, une sœur était entrée, précipitamment. Aux oraisons avaient succédé les sanglots. Plus tard encore, son père était revenu, blême, les traits tirés. Serait-ce ce soir-là, se demanda Claude Dodart, que j'aurais pressenti combien la profession choisie par moi impliquerait d'avoir à accepter mon impuissance ? Ou étais-je encore trop présomptueux, trop imbu de mon savoir tout frais, pour pouvoir l'admettre ? Très probablement... Deux ans plus tard, je soutenais ma thèse, sous la direction exigeante et bienveillante de Jean Hamon.

Il but à sa gourde, traversa l'espace pelé où s'élevaient autrefois les bâtiments, renonça à repérer des vestiges de fondations. Buta sur une pierre. Blottie tout contre, une touffe de thym desséché. Plus solide que les murailles, cette survivante du jardin des simples ? L'infirmerie avait dû se trouver tout près. Ainsi que l'apothicairerie. Il faillit cueillir quelques brins de ce thym rustique, témoin d'une résistance coriace. Hésita. N'en fit rien. Le cheval hennit. Claude Dodart le rejoignit, monta en selle. Parvenu au sommet de la côte, il ne se retourna pas et prit le trot en direction de Buloyer.

Un début d'octobre tiède et moelleux. Des feuillages encore verts, d'une densité charnue, à peine soutachés de roux. On dirait du raisin chasselas en train de mûrir, se dit Marie-Catherine, cet automne 1719 est d'une exceptionnelle douceur. M. de Moramber chasse avec son fils du côté de Dampierre. A la demande de Marie-Catherine, il les a laissées à la ferme des Granges, elle et ses filles, pour la journée. En contrebas, à l'emplacement du monastère détruit, on brûle des broussailles. La fumée monte en légèreté. Par moments, un coup de vent la fait gonfler telle une voile. A son tour Marie-Catherine se sent légère. Délivrée ? Elle savoure la caresse de l'air, duvet de pêche sur sa peau. Et caresse la nuque d'Angélique, duvet d'enfance.

Laquelle échappe, soudain, et rejoint sa grande sœur. Les deux filles courent partout, excitées, découvrent la grange à foin et le pressoir à cidre. Elles reniflent l'odeur du purin, se penchent sur la béance du puits – oh là là, on ne voit même pas le fond, et c'est quoi cette grande roue ? Ecoutent, silencieuses, recueillies comme si elles étaient à l'église, la sourde rumeur des ruminations dans la pénombre de l'étable.

— Quel âge ont-elles ? demande la mère du fermier.

— L'aînée treize ans et la cadette sept.
— Elles sont belles.

Oui, elles sont belles. Elle a au moins réussi cela, elle la seule descendante de Jean Racine à avoir conçu des enfants. Son petit frère envisage de se marier mais ne semble guère pressé. Récemment, il lui a fait lire le manuscrit d'un long poème, intitulé *De la grâce*. Louis veut le faire éditer. Il serait préférable qu'il fasse des enfants plutôt que des vers, a-t-elle estimé, lorsqu'on porte ce nom et qu'on est dépourvu de génie, on s'abstient de publier.

La vieille femme leur propose de visiter l'ancien logement des Solitaires, occupé à présent par la famille du fermier. Dans ces pièces blanchies à la chaux, le jeune Jean Racine a dormi, prié, étudié, lu et relu Homère, Euripide, Ovide, la Bible. Marie-Catherine s'interroge : la chambre où il dormait avec Antoine Le Maistre et d'autres enfants donnait-elle sur la cour de la ferme ou sur le verger de M. Arnauld d'Andilly ?

— Maman, on a faim ! clament Louise et Angélique.

Marie-Catherine demande s'il serait possible, moyennant une rétribution, de leur servir une collation, le bon air des Champs les a mises en appétit. La fermière s'affaire, les installe autour d'une grande table dans la salle commune.

— Ça tombe bien, je suis tranquille ce midi. Mon fils et le petit valet bûcheronnent. Quant à ma bru, elle ramasse de l'herbe pour les lapins du côté de Buloyer.

Louise et Angélique se régalent avec l'omelette au lard et le lait tiède, rechignent sur la salade de pissenlits. Bientôt, elles piquent du nez et somnolent, le front sur leurs avant-bras croisés.

— Nous nous sommes levées très tôt. De Paris jusqu'ici, il faut dans les cinq heures. Mes filles n'ont pas l'habitude.

— Ah, vous venez de Paris ? Maintenant nous payons les fermages à Port-Royal de Paris. Ces gens de la ville, on ne les voit jamais…

Elle essuie la table, nerveuse, jette un coup d'œil par la fenêtre, reprend :

— Je ne comprends pas pourquoi on a chassé nos religieuses. Dix ans déjà ! Je les aimais bien et puis, avec la cloche, on savait toujours l'heure. Si j'avais besoin d'être soignée, je n'avais qu'à descendre les cent marches. Parfois, une des moniales me faisait une saignée, elle avait appris avec un vieux médecin d'ici, elle s'y prenait très bien. Et elles nous donnaient les tisanes et les remèdes qu'elles composaient avec leurs plantes.

Marie-Catherine se souvient de cette nuit de fièvre et de détresse, à l'infirmerie, lorsque son père était venu la retirer. Sa dernière nuit aux Champs, il y a vingt et un ans de cela. Au petit matin, la sœur infirmière lui avait administré une décoction de sauge et de thym. L'amertume de ce breuvage, de cette période éprouvante, s'est dissipée.

La vieille femme regarde la visiteuse, semble hésiter, se décide :

— Chaque année, surtout en été, des inconnus viennent en pèlerinage. Ils arrivent au crépuscule, discrètement, par petits groupes. Parfois du plateau, le plus souvent par la vallée. Ils laissent les carrioles et les chevaux dissimulés aux alentours, sous le couvert des arbres. Oh, ils ne sont jamais nombreux, une vingtaine tout au plus. Ils passent une partie de la nuit. C'est beau, ces petites lumières qui tremblotent dans l'obscurité. J'entends prier et chanter des psaumes, tout doucement, jusqu'à matines. Ces gens, ils n'ont pas oublié. Moi non plus. J'allume une bougie, j'ouvre ma fenêtre et je prie avec eux…

Elle s'interrompt, se met à faire la vaisselle, reprend :

— Si je vous le raconte, c'est que vous me paraissez une personne de confiance. Mais, surtout, vous n'en parlez à personne, hein ?

— N'ayez crainte, moi aussi je suis ici en pèlerinage.

Marie-Catherine paye, généreusement, sort dans la grande cour – un immense cloître rustique, presque aussi apaisant que l'était celui du bas –, se retourne. A une fenêtre du premier étage, un garçon de seize ans lit, absorbé. Euripide dans le texte grec, décrète-t-elle, *Iphigénie en Tauride*. L'héroïne a échappé au sacrifice, elle n'éprouve plus de rancœur envers ce père qui l'immola aux enjeux du pouvoir. Marie-Catherine sourit. A ce lecteur adolescent qui n'est encore que le petit Racine ? A cette Iphigénie apaisée – ma sœur mon double ? Je suis revenue de Tauride, la contrée du deuil et de l'exil à soi-même. Une étrange contrée, indécise et grisâtre. Là-bas, je m'étais figée dans la position de la victime. Ou, serait-ce presque pareil, dans celle de la fille préférée ? Depuis quelques mois, je m'interroge moins sur la vie de mon père, sa part d'ombre, ses contradictions. Mais je relis ses tragédies, régulièrement. Quasi indifférente à l'intrigue, j'écoute le bruissement soyeux que font entendre ses vers. Parfois un crissement, un déchirement de la soie, annonciateurs de mort ou de folie. Le plus souvent cette soie chantante me caresse, m'enveloppe. Cocon maternel que cette douceur. Oui, il m'aura fallu du temps mais je suis revenue de Tauride. Les cauchemars se sont estompés et je peux à présent me promener ici, respirant pleinement, détendue.

Mère et filles se dirigent vers le replat qui surplombe le vallon. Marie-Catherine savoure la lumière, miel et abricot mûr. Impressionnée, Louise murmure :

— Ce silence…

En contrebas, dans le moutonnement des frondaisons, pointe la toiture du colombier. Pourquoi a-t-il été épargné, se demande Marie-Catherine, parce qu'il abrite des animaux et non des êtres humains ? Les oiseaux, grâce et vivacité, cependant que les hommes, pesamment, aigrement, disputent à propos de la grâce. Haineux, hargneux, ils débattent, fustigent, persécutent, condamnent et emprisonnent, excommunient, exilent les vivants et les morts. Elle songe à la converse Agnès Forget à laquelle elle adresse régulièrement des colis. La sœur remercie, raconte : on la tient à l'écart, comme une hérétique, elle souffre mille mesquineries, on lui sert de la viande lorsqu'elle veut faire maigre par souci de continuer à observer la règle de Port-Royal, ce lieu qu'elle n'a cessé de désigner comme sa patrie. A chaque courrier, Marie-Catherine est émue par cette vieille femme reléguée, tentant de maintenir, humble et silencieuse, les rites, les prescriptions, l'esprit et le temps intérieur qu'elle a connus ici. A soixante-cinq ans, jusqu'à quel âge pourra-t-elle encore résister de la sorte ?

Toutes les trois dévalent la pente. Soudain, la voix perçante d'Angélique :

— Oh, la bizarre petite maison ! C'est quoi, maman ?

— Un ancien ermitage.

Elles s'approchent, en découvrent deux autres, à demi écroulés, tout en bas, entre les chênes et les châtaigniers. L'un d'eux porte encore un toit de chaume, en partie pourri. Il était une fois, raconte-t-elle, des hommes qu'on appelait les Solitaires. Ils avaient choisi de vivre ici. Certains s'étaient regroupés en haut, à la ferme. D'autres avaient préféré bâtir ces minuscules abris où ils vivaient bien tranquilles, à l'écart.

— Et alors, demande Louise, ils étaient vêtus comme on voit dans les tableaux, avec une robe de bure et une grosse corde autour de la taille ?

— Non, ils étaient habillés comme votre père ou votre frère, en plus simple. Ils coupaient leur bois, cultivaient des légumes.

Les filles sont déçues : ce n'était donc pas de vrais ermites, parlant avec les bêtes sauvages, les apprivoisant, les caressant… Non, pas des anachorètes, estime leur mère, mais des hommes qui, au beau milieu du siècle dernier, avaient tenté de vivre différemment. Sans constituer une famille. Sans entrer dans un ordre monastique. Chrétiens austères, refusant parfois de se soumettre à l'autorité ecclésiastique. De quoi déplaire, inquiéter. S'ils ne s'étaient pas incrustés là et surtout si certains n'avaient pas autant écrit, voix retentissant depuis le désert, peut-être le monastère aurait-il perduré, innocemment blotti dans le nid du vallon, abritant des femmes silencieuses… Soudain, deux dates résonnent dans la mémoire de Marie-Catherine. 25 septembre 1609, la jeune abbesse Angélique Arnauld, après avoir rétabli la clôture, interdit à son père de pénétrer. Et le 29 octobre 1709, l'expulsion, définitive. Un siècle plus tard, à un mois près. On n'entre pas. On sort, par la contrainte.

Après avoir exploré deux ou trois cahutes délabrées, Louise et Angélique reviennent, l'air dégoûtées – ça pue là-dedans, c'est plein de crottes ! Les ermites, maintenant, ce sont les belettes et les renards… Elles préfèrent s'amuser à monter et descendre les cent marches tout en les comptant et recomptant. Tu vois, il n'y en a que quatre-vingt-seize ! Mais non, tu t'es trompée, avec celles qui sont effondrées, ça fait bien cent.

Louise finit par se lasser et revient vers sa mère, regard sombre, sourcils froncés :

— Pourquoi vous vous êtes disputés, vous et papa, ce matin dans le carrosse ? Tout ce que j'ai compris c'est que c'était à cause d'une femme.

Marie-Catherine retient un éclat de rire, et rassure son aînée :

— Rien de grave, ma chérie. Il s'agissait d'une femme morte depuis très longtemps.

— Ah bon... Et comment elle s'appelait ?

— Personne ne le sait.

Louise hausse les épaules – encore une de ces bêtises qui occupent les grandes personnes, comme le fantôme du jansénisme... Désombragée, elle repart à ses jeux. Sa mère sourit, eh oui, elle a tenu tête à son époux. Elle s'était enfin décidée à lire les *Confessions* de saint Augustin – à la grande satisfaction de M. de Moramber –, puis s'était arrêtée, se refusant à continuer. Elle était parvenue à ce chapitre où Augustin, venu de Carthage à Milan, répudie sa concubine car il envisage de se marier (une union avantageuse avec une gamine – plus jeune que Louise ! –, d'excellente famille bien entendu). Il renvoie donc sa compagne mais garde leur fils. Marie-Catherine en avait été indignée : cette femme dépouillée de tout, quittant l'homme aimé, contrainte d'abandonner son unique enfant, s'en allant vers l'Afrique et la solitude... Augustin précise qu'elle fait vœu de chasteté, mais lui, qui projette de convoler, il s'en garde bien ! Vous exagérez, avait objecté M. de Moramber, lui-même va bientôt renoncer à la chair, en outre vous pourriez dire saint Augustin et non point Augustin tout court. Et elle de rétorquer, vivement : Mais à cette date, il ne l'est pas encore, saint, ni chaste, tant s'en faut ! De toute façon, je ne lirai pas plus avant, je me représente trop intensément la souffrance de cette malheureuse. Dont, en plus, il tait le nom. Comme s'il fallait la rayer à jamais de la mémoire, n'est-ce pas indigne ?

Ici aussi, on a voulu effacer de la mémoire, et pourtant des pèlerins passent, discrètement. Marie-Catherine déploie son châle sur l'herbe, s'assoit, oui, elle est contente d'avoir ainsi résisté à M. de Moramber. Jean Racine, lui avait confié Jean-Baptiste, aimait particulièrement, dans les poésies d'Ovide, les lamentations des femmes amoureuses et abandonnées. Ariane, Didon. Elle se plaît à imaginer son père écrivant la plainte de la compagne d'Augustin chassée de Milan. Bérénice repart pour l'Orient désert. La répudiée privée de nom pour Carthage. Une élégie qui aurait scandalisé ces Messieurs les Solitaires ! Elle sourit, respire, détendue. La lumière est assez belle pour que Marie-Catherine en soit persuadée : un jour sera retrouvé le manuscrit de Jean Racine sur l'abbaye de Port-Royal et elle le lira, délivrée, peut-être, des interrogations sur cet homme ambigu. Cloîtrée dans une souffrance rancie, elle n'avait pas compris, ou si mal, celle de son père. Elle aimerait être certaine que la rédaction de ce texte lui a permis de mourir réconcilié avec lui-même.

Dans un sac, elle a emporté les poèmes que, tout jeune, seize ou dix-sept ans, il composa pour célébrer ce lieu : les bois et les prés alentour, les troupeaux, les jardins, la profusion des poires et des abricots dans le verger palissé. Les *Bucoliques* de Port-Royal ? Certes, il est question d'un "cloître vénérable", de "saintes demeures du silence", mais l'univers évoqué paraît à sa fille moins chrétien que païen. Irriguée de fluidité, la nature n'a pas été encore gangrenée par le péché, la grâce est native. Virgile, Ovide, et non point saint Augustin ou Jansénius, ont parcouru ces sentiers sinueux, longé les méandres paresseux du Rhodon, respiré cette brise.

Souffles agiles dans les frênes, mouvance et légèreté, souffle de mon père dans les inflexions des vers. Silence soudain entre deux frémissements des feuilles, silence plein entre deux strophes, échos entre eux. C'est là mon Racine à moi. Mes racines. J'ai mis si longtemps à les trouver... Fasciné par les reflets des arbres, mon père écrit qu'on voit les poissons

> *Se promener dans l'eau*
> *Se promener dans les forêts.*

Marie-Catherine se laisse imprégner par cette confusion douce. Elle abandonne sa lecture, s'allonge dans l'herbe et flotte, à ras de la somnolence, poisson entre onde et feuillage, passé et présent...

Une petite voix, soudain :

— Maman, maman, vous dormez ?

Angélique est penchée sur elle, Angélique et son regard – irisé de gris ? noisette pailleté de menus points dorés ? Tendrement indécis, quelque peu inquiet. Sa mère se redresse, l'installe sur ses genoux, la câline. Tant de douceur dans la courbe de cette joue, dans ce nuage potelé au-dessus de la colline, mais oui elle est vivante, lui fallait-il ce lieu abandonné pour l'éprouver aujourd'hui avec une telle certitude ?

Essoufflée après une remontée des cent marches à toute allure, Louise rejoint sa mère et sa sœur :

— Pourquoi vous nous avez amenées dans cette campagne, maman ?

— Il y a vingt ans de cela, votre grand-père avait été enterré ici.

— Ah bon ? C'est bizarre, il n'y a pas de cimetière ! Et alors vous l'avez fait transporter à

Saint-Etienne-du-Mont pour qu'il soit plus près de vous, de nous ?

— Oui, plus près…

Elle rit, intérieurement, de mentir avec cette aisance tranquille. Mentir ? Si on veut, par omission. Non, elle n'a pas envie de décrire à ses filles l'horreur de cette exhumation – plus tard éventuellement, aujourd'hui il fait trop beau. Non, pas envie de leur expliquer que, sur ordre du roi, leur grand-père fut arraché à sa terre natale. Oui, estime-t-elle, bien qu'il fût né à La Ferté-Milon, Port-Royal était sa contrée d'enfance, nourricière. Elle songe à cette lettre adressée à Mme de Maintenon et qui l'avait mise, elle, Marie-Catherine, en rage : son père affirmait s'être toujours tenu à l'écart du jansénisme bien que demeurant attaché à Port-Royal, par son éducation, par des liens familiaux. Peut-être essayait-il de différencier une hérésie fantôme, qui provoqua des ravages, et un monastère bien réel, devenu aujourd'hui fantomatique. Il y a cinq ans, découvrant cette lettre, aveuglée par la colère et la douleur, je n'avais pu comprendre cette distinction. Je n'y voyais que reniement, lâcheté, trahison, et m'étais moi-même sentie trahie. Eh bien non, ce n'était sans doute pas si simple…

A présent, qui racontera cet étrange itinéraire, de ce vallon à Versailles, puis d'une cour fastueuse à ce désert ? Pas Jean-Baptiste. Je suis maintenant convaincue que mon frère aîné ne parviendra pas à rédiger la vie de Jean Racine. Trop velléitaire ou trop empêtré dans la toile d'araignée du deuil ? Il n'est pas exclu que Louis prenne le relais, et réussisse là où son grand frère échoue. Précisément parce que ce petit dernier, autrefois surnommé Lionval, se souvient à peine de ce père.

— C'est quoi, ce livre ?

— Des vers écrits par votre grand-père. Tenez, je vous lis un passage sur les animaux :

> *Là les cerfs, ces arbres vivants*
> *De leurs bandes hautaines*
> *Font cent autres grands bois mouvants.*

Du haut de ses treize ans, Louise esquisse une moue :
— Oui, bon, c'est de la poésie… Parce que les cerfs, en général, on ne les aperçoit pas. Ils se cachent dans les taillis. C'est papa qui me l'a dit.
— Il se peut. Mais un poète fait voir ce qu'on ne voit pas à l'ordinaire.

Nullement convaincue, Louise enjoint à sa cadette de revenir jouer avec elle. Marie-Catherine reprend sa lecture. Evoquant la densité de la forêt autour de l'abbaye, le très jeune Racine écrit que "l'œil du monde", le soleil, "ne peut percer le secret de ces lieux pleins de charme". Bien sûr, à cette date n'existait point encore la figure d'un roi-soleil puisque, à un an près, son père et Louis le quatorzième avaient le même âge. Le Racine de seize ans ne pouvait donc désigner par ces termes d'"œil du monde" le solaire regard royal qui, par la suite, prétendit tout éclairer et régenter. Quelle étrange prescience cependant, ne peut-elle s'empêcher de penser. Le secret des sous-bois, le secret des consciences, impénétrables. Sur ce dernier point, les amis de Port-Royal avaient tenu bon, ni le roi ni le pape ne s'interposeraient par leurs décrets entre eux et Dieu. Ils l'avaient payé cher. A présent, Mme de Joncoux était morte. Et là-bas, dans son exil d'Amsterdam, Pasquier Quesnel atteignait ses quatre-vingt-cinq ans. Quant aux membres du clergé qui avaient protesté contre la bulle pontificale, ils avaient été excommuniés. La fin d'une époque, d'une longue lutte ? Cependant, M. de Moramber demeurait confiant : le courant augustinien et gallican persisterait, souterrain mais efficace.

— A quoi jouez-vous, les filles ?
— A la vêture.

Ce matin, durant le trajet, elle leur a raconté comment se déroulait la prise d'habit pour une novice, ce rituel auquel elle-même ne put accéder. La mère abbesse coupe quelques mèches sur la tête de la postulante. Juste quelques mèches, et non ce massacre sauvage, impulsif, auquel se livra Charlotte de Roannez.

— Moi, je fais la mère supérieure, décrète Louise, et toi tu seras la novice.

La novice de sept ans rechigne un peu – c'est pas juste, tu prends toujours le meilleur rôle ! – puis se résigne et s'agenouille. Leur mère s'amuse de voir Louise faire semblant d'aiguiser des ciseaux, puis les brandir au-dessus de sa sœur. Angélique s'est figée, yeux clos, mains jointes. La lumière déclinante éclaire en douceur son visage si lisse – tiens, se dit Marie-Catherine, presque la même que dans ce tableau peint par Philippe de Champaigne pour célébrer la guérison de sa fille, moniale aux Champs. Ce tableau qu'il offrit ensuite à l'abbaye. Une lumière étrange, on ne sait d'où elle arrive, apaisante et profuse à la fois.

Brusquement, Angélique se relève, l'air grave. Cet air si grave, pénétré, que seuls peuvent détenir de jeunes enfants. Elle secoue sa jupe, parle à l'oreille de son aînée. Le conciliabule se prolonge.

— Eh bien, qu'attend-elle ?
— La grâce, maman, la grâce.

RÉFÉRENCES DES CITATIONS

Page 9 : Jean Racine, *Cantiques spirituels et autres poèmes*, édition présentée par Jean-Pierre Lemaire, Gallimard, 1999, p. 81.

Page 38 : *ibid.*, p. 60.

Page 71 : Blaise Pascal, *Pensées*, édition de Michel Le Guern, Gallimard, "Folio", 2004, fragment 717, p. 461.

Page 97 : *Constitutions du monastère de Port-Royal du Saint-Sacrement*, texte établi par Jean Lesaulnier, Nolin, 2004, p. 53.

Page 147 : Blaise Pascal, *Pensées*, *op. cit.*, fragment 714, p. 457.

Pages 150 et 155 : Blaise Pascal, *Œuvres complètes*, texte établi, présenté et annoté par Jean Mesnard, Desclée de Brouwer, 1992, tome IV, p. 1086.

Page 163 : Angélique de Saint-Jean Arnauld d'Andilly, *Aux portes des ténèbres, relation de captivité*, préface de Sébastien Lapaque, La Table ronde, 2005, p. 65 et 163.

Pages 167 à 171: Jean Racine, *Œuvres diverses*, Gallimard, "Bibliothèque de la Pléiade", 1952, p. 590-614.

Pages 175-176 : *Lettres de la mère Agnès Arnauld, abbesse de Port-Royal*, Benjamin Duprat, Paris, 1858, tome II, p. 404 et 419.

Pages 241 à 243 : *Lettres d'Angélique de Saint-Jean Arnauld d'Andilly*, bibliothèque de la Société de Port-Royal, LT 89ms, 90ms, 91ms.

Pages 278 et 280 : Jean Racine, *Cantiques spirituels et autres poèmes*, *op. cit.*, "Le paysage ou Promenade de Port-Royal des Champs", p. 51, 60 et 63.

TABLE

Chiens	11
Clan	75
Rumeurs	99
Théâtre	123
Captivité	143
Néant	173
Mémoires	239
Poisons	255
Pèlerinages	265
Références des citations	283

Toute ma gratitude à :
Eliane Allouch, Daniel Arsand, Gérald Aubert, Françoise Bordes, Michel Breton, Philippe Devoghel, Suzanne Forget, Marie Goudot, Véronique et Bruno Horviller, Philippe Michard, Chantal Pelletier, Myriam Penazzi, Anita Valléjo.

Et merci pour leurs écrits à :
Marianne Alphant, Perle Bugnion-Secretan, Eve de Castro, Bernard Cottret, Monique Cottret, Dominique de Courcelles, Georges Forestier, Fabian Gastellier, Hélène Laudenbach, Arlette Lebigre, Pierre Lepape, Jean Lesaulnier, Catherine Maire, Jean Mesnard, Marie-José Michel, Raymond Picard, Lydie Salvayre, Philippe Sellier, Alain Viala, Ellen Weaver-Laporte, ainsi qu'aux auteurs du *Dictionnaire de Port-Royal* (Honoré Champion, 2004). Sans leurs recherches, leurs essais ou leurs fictions, ce roman n'aurait pu être conçu.

Je remercie vivement Jean Lesaulnier, maître d'œuvre de ce *Dictionnaire*, et Fabien Vandermarcq, bibliothécaire à la bibliothèque de la Société de Port-Royal.

BABEL

Extrait du catalogue

949. MAHMOUD DARWICH
 Anthologie poétique

950. MADELEINE BOURDOUXHE
 Les Jours de la femme Louise

951. KATARINA MAZETTI
 Le Mec de la tombe d'à côté

952. ANTON SHAMMAS
 Arabesques

953. JØRGEN-FRANTZ JACOBSEN
 Barbara

954. HANAN EL-CHEIKH
 Poste restante Beyrouth

955. YU HUA
 Un amour classique

956. WACINY LAREDJ
 Le Livre de l'Emir

957. INTERNATIONALE DE L'IMAGINAIRE N° 24
 L'Immatériel à la lumière de l'Extrême-Orient
 (à paraître)

958. ETGAR KERET
 Un homme sans tête

COÉDITION ACTES SUD – LEMÉAC

Achevé d'imprimer en avril 2009 par Normandie Roto Impression s.a.s. 61250 Lonrai sur papier fabriqué à partir de bois provenant de forêts gérées durablement (www.fsc.org) pour le compte d'ACTES SUD, Le Méjan, Place Nina-Berberova, 13200 Arles.
Dépôt légal 1re édition : mai 2009.
N° impr. : 091256
(Imprimé en France)